공식 설정집

위즈덤하우스

한국판 공식 설정집 출간을 축하하며

언제나 『꿈왕국과 잠자는 100명의 왕자님』을 플레이해주셔서 정말로 감사드립니다. 그리고 한국판 공식 설정집 첫 출간을 진심으로 축하드립니다!

공주님 여러분이 평소 왕자님들에게 아낌없는 사랑을 쏟아주신 덕분에 이렇게 설정집을 출간할 수 있게 되었습니다. 일본뿐만 아니라 한국에서도 많은 사랑을 받고 있다는 사실을 저희 운영팀 모두 기쁘게 생각합니다. 다시 한번 감사드립니다.

게임에서는 제대로 확인할 수 없었던 왕자님들의 정보나 작품의 세계관을 이 설정집을 통해 마음껏 즐기실 수 있으셨으면 합니다.

또한 여러분의 축하 일러스트도 설정집에 게재하였습니다. 왕자님들에 대한 여러분의 사랑이 전해지는 일러스트를 보고 왕자님들은 물론 저희도 감사의 마음으로 가득해졌습니다. 정말로 감사드립니다.

서비스 개시 후 일본에서는 5주년을 맞이하였고, 한국에서는 11월에 4주년을 맞이하게 됩니다. 여러분께 『꿈왕국』을 통해 '꿈'과 '사랑'을 전하고, 하루하루의 생활을 다채롭고 풍요롭게 만들어드릴 수 있다면 운영팀으로서는 그 이상 기쁜 일이 없을 것입니다. 다시 한번 긴 시간 동안 『꿈왕국』, 그리고 왕자님들을 사랑해주셔서 감사드립니다.

왕자님들과 함께하는 꿈세계 이야기는 앞으로도 이어질 예정입니다. 한국에서도 5주년, 10주년을 여러분과 함께 맞이하고 싶습니다. 여러분이 지금 이상으로 즐기실 수 있는 게임을 만들기 위해 계속해서 노력해 나가겠습니다.

『꿈왕국과 잠자는 100명의 왕자님』을 앞으로도 잘 부탁드립니다.

──────── 지크레스트 『꿈왕국』 운영팀

공주님과 함께 『꿈왕국』을 여행한 4년간의 세월이 꿈처럼 빨리 흘러갔네요. 긴 여정을 세시소프트와 함께해주신 많은 공주님께 이 자리를 빌려 감사의 말씀을 드립니다.

이번 공식 설정집은 공주님께서 왕자님과 함께했던 여행의 작은 기록이 아닐까 싶습니다. 자칫하면 사라질 뻔했던 소소한 기억의 편린을 추억이라는 소중함으로 바꾸는 작업이기도 했습니다. 여러모로 공주님과 함께했던 시간을 되짚어볼 수 있는 좋은 기회였습니다.

특히 한국판 공식 설정집에 단하국의 왕자님을 모시게 되어 무엇보다 큰 의미가 있었습니다. 게임에 공개되지 않은 일부 설정도 담아냈으니 즐겁게 감상해주신다면 고맙겠습니다. 더불어 많은 공주님의 성원으로 한국 한정 팬아트까지 포함해 더욱 풍성한 볼거리를 만들었습니다. 참여해주신 많은 공주님께 다시 한번 감사드립니다.

지면으로 왕자님을 맞이하기 위해 노력해주신 지크레스트와 카도카와, 위즈덤하우스 관계자분께 감사의 말씀을 드립니다. 그리고 이번 설정집뿐만 아니라 『꿈왕국』의 번역 및 검수를 위해 보이지 않게 동행해온 많은 번역가분께도 다시 한번 감사드립니다. 끝으로 집사 나비와 루키로 불리는 세시소프트의 여성향 파트에도 많은 사랑과 격려를 부탁드립니다.

앞으로도 『꿈왕국과 잠자는 100명의 왕자님』을 만나러 가는 여행이 늘 즐거움과 행복으로 가득 차도록 노력하겠습니다.

———————— 세시소프트

공식 설정집

어느 날 갑자기 다른 세계로 소환된 주인공.
'꿈'이 삶의 원동력이 되는 '꿈세계'…

그곳은 지금 사람들의 꿈을 먹어 치우는 '드림이터'라는
존재로부터 위협받고 있었다.

'드림이터'를 물리칠 수 있는 건
오직 왕족의 반지를 가진 왕자들뿐.

그리고 잠들어 있는 왕자들을 깨울 수 있는 건
주인공이 가진 특별한 힘.
그렇게 주인공은 꿈세계의 공주로서
세계를 구할 사명을 짊어지게 된다.

설렘과 두려움이 공존하는 신비로운 세계…
그곳에서 잠에서 깨어난 100명의 왕자님과 함께하는
꿈을 찾기 위한 여정이 시작된다.

# CONTENTS

# Chapter 1

# ILLUST GALLERY

공식 설정집 단독 공개
일러스트 갤러리

공식 팬북이나 코믹 앤솔로지의 표지,
드라마CD 커버 재킷 등 서적이나
상품을 위해 새로 그려진 일러스트를 소개합니다.

◆『꿈왕국과 잠자는 100명의 왕자님』 메인 비주얼

◆ 엔터브레인 부정기 간행물 『B's-LOG Primo Appli2015 Spring』

◆『B's-LOG』2015년 10월호 「LOVE♥DREAM BOOK」 표지

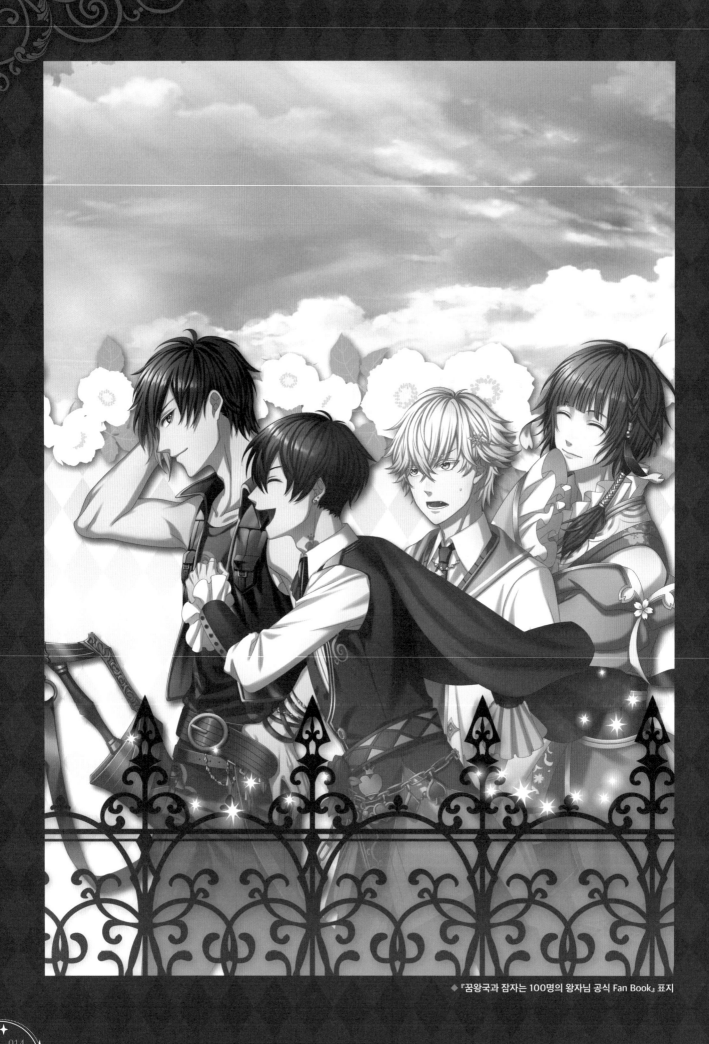

『꿈왕국과 잠자는 100명의 왕자님 공식 Fan Book』 표지

◆ 『꿈왕국과 잠자는 100명의 왕자님 앤솔로지』 표지

◆ 소설 『꿈왕국과 잠자는 100명의 왕자님』 표지

◆『꿈왕국과 잠자는 100명의 왕자님 앤솔로지 2』표지

◆『꿈왕국과 잠자는 100명의 왕자님』 드라마CD
「스노우필리아의 여름휴가」 커버 재킷

◆『꿈왕국과 잠자는 100명의 왕자님』 드라마CD
「가을의 차 견문록~홍차의 나라의 왕자님들~」 커버 재킷

◆『꿈왕국과 잠자는 100명의 왕자님』 드라마CD
「여름 별의 왕자님들~머나먼 눈의 별을 향해~」 커버 재킷

◆『꿈왕국과 잠자는 100명의 왕자님』 드라마CD
「왕자님들의 달콤하면서 씁쓸한 초콜릿 만들기」 커버 재킷

Chapter 2

# PROFILE OF PRINCES

왕자님 소개

본 작품에 등장하는 왕자님 156명의
일러스트와 프로필을 소개합니다.
스태프 코멘트, 다른 왕자님으로부터의 한마디도 놓치지 마세요.

# 아비

A v i

CV ◆ 스즈무라 켄이치

넌 진짜 하는 짓이 보기만 해도 아슬아슬해.
무슨 일 있으면 꼭 말해라?

입은 조금 험하지만 착실한 성격인 기사의 나라 왕자.
훌륭한 검술 실력을 갖추고 있으며 신하들로부터의 신뢰도 두텁다.
평소에는 드러내지 않지만 아주 가끔 비관적인 태도를 보인다.
이는 그의 과거와 관련 있는 듯하다.

◆ 사고방식

기본적으로 '생각하지 말고 느껴라!' 스타일. 직감에 따라 행동하는 타입이다. 감정이 쉽게 겉으로 드러난다.

복근

매일 빼먹지 않고 단련한다. 시구레가 말하길 그의 단련된 근육은 '철 같다'고 한다.

◆ 대검

기사의 나라에 전해져오는 유서 깊은 검이다. 다섯 살 때 부왕으로부터 물려받았다.

## Face Pattern

## Awake State

### KeyWord 1 ••• 청자색 꽃

아비의 어머니는 알스토리아에 피는 청자색 꽃을 좋아했다. 성에 장식된 드라이플라워에서 어머니의 죽음을 애도하는 아비의 마음이 느껴진다.

### KeyWord 2 ••• 시골

나라의 풍토 때문인지 다른 나라에 대한 지식이 별로 없다. 이를 지나치게 신경 쓰고 있는 탓에 시골이란 말에 과잉 반응한다.

## seen from other prince

from 율리우스

어릴 때부터 자주 검술대회에서 만났지. 이기기도 하고 지기도 하고…. 좋은 라이벌이야.

from 뱌쿠요

참 착실해. 다 혼자서 끌어안으려고 하고…. 나한테는 귀여운 동생 같은 존재야. 좋아하는 애 앞에서는 좀 더 솔직해져야 할 텐데.

## Profile

| | | | |
|---|---|---|---|
| 속성 ◆ 패션 | 국가 ◆ 기사의 나라 · 알스토리아 | | |
| 키 ◆ 172cm | 체중 ◆ 67kg | 나이 ◆ 23세 | 생일 ◆ 4월 1일 |
| 취미 ◆ 검술 연습 | | 버릇 ◆ 허리에 손 올리기 | |
| 신조 ◆ 꾸밈없이 착실하게! 심신을 건강하게! | | | |
| 좋아함 ◆ 검술 연습 | | | |
| 싫어함 ◆ 소심한 남자, 매운 것 | | | |

### Staff Comment

『꿈왕국』에서 가장 먼저 기획된 왕자님이기 때문에 아무래도 특별하네요. 기존의 왕자님 이미지를 좋은 쪽으로 무너뜨리고 싶어서 지금의 복장이 되었습니다. 브라이덜 이벤트에서 자신의 신념을 관철하기도 했는데요, 언제까지나 올곧은 모습을 잃지 않으면 좋겠습니다. 【프로듀서 M】

# 히나타
## Hinata

내가 못 하는 게 없거든!
그러니까 부탁할 거 있으면 말해!

순진무구하고 제멋대로인 왕자님. 원하는 물건은 뭐든지 쉽게 손에 넣어 마음만 먹으면 가질 수 없는 게 없다고 생각하고 있다. 주인공을 손에 넣으려 하지만 잘 되지 않자, 난생처음 겪는 일에 큰 혼란을 느낀다.

CV ◆ 무라세 아유무

## Face Pattern

## Awake State

◆ 헤어스타일
헤어스타일에 집착한다. 히나타를 사랑하는 마법사 파스카가 잘라주고 있다. 요구 사항은 살랑거리는 부드러운 머리.

◆ 인형
가장 좋아하는 인형인 모모. 옷 갈아입히는 걸 좋아한다.

◆ 무릎
숏팬츠를 입기 때문에 심혈을 기울여 무릎을 관리하고 있다. 매우 깔끔하다.

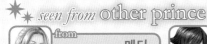

### KeyWord 1 ••• 모모
히나타가 어린 시절 어머니로부터 받은 곰 인형. 뭐든지 금방 새것으로 바꾸곤 하지만, 모모만은 절대로 손에서 놓지 않는다.

### KeyWord 2 ••• 페어베르크 여왕
히나타의 먼 친척에 해당하는 여성. 그의 어머니 대신 여왕으로 즉위했다. 히나타에게 무르다는 걸 자각하고 있지만 차마 엄격하게 대하지 못한다.

## seen from other prince

**from 메디**
제멋대로 보이! 정말 딱 맞는 호칭이군! 그렇지만 나는 그의 좋은 점을 알고 있지. 그는 솔직하게 마음을 전할 수 있는 멋진 이라네!

**from 시구레**
항상… 나한테 우물쭈물한다고 해…. 그렇지만 그 말을 듣고 노력해야겠다고 의지를 다지게 될 때도 있어. 아무래도 조금 무섭지만…

## Profile

| | | | |
|---|---|---|---|
| 속성 ◆ 큐트 | 국가 ◆ 장난감의 나라 · 페어베르크 | | |
| 키 ◆ 152cm | 체중 ◆ 45kg | 나이 ◆ 15세 | 생일 ◆ 3월 5일 |
| 취미 ◆ 피아노 · 바이올린 연주 | | 버릇 ◆ 입에 손 올리기 | |
| 신조 ◆ 전~부 내 것! | | | |
| 좋아함 ◆ 순종적인 사람 | | | |
| 싫어함 ◆ 반항적인 사람 | | | |

**Staff Comment**
태양과 달의 차이가 매력적인 왕자라고 생각합니다. 천사의 미소와 짓궂은 마음씨를 가졌죠. 그 미소를 보면 무심코 뭔지든지 들어주고 싶어집니다. 10년 후가 기대되는 왕자님 중 한 명이네요. 【프로듀서 M】

# 뱌쿠요
## Byakuyo

CV ◆ 모리쿠보 쇼타로

◆ **화장**

아름다운 것을 좋아하고, 그 자신도 아름다워지고 싶어 한다. 새로운 화장법, 화장품의 정보는 꼼꼼히 체크한다.

◆ **머리 · 손톱**

머리와 손톱의 정돈은 빼먹지 않는다. 머리끝이 갈라지거나 손톱이 부러지면 충격을 받는다.

◆ **완력**

스스로 강하다고 자부하고 있으며 특히 완력은 믿을 만하다. 팔씨름에는 아비보다도 강하다.

## 왜에? 나한테 할 말 있니?

믿음직스러운 언니 같은 왕자님. 아름다운 것을 좋아하며 평소에 여성스러운 말투를 쓴다. 부모님으로부터 슬슬 자리를 잡으라며 결혼을 강요받는 뱌쿠요의 부탁으로 주인공은 약혼자 행세를 하게 되지만…?

### Face Pattern

### Awake State

**KeyWord 1 ••• 여성스러운 말투**

뱌쿠요는 아름다워지고 싶다고 생각하기 때문에 평소에는 거친 말투를 쓰지 않고 부드럽게 말한다. 전장에서는 험한 말투가 나오기도 한다.

**KeyWord 2 ••• 홍매산**

홍매국 제일의 높이를 자랑하는 산. 전쟁의 신이 살고 있다고 한다. 뱌쿠요가 좋아하는 장소이며 조금만 올라가도 빼어난 경치를 즐길 수 있다.

### seen from other prince

 from **카이리**

…껄끄러워. 코앞에서 큰소리로 말 걸지 마라. 그리고 내 몸을 쳐다보면서 품평하지 마…! 실력이 뛰어나다는 점만은 인정한다.

 from **아즈마**

친분이 있소. 처음에는 묘한 녀석이라고 생각했지만 뛰어난 무인이더군. 검은 물론 활이나 말도 훌륭히 다루고 재주가 많은 이오.

## Profile

| | | | |
|---|---|---|---|
| 속성 ◆ 섹시 | 국가 ◆ 홍매국 | | |
| 키 ◆ 187.5cm | 체중 ◆ 70kg | 나이 ◆ 27세 | 생일 ◆ 4월 4일 |

취미 ◆ 화장, 가무극 감상, 멋 부리기 버릇 ◆ 요염하게 있기

신조 ◆ 아름다움은 하루 만에 만들어지지 않는다

좋아할 ◆ 아름다운 것

싫어함 ◆ 우물쭈물하는 남자

**Staff Comment** 나긋함과 늠름함을 조화시킨 왕자로 만들고 싶다는 바람을 디자이너가 잘 표현해줬습니다. 어째선지 그림을 본 순간부터 목소리를 상상할 수 있었어요. 딱 이미지대로 완성돼서 감동했습니다.【프로듀서 M】

## 놀라라…
## 나, 나한테 할 말 있어?

어둠의 나라·메이의 심약한 울보 왕자. 모두에게 다정하고, 싸움을 좋아하지 않는다. 빛을 동경하기 때문에 주인공의 눈부신 웃음을 보고 뺨을 붉히곤 한다. 우연한 계기로 주인공과 함께 위기에 빠진 시구레. 그가 취하는 행동은 과연…?!

# 시구레
## Shigure

CV ◆ 호시 소이치로

### Face Pattern

…Awake State…

**헤어스타일** ◇
온갖 수단을 동원해 정돈해도 머리가 뻗친다. 코토호기의 살랑거리는 머릿결을 부러워하고 있다.

◇ **보석**
넥타이에 달고 있는 보석은 코토호기의 것과 쌍을 이룬다. 검은 옷이 많기 때문에 붉은 보석을 선택했다.

◇ **주머니**
실수로 다치는 일이 많기 때문에 항상 반창고를 주머니에 넣어 놓는다.

### KeyWord 1 ▸▸▸ 아마츠
메이와 절연한 대립국. 오랜 세월이 지난 지금도 그 관계는 수복되지 않고 있다. 시구레는 아마츠의 코토호기와 가끔 연락을 주고받고 있다.

### KeyWord 2 ▸▸▸ 미네르바
시구레가 세이토스에서 만난, 나라의 수호신인 올빼미. 미네르바에게 자신의 처지를 겹쳐본 시구레가 필사적으로 호소한 끝에 마음을 열어주었다.

### seen from other prince

 from **코토호기**
좀처럼 마음을 열어주지 않았지. '나, 그렇게 무서운가?' 하고 걱정했어. 지금은 좋은 친구야. 나라 간의 사정 때문에 대놓고 만나지 못하지만 언젠가는….

 from **루크**
그와는… 파장이 맞는달까, 공감되는 부분이 많아요. 그렇지만 위기의 순간에 보여주는 배짱은 저보다 대단하지요.

### Profile
속성 ◆ 젠틀　　국가 ◆ 어둠의 나라·메이
키 ◆ 167cm　　체중 ◆ 55kg　　나이 ◆ 22세　　생일 ◆ 9월 6일
취미 ◆ 빛나는 물건 모으기　　버릇 ◆ 자신을 지키듯이 팔을 꼰다
신조 ◆ 타인에게 폐를 끼치지 말자
좋아함 ◆ 빛
싫어함 ◆ 다툼, 경쟁

### Staff Comment
메인 스토리에서 가장 성장이 두드러지는 왕자가 아닐까요? 어떻게든 하고 싶은 마음은 있지만 환경이나 주변 사람들 핑계를 대다가 결국 아무것도 하지 못하는, 지극히 인간적인 갈등을 갖고 있습니다. 여정의 끝에 그가 어떤 식으로 나라와 마주할지 제대로 그려내고 싶습니다. 【프로듀서 M】

# 카이리
## Kairi

CV ◆ 미야노 마모루

흥, 뭐가 재미있는지 모르겠는데.

나라가 어떤 조직에 의해 멸망해버린 망국의 왕자. 지금은 고용된 저격수로서 여러 마을을 떠돌아 다니며 생활하고 있다. 다른 이들과 친해지는 걸 좋아하지 않는 한 마리 늑대 같은 인물이지만 주인공과 함께하면서 마음속에 변화가 생기기 시작한다. 아, 청소는 좀 서툴다.

◆ 헤어스타일
어릴 적에 무심코 실수로 잘라버린 앞머리지만, 여동생에게 칭찬받은 이후 그의 기본 스타일이 되었다.

◆ 두통
편두통을 앓고 있다. 비가 오는 날에는 특히 심해서, 아무도 카이리 가까이에 가려 하지 않는다.

◆ 체격
매일 밤 스트레칭을 하며 아비와 경쟁하듯 말없이 단련하고 있다. 엉덩이 모양이 예쁘다고 뱌쿠요에게 칭찬받았다.

### Face Pattern

── Awake State ──

**KeyWord 1** ◆◆◆ 쌍권총
카이리가 가장 자신 있어 하는 공격 방식. 백발백중의 명중률을 자랑한다. 손질에도 익숙해서 은신처에서는 항상 기름 냄새가 난다.

**KeyWord 2** ◆◆◆ 암살자
가족이 살해당하고 나라가 멸망한 카이리가 복수를 위해 선택한 길. 조직 최고의 임무 수행률을 자랑한다. 동생의 이름은 필리아, 주인공과 닮은 모양이다.

### ★ seen from other prince ★

 from 아비
처음엔 마음에 안 들었어. 수상쩍은 녀석이다 싶더니 실제로 그랬고. 그렇지만 같은 편이 되니 믿음직스러워. 연하 주제에 건방지다고는 여전히 생각하지만.

 from 나비
카이리 왕자는 정말 상냥한 분이세요. 그리고 무척 서툰 분이시죠! 그런데 저는 앞으로도 계속 흰 빵빵이라고 불리는 걸까요…?

### Profile

| | | | |
|---|---|---|---|
| 속성 ◆ 쿨 | 국가 ◆ 망국 · 칼라비나 | | |
| 키 ◆ 169cm | 체중 ◆ 60kg | 나이 ◆ 18세 | 생일 ◆ 5월 10일 |
| 취미 ◆ 무기 손질 | 버릇 ◆ 팔짱 끼기 | | |
| 신조 ◆ 누구에게도 마음을 허락하지 말자 | | | |
| 좋아함 ◆ 혼자 있는 시간 | | | |
| 싫어함 ◆ 친근하게 지내는 것, 청소 | | | |

**Staff Comment**
그 또한 아픈 과거를 갖고 있는데… 그런 사람들뿐이네요(웃음). 성격이나 매력을 어떻게 표현할지 골머리를 앓았지만, 나비를 흰 빵빵이라고 부르는 순간 머릿속에 느낌표가 번쩍였습니다. 날카로운 관찰력을 가진 그는 꿈세계의 핵심에 가장 가까이 다가가 있는 인물일지도 모르겠네요.【프로듀서 M】

## 으악! 깜짝 놀랐네!
## 심장이 멈추는 줄 알았어.

올리브레이트의 차남으로 태어나 주변의 사랑을 받으며 자랐다.
밝고 낙천적인 성격에 배려심이 깊다. 형과도 사이가 좋아 왕위계
승을 두고 다투는 일은 없지만, 한편으로는 언제나 두 번째에 머물
며 눈에 띄지 않는 자기 자신을 비하하는 면도 있다.

# 리드
## Lid

CV ◆ 아카바네 켄지

## Face Pattern

## Awake State

### 헤어스타일 ◇
머리카락이 빨리 자란
다. 머리는 매일 열심히
세팅하고 있으며 앞머
리의 길이에는 약간 집
착한다.

### ◇ 사고방식
자기도 모르는 사이에 사건
에 말려드는 타입이다. 원인
은 주로 티가. 하지만 낙천적
인 생각으로 극복해낸다.

### ◇ 커뮤니케이션 능력
커뮤니케이션 능력이 높
아서 다양한 사람들과 금
방 친해진다. 동물도 예
외가 아니다.

 ••• 카란
리드의 형으로 총명하고 온화하며 장래가 촉망된다. 리드는 우수한 형에게
콤플렉스를 갖고 있지만, 형제 간의 우애는 깊다.

 ••• 이래 봬도 왕자
싹싹한 리드는 친해지기 쉬운 성격을 가졌고 거리에도 아는 사람이 많다.
그런 그가 우아한 댄스를 선보이며 하는 말이다.

## ★ seen from other prince

**from 티가**
좋은 녀석이야! 바지는 좀 그렇
지만! 사이랑 세 명이서 놀 때가 많은
데, 무슨 일이 있을 때는 나랑 리드
만 혼나.

**from 드라이**
언제인가 외교를 통해 알게 됐어.
내가 밖에 나가는 일은 드무니까 이
벤트로 이어질까 싶어서 어울려주
고 있지. 아이스크림으로 이미 클리
어했나?

## Profile

| | | | |
|---|---|---|---|
| 속성 ◆ 큐트 | 국가 ◆ 보석의 나라 · 올리브레이트 | | |
| 키 ◆ 174.5cm | 체중 ◆ 63kg | 나이 ◆ 20세 | 생일 ◆ 8월 6일 |
| 취미 ◆ 몸을 움직이는 일 | | 버릇 ◆ 턱에 주먹을 대기 | |
| 신조 ◆ 고민이나 스트레스는 몸을 움직여서 풀자 | | | |
| 좋아함 ◆ 향신료가 많이 쓰인 요리 | | | |
| 싫어함 ◆ 공부 | | | |

**Staff Comment** | 낙천적이면서 모두에게 사랑받지만 마음속으로는 여러 열등감과 싸우고 있는 인간적인 면이 그의 매력입니다.
행복하게 해줘야겠다는 생각이 들게 해요.【그래픽 디자이너 돈】

# 아피스
## Apis

CV ◆ 하마 켄토

### 날 너무 함부로 만지지 말아 줄래?

독약의 나라·아베텔의 왕자. 몸가짐이 우아하고 예의 바르다.
하지만 다른 사람의 살이 닿는 것을 극도로 싫어한다.
어머니로부터 지나칠 정도의 사랑을 받고 있다.
특기는 플루트 불기.

◆ 담배

가끔 담배를 피운다. 아피스에게 지나치게 간섭하는 어머니에 대한 저항 의지가 담겨있다.

◆ 복장

단순하고 격식 있는 분위기를 좋아한다. 단순함 속에 특색을 담아 조화시킨다.

◆ 운동

운동을 못하는 건 아니지만 싫어한다. 땀을 흘리는 게 싫은 모양이다.

## Face Pattern

········· Awake State ·········

### KeyWord 1 ▸▸▸ 벌 문신

독약의 나라에서는 각 나라의 결속을 강화하기 위해 왕족이 각 나라의 상징을 문신으로 몸에 새기지만, 명목으로만 남아 있다.

### KeyWord 2 ▸▸▸ 나를 만지지 마

어머니로부터 지나친 애정을 받아온 아피스의 거절 반응. 다른 사람이 만지는 것을 극도로 혐오한다. 본인 말로는 '토할 것 같다'는 모양이다.

### ★ seen from other prince

**from 사키아**

무척 머리가 좋고… 듬직해. 그렇지만 사실은 외로움을 많이 타…. 그렇게 말하면 화내지만. 몸이 조금 약해서 걱정이야.

**from 사이가**

나라를 방문했을 때 잘 대해줬지. 무척 친절했어. 하지만, 그 속에 뭔가 고여 있는 게 느껴졌지. 흐음, 젊구먼.

## Profile

| | | | |
|---|---|---|---|
| 속성 ◆ 섹시 | 국가 ◆ 독약의 나라·아베텔 | | |
| 키 ◆ 180.5cm | 체중 ◆ 71kg | 나이 ◆ 29세 | 생일 ◆ 2월 1일 |
| 취미 ◆ 플루트 연주 | | 버릇 ◆ 사람 손 뿌리치기 | |
| 신조 ◆ 절대로 타인이 만지게 하지 않는다 | | | |
| 좋아함 ◆ 느긋하게 보내는 시간 | | | |
| 싫어함 ◆ 긴장되는 분위기 | | | |

**Staff Comment** 시나리오를 읽을수록 처음의 모진 인상이 확 변하며, 점점 좋아져서 사랑에 빠지게 되는 캐릭터입니다. 쇄골과 배의 문신이 굉장히 섹시해요. 각성 전에는 은근슬쩍 팬티를 보여주는 점이 포인트입니다. 【그래픽 디자이너 M.O】

# 빔
### Wim

CV ◆ 에구치 타쿠야

## 그렇게 내 귀가 특이해?

수인의 나라 · 베스마르의 왕자.
보름날 밤이 되면 모습을 감추어버린다.
이는 그의 손목에 있는 흉터와 관계있는 듯한데…!?

### Face Pattern

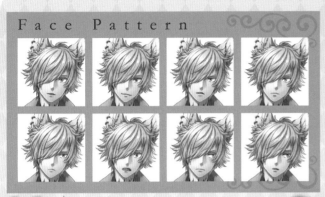

### Awake State

**헤어스타일** ◇
앞머리를 자르지 않고 내버려뒀더니 현재의 모습이 되었다. 별로 얼굴을 보이고 싶어 하지 않는다.

◇ **식욕**
먹은 게 금방 소화돼서 쉽게 배고파지는 체질. 군것질을 많이 한다.

◇ **꼬리**
계절에 따라 꼬리털의 숱이 다르다. 여름에는 산뜻하고 겨울에는 덥수룩하다. 누군가가 만지면 안절부절못한다.

### KeyWord 1 ••• 손목의 흉터
빔이 자기 자신을 경계하고 있다는 표시. 과거에 소중한 사람을 잃은 일로 죄책감을 느끼고 있어, 보름달이 뜬 밤에는 자신을 사슬로 묶어둔다.

### KeyWord 2 ••• 꽃밭
빔이 예전에 소꿉친구와 곧잘 함께 시간을 보내던 장소. 꽃향기가 강해 빔 자신은 거북했지만 참고 있었다.

### seen from other prince

 from **베이리**
처음 만났을 때는 어쩐지 닮았다는 느낌이 드는데도 말을 걸기가 힘들었지…. 그렇지만 지금은 좋은 친구야.

 from **프로키온**
빔 형아 정말 좋아! 수확제 때 꼬리가 푹신푹신하더라고! 시리우스 형아한테 말했더니 왠지 무서운 표정을 지었어!

## Profile

| | | | |
|---|---|---|---|
| 속성 ◆ 쿨 | | 국가 ◆ 수인의 나라 · 베스마르 | |
| 키 ◆ 사람: 175cm(귀 제외), 184cm(귀 포함) 짐승:181cm(귀 제외), 192.5cm(귀 포함) | | | |
| 체중 ◆ 69kg | 나이 ◆ 23세 | 생일 ◆ 3월 11일 | |
| 버릇 ◆ 손톱 물어뜯기 | | 취미 ◆ 혼자 밤바람 쐬기 | |
| 신조 ◆ 만월이 뜬 날에는 누구에게도 모습을 보이지 말라 | | | |
| 좋아함 ◆ 고기 | | 싫어함 ◆ 타인을 상처 입히는 일 | |

**Staff Comment** 삼백안이 귀여워! 수확제 때의 각성 테마는 태양 쪽이 '섹시 늑대', 달 쪽이 '지옥의 번견'이었습니다. 태양 쪽은 추위와 부끄러움 때문에 조금 불만스러운 표정입니다. 【그래픽 디자이너 M.O】

# 루펜

### Rufen

CV ◆ 야마구치 마사히데

**있지, 들어줘.**
**다들 바쁘다며 나를 상대해주지 않아!**

목소리의 나라 · 복스의 셋째 왕자.
발랄하며 자유분방한 성격. 목소리가 커서 주변의 대화가
묻혀버리는 일이 종종 있다. 주위를 세심하게
살피지 못하는 편이라 기껏 배려를 해도 허탕이 될 때가 있다.

◆ **잠버릇**
잘 때는 몸을 둥글게 하고
몸을 이불로 푹 감싼 채로
잔다. 실은 잠들었을 때의
숨소리는 무척 조용하다.

◆ **식사**
먹는 속도가 빠르다.
허둥대지 말고 느긋
히 예의 바르게 먹으
라고 형들로부터 주
의를 받는다.

◆ **몸상태**
무척 건강하고 좀처럼
감기에 걸리지 않는다.
그러나 극도의 긴장과
피로에는 약하다.

### Face Pattern

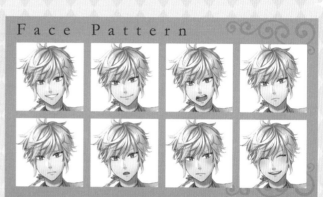

### Awake State

**KeyWord 1** ◆◆◆ **선물**
사랑에 빠진 루펜이 형의 충고에 따라 선택한 접근 방법. 주인공이 좋아하
는 물건을 전부 준비했다. 그러고는 부끄러워서 제대로 말을 못했다.

**KeyWord 2** ◆◆◆ **합창**
합창은 모두의 마음을 모으는 것이 중요하다. 멋대로 행동해버리는 루펜에
게 메모와르에서의 일은 귀중한 경험이 되었다.

### seen from other prince

**슈티마**
활발하고 귀여운 동생이야! 머리보
다 몸이 먼저 움직이는 타입이라서
조금 걱정되지만, 또 한 명의 동생
인 플루와 좋은 콤비지!

**플루**
루펜은 목소리가 커서… 내 목소리
가 묻혀… 아, 그렇지만 정말 좋아
해. 보고 있다 보면 조금 자신감이
없어지지만….

### Profile

| | | | | |
|---|---|---|---|---|
| 속성 ◆ 패션 | 국가 ◆ 목소리의 나라 · 복스 | | | |
| 키 ◆ 169.5cm | 체중 ◆ 64.5kg | 나이 ◆ 17세 | 생일 ◆ 5월 23일 | |
| 취미 ◆ 노래 부르기 | | 버릇 ◆ 무심코 크게 말한다 | | |
| 신조 ◆ 말하고 싶은 건 기분 좋게 꼭 말하자! | | | | |
| 좋아함 ◆ 북적거리는 장소 | | | | |
| 싫어함 ◆ 조용히 해야 하는 장소 | | | | |

**루펜** **Staff Comment** 항상 기운차서 힐링이 되는 아이인데, 이런 외모로 노래 실력이 뛰어나다는 점이 매우 매력적입니다. 스쿨 메모리 때의 옷차림도 그렇고,
의외로 꾸미는 걸 신경 쓰는 구석이 있을 것 같네요. 【그래픽 디자이너 M.O】

# 드라이
## Drei

### 내가 그렇게 간단히 틈을 보일 거라고 생각하지 마.

시간의 나라·크로포드의 왕자. 두뇌가 명석하며 인생을 게임이라 생각하고 있다. 방에 틀어박혀 있는 날이 많으며 건강에 딱히 신경을 쓰지 않는다. 자신의 목숨을 노리는 자가 있어도 그것 또한 게임처럼 공략하며 즐기고 있다.

CV ◆ 아자카미 요헤이

### ◆ 기상
아침은 질색. 기상 시간은 대체로 정오가 지난 후이다. 공무는 대략 그로부터 2시간 뒤에 시작한다.

### ◆ 게임
모두가 인정하는 게이머. 한번 시작하면 철저하게 파고든다. 여러 명의 캐릭터와 장비를 고를 수 있는 경우에도 여러 번 끝까지 플레이한다.

### ◆ 운동
운동치. 운동을 다시는 하지 않겠다고 결심했다.

## Face Pattern

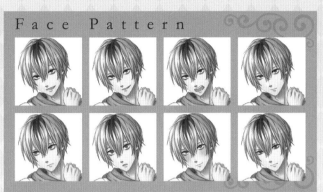

## Awake State

### KeyWord 1 ⋯ 암살자
시간의 나라에서는 오랜 시간 권력 다툼이 계속되고 있어 왕자의 목숨이 위협받는 일도 드물지 않다. 드라이는 이런 상황도 게임으로 즐기고 있다.

### KeyWord 2 ⋯ 친밀도
드라이와 주인공 사이에 존재하는 일종의 수치. 드라이의 머릿속에서 계산되고 있는 모양이지만, 모르는 사이에 올라가 있는 경우도 많다.

## seen from other prince

 **from** 츠바이
머리가 좋아서 가르치는 보람이 있어. 국어를 할 때는 졸기만 하지만, 수학은 진지하게 들어주지.

 **from** 제로
즐겁게 대화하고 있다. 게임은 일부 장르만 하니까, 그가 즐겨 하는 '미연시' 같은 건 나로서는 잘 모르겠다만.

## Profile

| | | | |
|---|---|---|---|
| 속성 ◆ 쿨 | 국가 ◆ 시간의 나라·크로포드 | | |
| 키 ◆ 181cm | 체중 ◆ 64kg | 나이 ◆ 24세 | 생일 ◆ 2월 28일 |
| 취미 ◆ 데이터 계산 | | 버릇 ◆ 쭈그려 앉기 | |
| 신조 ◆ 이 세계 전부가 적 | | | |
| 좋아함 ◆ 꽃밭 | | | |
| 싫어함 ◆ 이 세계 자체 | | | |

### Staff Comment
시나리오를 작성하면서 새삼스레 설정 키워드를 보고, '게이머'라는 단어에 놀랐습니다. 오락실? 집? 온라인? 공주님들도 드라이가 어떤 게임을 좋아하는지 상상해보면서 즐겨주셨으면 좋겠습니다. 【시나리오 K】

# 스카이
## Sky

CV ◆ 나미카와 다이스케

◆ 피어스

구멍을 뚫는 게 무서워 자석 피어스를 사용한다. 금속 알레르기도 있다.

다리 ◆

순발력이 없어 시작은 느리지만, 다리는 엄청나게 빠르다. 체력도 무한대.

◆ 체형

발 사이즈가 커서 좀처럼 맞는 사이즈의 신발을 찾기가 힘들다. 사실 모델 체형이다.

## 뭐야~? 나한테 반했어?

마법 과학의 나라·다텐의 전 왕족의 핏줄로, 마코토의 혈육이다. 겉으로 불량한 척해도 나쁜 남자가 되기엔 너무나도 올곧고 수줍음이 많은 청년이다. 어떤 이유로 악당에게 쫓기게 된 당신. 그런 당신을 지키기 위해 스카이가 나선다…!! 입에 물고 있는 담배는 장식이라고 한다.

### Face Pattern

### Awake State

### KeyWord 1 ••• 개조 자전거

스카이의 애차. 바이크라고 부를 때도 있다. 유사시에 맹활약하지만, 개조를 너무 많이 해 브레이크가 걸리지 않을 때도 있다.

### KeyWord 2 ••• 마코토의 개

원래 마코토의 보디가드지만, 제한 시간 내에 오기, 요리, 세탁, 심부름 등 마치 주인과 개 같은 관계가 됐다.

## seen from other prince

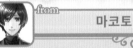 from 마코토

부르면 당장 오라고 하는데 항상 늦는단 말이지~ 맨날 잔소리하고 뭐, 이러니저러니 해도 결국 해준다는 점은 좋지만.

 from 루크

갑자기 자전거를 타고 이쪽으로 돌격해 오더니… 상당히 화려하게 넘어졌는데, 상처 하나 없어서 놀랐습니다.

## Profile

| | | | |
|---|---|---|---|
| 속성 ◆ 패션 | 국가 ◆ 마법 과학의 나라·다텐 | | |
| 키 ◆ 186.5cm | 체중 ◆ 78kg | 나이 ◆ 25세 | 생일 ◆ 8월 13일 |
| 취미 ◆ 개조 자전거 손질 | 버릇 ◆ 담배 물고 있기 | | |
| 신조 ◆ 반한 여자는 무슨 일이 있어도 지킨다 | | | |
| 좋아함 ◆ 멋있는 것 | | | |
| 싫어함 ◆ 꼴사나운 것 | | | |

**Staff Comment**

사랑스러운 왕자님입니다. 담배도 못 피워, 총도 못 쏴, 운전도 못 해… 그렇지만 할 때는 확실히 하지요.
다음에는 그의 '왕자님'으로서의 일면도 제대로 그리고 싶다고 생각합니다. 마코토와는 언제까지나 사이좋기를……【프로듀서 M】

# 사키아
### Sakia

## 우왓… 괜찮아?

독약의 나라·모르판의 왕자. 태평한 성격이고, 스스로 뭔가를
주장하는 일이 거의 없다. 독을 만드는 재주가 뛰어나
밤낮으로 독약 연구와 제조에 열심이다.
연구에 몰두하는 날에는 먹는 것도, 자는 것도 잊는 타입이다.

CV ◆ 오노 켄쇼

◆ 헤어스타일

어느샌가 자라 있는 앞머리는,
얼굴이 가려지는 편이 좋아서 그
대로 내버려두고 있다. 자고 있
을 때 시종이 잘라준다.

## Face Pattern

좋아하는 음식 ◆

이른바 정크푸드 취
향. 탄산음료와 포테
이토 칩을 특히 좋아
한다 뜨거운 음식은
잘 못 먹는다.

····· Awake State ···········

◆ 발

더위도 잘 타고 추
위도 잘 탄다. 그렇
지만 맨발인 걸 좋
아해서 곧잘 신발
과 양말을 벗는다.

### KeyWord 1 ••• 사키아 연구실

모르판의 성에 있는 사키아 전용 연구실의 명칭. 그의 모습이 보이지 않을
때는 대체로 이곳에 처박혀있다. 때로는 일주일쯤 여기서 지내기도 한다.

### KeyWord 2 ••• 작명 센스

사키아가 자기가 개발한 독약에 붙이는 이름은 '사키아 2호', '사이좋은 5인
조' 등 심히 개성적이다. 본인은 매우 진지하게 생각한다.

## ✦ seen from other prince ·················

 from 아피스

도대체 뭘 생각하고 있는 건지… 뭐,
독약 연구에 대한 생각으로 머리가
꽉 차 있겠지만. 4명 중에 나 다음으
로 나이가 많아서 놀란다니까.

 from 다얀

독이랑 약은 떼려야 뗄 수 없는 관
계니까, 친하게 지내고 있어! 같이
연구를 하기도 해. 연구 중에는 말
을 걸어도 반응이 없지만.

## Profile

| | | | |
|---|---|---|---|
| 속성 ◆ 큐트 | 국가 ◆ 독약의 나라·모르판 | | |
| 키 ◆ 174cm | 체중 ◆ 64kg | 나이 ◆ 27세 | 생일 ◆ 4월 6일 |
| 취미 ◆ 독약 연구 | | 버릇 ◆ 앞머리 만지작거리기 | |
| 신조 ◆ 좋아하게 되면 끝이다 | | | |
| 좋아함 ◆ 연구 | | | |
| 싫어함 ◆ 맛이 없는 음식 | | | |

**Staff Comment** | 상당히 초기에 구상이 완료됐던 왕자님입니다. 개성적인 그의 성격과 취향을 그래픽팀이 훌륭하게 그림으로 만들어주었어요.
첫 시나리오가 완성되었을 때 그의 작명 센스도 결정되었습니다(웃음).【프로듀서 M】

# 토토리
## Totori

CV ◆ 야마나카 마사히로

무슨 일이죠? 후훗…
사양하지 않아도 괜찮아요.

보석의 나라 · 토리알의 왕자. 온화하고 조용한 성격.
연애에 별로 흥미가 없어서 아버지인 국왕이 매우 걱정하고 있다.
반면 여성의 에스코트는 완벽하게 할 수 있다.

**성격 ◆**

사실은 애드리브를 좋아하고 장난기가 많은 성격. 토르마리와 아르마리에게 존경받고 있다.

**아웃도어파 ◆**

인도어파처럼 보이지만 사실 야외 활동을 좋아한다. 곧잘 산이나 계곡에 간다.

**◆ 결혼**

느긋하고 자유롭게 지내고 있지만, 부모님은 얼른 결혼하는 편이 좋다고 성화이다.

## Face Pattern

## …Awake State……

**KeyWord 1** ◆◆◆ **적령기**

항상 마이페이스인 토토리를 보면 국왕인 아버지는 조바심이 난다. 토토리가 여성에게 관심을 가지도록 노력하고 있지만 언제나 실패로 끝난다.

**KeyWord 2** ◆◆◆ **2명의 여동생**

토토리에게는 시토리, 리토리라는 나이 차가 많이 나는 여동생들이 있다. 마이페이스인 오빠를 걱정하며 항상 신경 써주고 있다.

## ✦ seen from other prince

 from **아르마리**

토토리 씨랑 같이 있으면 안심이 돼. 나도 이런 어른이 되고 싶다고 몰래 동경하고 있어.

 from **지크**

키스랑 함께 3명이 어릴 적부터 친한 사이였지요. 최근에는 모두 바빠서 좀처럼 만날 기회가 없습니다만… 다시 모두 함께 멀리 놀러 가고 싶네요.

## Profile

| | | | |
|---|---|---|---|
| 속성 ◆ 젠틀 | 국가 ◆ 보석의 나라 · 토리알 | | |
| 키 ◆ 184.5cm | 체중 ◆ 72.5kg | 나이 ◆ 31세 | 생일 ◆ 11월 12일 |
| 취미 ◆ 별 보기 | | 버릇 ◆ 사람과 눈이 마주치면 미소 짓기 | |
| 신조 ◆ 모든 일과 생각은 최대한 심플하게 | | | |
| 좋아할 ◆ 상쾌한 바람, 감귤계 향기 | | | |
| 싫어함 ◆ 너저분한 장소나 물건 | | | |

**Staff Comment**

'연애에는 별로 적극적이지 않지만, 신사적이다'라는 설정을 읽고 상냥한 사람이라고 생각해, 그 부분을 의식하여 디자인했습니다.
그렇지만 그런 성격과 조금 갭이 있는, 보석의 나라다운 차림을 한 장난꾸러기 왕자님입니다! [그래픽 디자이너 M.H]

# 시리우스
## Sirius

CV ◆ 야시로 타쿠

뭐 하는 거야….
아니, 네 냄새는 싫지 않긴 한데….

별의 나라·케이네스의 왕자. 거칠고 퉁명스러운 성격.
사촌 동생 프로키온이 걱정되어 쫓아다니고 있다.
본능적으로 적이라 여기면 바로 덤벼든다.

### ◇ 행동 ◇
입을 다물고 있으면 인기 있다고 한다. 그렇지만 나쁜 녀석에게 덤벼드는 본능에 따른 행동이 두려움을 사기도 한다.

### ◇ 꼬리와 고글
꼬리 액세서리는 프로키온의 것과 세트다. 프로키온이 멋있다고 칭찬한 고글은 절대로 빼지 않는다.

### Face Pattern

Awake State

### ◇ 다리
스포츠 만능이고 걸음이 빠르다. 신발은 뛰기 쉬운지를 많이 고려해서 결정한다.

### KeyWord 1 ▸▸▸ 프로키온
사촌 동생인 프로키온을 눈에 넣어도 아프지 않을 정도로 귀여워하고 있다.
예전에 프로키온이 시리우스의 눈앞에서 다칠 뻔했기 때문이다.

### KeyWord 2 ▸▸▸ 친구 이상 연인 미만
친구 관계로 시작한 주인공과 시리우스는 어느샌가 서로 사랑하는 사이로
발전한다. 그러나 시리우스는 그 감정에 이름을 붙이지 못했다.

### ★ seen from other prince

#### from 프로키온
시리우스 형아는 멋있어! 항상 나랑 같이 있어줘! 그렇지만 계속 형아한테 의지하면 안 되겠지….

#### from 웨디
디온과 함께 이상한 가시나무에 붙잡힌 나를 구해줬어. 조금 약해져 있을 때 꾸짖어줬지. 강한 녀석이다 싶었어.

### Profile

속성 ◆ 패션 　　국가 ◆ 별의 나라·케이네스

키 ◆ 186cm　체중 ◆ 67kg　나이 ◆ 23세　생일 ◆ 11월 1일

취미 ◆ 프로키온과 놀기　　버릇 ◆ 냄새를 맡는다

신조 ◆ 약한 녀석은 지키고 나쁜 녀석은 때린다

좋아함 ◆ 프로키온처럼 작고 사람을 잘 따르는 존재

싫어함 ◆ 잘난 척하는 녀석

Staff Comment ┃ 초기에 동료가 되어준 왕자라서 신세를 잔뜩 졌습니다! 처음에는 거리감을 느꼈지만 친해질수록 정의감이 강하고 남을 잘 돌봐주는 점에 우정을 느꼈고, 정신을 차리고 보니 순수하고 아이 같은 점을 좋아하고 있었어요! [시스템 I]

# 롤프

## Rolf

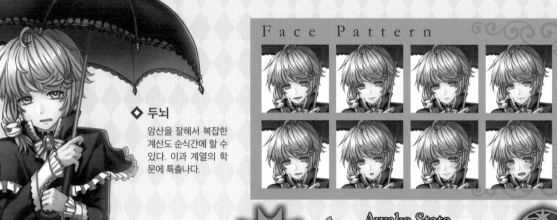

CV ◆ 코바야시 유우

### 같이 가주시겠어요?
### …혼자는 좀 무서워요.

겁이 많고 소극적인 왕자. 어머니의 취향이 반영된 옷을 입고 있지만, 아직 본인은 이상함을 느끼지 못한다. 믿음직스럽지 않은 롤프를 보다 못한 국왕이 그에게 준 시련이란…!?

◆ **키**
나이에 비해 키가 크다. 하지만 등을 구부리고 다니는 데다 보폭이 좁고 겁쟁이인 면도 겹쳐져서 나이에 맞는 키로 보인다.

◆ **두뇌**
암산을 잘해서 복잡한 계산도 순식간에 할 수 있다. 이과 계열의 학문에 특출나다.

◆ **마스코트**
달고 있는 인형과 머리끈의 캐릭터는 어머니가 좋아하는 양복 브랜드의 마스코트.

### Face Pattern

### Awake State

#### KeyWord 1 ••• 왕가의 시련
마을 끝에 있는 동굴에서 왕가의 증표를 가지고 와야 하는 시련. 롤프의 두뇌가 빛을 발했다.

#### KeyWord 2 ••• 수확제
로트리아에서 열리는 성대한 축제. 윌이 프로듀스를 맡았던 때는 악마와 마녀 중 어느 분장을 할지 고민했다.

### seen from other prince

**윌 from**
수확제에서는 무서워하는 모습이 볼만했지. 제법 만족스러웠어. 다음에도 꼭 불러줬으면 해. 그때는 월~씬 무서운 의상을 준비할게!

**빔 from**
수확제에서는 갑자기 꼬리를 만지고 싶다고 해서 깜짝 놀랐어. 뭐, 괜찮지만 말이지. 겁쟁이면서도 정말 힘냈으니까.

## Profile

| | | | |
|---|---|---|---|
| 속성 ◆ 큐트 | 국가 ◆ 현혹의 나라 · 로트리아 | | |
| 키 ◆ 156cm | 체중 ◆ 45kg | 나이 ◆ 10세 | 생일 ◆ 10월 31일 |
| 취미 ◆ 나무 그늘에서 독서 | 버릇 ◆ 그늘에 숨기 | | |
| 신조 ◆ 어떤 일이라도 자기 성격 탓만 해서는 안 된다 | | | |
| 좋아함 ◆ 다정한 사람, 산수 | | | |
| 싫어함 ◆ 큰 소리 내는 사람, 귀신 | | | |

**Staff Comment**
금방 눈물이 그렁그렁해지는 눈이 정말 귀여워요…! 지켜주고 싶어지는 아이지만 중요한 순간에는 제대로 왕자답게 행동하는 점도 사랑스럽습니다. 수확제에서는 롤프의 귀여움을 전면에 내세울 수 있도록 힘냈어요! 【그래픽 디자이너 바비폰즈】

# 츠바이
## Zwei

내가 할 수 있는 일이 과연 뭘까?
불안해지네.

시간의 나라 · 리멘트의 왕자.
조용한 성격으로 매사에 포기한 듯한 태도를 보인다.
수학을 좋아해서 마을 아이들에게 수학을 가르치고 있다.

CV ✦ 모토하시 다이스케

### Face Pattern

### Awake State

◆ 수학

주변 사람들이 이해하지 못하는 수학 이야기는 같은 시간의 나라 왕자인 제로와 열정적으로 이야기한다.

◆ 좋아하는 음식

진하고 떫은 차를 좋아한다. 책을 읽으면서 차를 마신다.

◆ 손

손재주가 좋고 종이접기가 특기라 아이들 상대를 잘한다. 하지만 운동은 잘 못해 바깥에서 놀아주는 일은 힘들다.

### KeyWord 1 ⋯ 선생님

교실에서는 츠바이의 마음에서 우러나오는 미소를 볼 수 있다. 하지만 체육은 잘 못해서 언제나 아이들에게 놀림받는다.

### KeyWord 2 ⋯ 노력가

원래는 나라를 풍요롭게 하고 싶다는 마음으로 누구보다 성실하게 공무에 임했다. 하지만 왕족들의 생각에 실망하고 지금은 노력하기를 포기했다.

### *seen from* other prince

 from 드라이

하면 꽤 잘할 거라고 생각하는데 게임에는 별로 흥미가 없는 모양이더군. 츠바이 앞에서 게임을 하고 있으면 '제대로 눈을 쉬어줘야 해'라는 소리를 듣지.

 from 아인스

내 친구다!! 체육 수업 때 자주 호출당해. 하하, 다른 수업에는 필요 없냐고 물으니 웃으면서 머리를 저었지. 사양할 필요 없는데 말이야.

### Profile

| | | | |
|---|---|---|---|
| 속성 ◆ 젠틀 | 국가 ◆ 시간의 나라 · 리멘트 | | |
| 키 ◆ 173.5cm | 체중 ◆ 65kg | 나이 ◆ 31세 | 생일 ◆ 12월 28일 |
| 취미 ◆ 수학 | | 버릇 ◆ 허공을 바라보기 | |
| 신조 ◆ 다들 사이좋게 평화로운 세계를… | | | |
| 좋아함 ◆ 조용한 장소, 넓은 장소 | | | |
| 싫어함 ◆ 소란스러운 장소, 다툼 | | | |

 **Staff Comment** 처음 밑그림을 보았을 때, 설정에 없었는데도 '선생님?'이라는 생각이 든 왕자님입니다. '재기'가 그의 스토리의 주제인데요, 선생님이라는 요소를 추가하여 그가 지키고 싶은 것과 동기를 더욱 확실히 알 수 있게 되었다고 생각합니다. 【시나리오 K】

# 귀도
## Guido

CV ◆ 무토 타다시

**말투 ◆**
가벼운 말투로 붙임성 있게 말을 건다. 하지만 좀처럼 속내를 드러내려 하지 않는다.

**◆ 손**
마술이 특기인 섬세한 손. 사실은 검술에도 뛰어나서 무력을 사용할 때도 있다.

**◆ 모션**
몸놀림이 가벼워 춤도 잘 춘다. 가벼운 스텝으로 무도회에서 주목을 한 몸에 받는다.

가면이 신경 쓰이나 보군…. 아직 안 돼.
조금 더 친해지면 보여주지. 후후후…

무도의 나라·아임의 왕자. 가면으로 얼굴을 가리고 있다. 신사적인 언행으로 여성을 에스코트하는 능력이 뛰어나며 언제나 주의 깊게 주변을 관찰하고 있다. 좋아하는 꽃은 미모사.

## Face Pattern

## Awake State

**KeyWord 1 ••• 가면**
귀도의 멘일굴을 숨겨주는 수수께끼의 기면. 잠을 잘 때도 쓰고 있다고 하지만, 진실은 미궁 속에.

**KeyWord 2 ••• 꽃말**
귀도의 은신처에 들어가는 문은 꽃말로 열린다. 이는 언어유희를 이용한 그의 말장난 같은 것으로, 답을 모를 때는 힌트를 주기도 한다.

## *seen from* other prince

**from 토르마리**
모두 나를 여자애로 착각하던 그 연회에서도 귀도는 처음부터 나를 남자라고 생각한 모양이더라고

**from 칼라일**
적당한 거리감을 가지고 사귈 수 있는 상대이기 때문에 교류를 이어가고 있습니다. 서로 다가가지도, 파고들지도 않지요…. 제 연회의 진행역으로는 그가 적임입니다.

## Profile

| | | | |
|---|---|---|---|
| 속성 ◆ 섹시 | 국가 ◆ 무도의 나라·아임 | | |
| 키 ◆ 176cm | 체중 ◆ 67kg | 나이 ◆ 28세 | 생일 ◆ 3월 8일 |
| 취미 ◆ 댄스, 스텝밟기 | 버릇 ◆ 콧노래 | | |
| 신조 ◆ 남자라면 신사답게 행동할 것 | | | |
| 좋아함 ◆ 자유, 댄스, 밤 | | | |
| 싫어함 ◆ 권력 | | | |

**Staff Comment**
귀도 왕자와 처음 대화를 나누었을 때, 깜짝 놀라신 분도 많을 거라고 생각합니다. 매력적이면서 신비스러운 분위기를 가진 귀도 왕자. 창문을 통해 인사하는 모습이나 별이 빛나는 밤하늘에서의 공중 산책 등… '꿈을 꾸고 있는 걸까?' 싶을 정도로 멋진 데이트가 마음에 듭니다. 【시나리오 Y.Y】

# 포르마
### Forma

CV ◆ 오오스카 쥰

## 안경을 벗으라고?
## 그건 절대로 안 돼. 아무것도 안 보이니까.

독약의 나라 · 파르텟의 왕자.
머리가 좋고 지적인 노력가. 독을 흡수할 수 있다.
음식을 먹을 때 지그시 보고 난 후에 먹는 버릇이 있다.

## Face Pattern

## Awake State

◇ **안경**
안경에 매우 신경 쓴다. 현재 쓰고 있는 안경을 마음에 들어 해 여분을 10개쯤 구비해두었다.

◇ **좋아하는 음식**
빵을 좋아해 마을에 특별히 좋아하는 빵집이 있다. 외교를 위해 나갈 때도 그 나라의 빵집에 들른다.

◇ **운동**
운동은 잘 못한다. 달리기가 느리고 맥주병이라서 수영도 못 한다. 레이스가 바다에 가자고 하면 결사반대한다.

**KeyWord 1** ••• **개미 문신**
포르마의 손에는 개미 문신이 새겨져 있다. 포르마의 나라는 국력이 약하다 보니 문신을 볼 때마다 복잡한 마음이 들곤 한다.

**KeyWord 2** ••• **악의**
포르마의 능력은 다른 사람의 악의를 감지하는 것. 이 능력 덕분에 방위에는 뛰어나지만 포르마의 몸에는 상당한 부담이 간다.

### *seen from* other prince

from **레이스**
포르마는 남들의 배로 노력하는 사람이라서 늘 걱정이야. 그래서 노는 곳에 데려가주고 싶지만··· 항상 진지하게 하라고 혼난단 말이지.

from **사키아**
포르마는··· 항상 힘들어 보여서 걱정 돼···. 하지만 안경에 대한 얘기를 꺼내면··· 기뻐 보여. 독약뿐만이 아니라 안경에 대한 연구도 조금··· 생각해볼까.

## Profile

| | | | |
|---|---|---|---|
| 속성 ◆ 쿨 | 국가 ◆ 독약의 나라 · 파르텟 | | |
| 키 ◆ 183cm | 체중 ◆ 72kg | 나이 ◆ 24세 | 생일 ◆ 11월 23일 |
| 취미 ◆ 청소 | | 버릇 ◆ 안경 고쳐쓰기 | |
| 신조 ◆ 일하지 않는 자, 먹지도 말라 | | | |
| 좋아함 ◆ 노력 | | | |
| 싫어함 ◆ 게으름 피우기 | | | |

**Staff Comment** 처음 시작할 때 망설이지 않고 선택한 멋진 안경남 왕자님. 퍼즐을 할 때면 상냥하게 칭찬해주는 대사에 힐링됩니다. 독약의 나라의 왕자님 중에서는 휘둘리는 측인 점도 귀여워요. 조금 골려주고 싶어지네요···! [시나리오 Y.Y]

037

# 레이스
## Raith

CV ◆ 히로세 유우야

**◆ 콧노래**

곧잘 콧노래를 흥얼거린다. 기분 좋을 때면 휘파람도 불곤 한다.

**◆ 복장**

스톨을 좋아해서 잔뜩 갖고 있다. 편하고 느슨한 느낌의 복장을 좋아한다.

**◆ 체력**

자주 밖에 나가기 때문에 체력도 지구력도 있다. 노숙도 별로 힘들어하지 않는다.

## 어떤 음악을 좋아해? 뭐든 연주해줄게.

독약의 나라 · 테르소트의 왕자. 자유분방한 성격에 명랑하고 즐겁게 사는 것을 좋아하며 귀찮은 일은 하기 싫어한다. 듣는 사람이 심취할 정도로 뛰어난 바이올린 실력을 지녔다.

### Face Pattern

### Awake State

**KeyWord 1 ◆◆◆ 베짱이 문신**

레이스의 왼팔에는 베짱이 문신이 새겨져 있다. 레이스는 다른 왕자들과의 맞춤 패션 정도로 생각하고 있다.

**KeyWord 2 ◆◆◆ 예술**

군사나 외교 문제에 힘쓰는 가족들과는 대조적으로, 레이스는 예술을 사랑한다. 그 탓에 집안에서 붕 떠 있지만 본인은 괜찮다고 생각하고 있다.

### ★ seen from other prince

 **from 포르마**

레이스의 자유분방함은 정말 기가 막히지. 부러워서 견딜 수가 없어. 그렇지만 가장 마음 편하게 함께 있을 수 있는 상대야. 그는 순수한 마음을 지니고 있으니까.

 **from 아피스**

무사태평. 그 표현이 딱 들어맞는 녀석이지. 하지만 가끔 핵심을 찌르는 소리를 할 때가 있어. 뭐, 그러고는 금방 딴짓을 하지만.

## Profile

| | | | |
|---|---|---|---|
| 속성 ◆ 섹시 | 국가 ◆ 독약의 나라 · 테르소트 | | |
| 키 ◆ 187cm | 체중 ◆ 76kg | 나이 ◆ 26세 | 생일 ◆ 3월 21일 |
| 취미 ◆ 바이올린 | | 버릇 ◆ 머리 만지작거리기 | |

신조 ◆ 인생은 즐기지 않으면 손해!

좋아함 ◆ 단 것, 벌레 우는 소리

싫어함 ◆ 쓴 것, 뜨거운 것, 매운 것, 듣기 싫은 음색

**Staff Comment**

독약의 나라의 왕자 중에 가장 자유롭고 독기가 없는 왕자님입니다. 그의 이야기를 생각할 때, 자유로움이야말로 가장 그다운 것이라 믿고 이를 밀어붙였기 때문에 조금 떨면서 공주님들의 반응을 살폈습니다. 【시나리오 K】

# 알프레드
## Alfred

미안하지만 갈 곳이 있어서…
당신 같은 사람이 올 곳은 아니야.

와인의 나라·도미니아의 왕자. 뱀파이어 아버지와
인간 어머니 사이에서 태어났다. 웬만한 유희는 다 경험해본 듯한
여유가 느껴지는 어른 남자. 제이와는 친구 사이이며, 자신의
아버지가 그를 해친 것에 대해 책임감을 느끼고 있다.

CV ◆ 요코타 코이치

◇ 뱀파이어 ◆

아버지는 뱀파이어,
어머니는 인간인 하
프 뱀파이어이다. 뾰
족한 귀는 뱀파이어
혈통이라는 표시.

◆ 몸가짐

헤어스타일과 머리는
매일 아침 깔끔하게 정
리한다. 나이에 맞는 몸
가짐을 하도록 주의하
고 있다.

## Face Pattern

## Awake State

### KeyWord 1 ◆◆◆ 와인

와인의 나라의 왕자이니 만큼, 와인에 대해서는 무척 잘 알고 있다. 주인공
이 마신 '해시계'라는 와인에는 알프레드의 마음이 담겨 있었다.

### KeyWord 2 ◆◆◆ 마가렛

병으로 사별한 알프레드의 아내. 금발의 아름다운 여성으로 무척 금실이 좋
았다. 결혼식에는 제이도 참석했었다.

### seen from other prince

 from 마르탱

알은 좀 더 어른이 되는 편이 좋다
고 생각해. 누군가 전해주지 않으면
제이와 얘기할 수 없다니, 나도 항
상 그렇게 한가하지 않다고!

 from 제이

기숙학교를 함께 다녔어. 그렇지만
… 아니, 이 얘기를 하면 또 걱정하
겠군. 신경 쓸 필요 없는데… 이 말
을 직접 하지 못하는 나도 아직 어
리다는 거겠지.

◇ 운동

그가 마음에 들어 하는 까
마귀 지팡이는 주문 제작
한 것이다. 눈 부분에는
보석이 박혀 있다.

## Profile

| | | | |
|---|---|---|---|
| 속성 ◆ 섹시 | 국가 ◆ 와인의 나라·도미니아 | | |
| 키 ◆ 188cm | 체중 ◆ 75kg | 나이 ◆ 38세 | 생일 ◆ 6월 20일 |
| 취미 ◆ 와인 음미 | | 버릇 ◆ 턱수염 만지기 | |
| 신조 ◆ 타인하고는 넓고 얕게 사귄다 | | | |
| 좋아함 ◆ 술과 오락 | | | |
| 싫어함 ◆ 지루한 것 | | | |

### Staff Comment

초기 디자인에서는 앞머리가 몇 뭉치나 늘어져 있었습니다만, 그는 예의 바른 태도로 어른스러운 몸가짐에 신경 쓰는 타입의 왕자라는 생각이 들어,
지금과 같은 헤어스타일이 되었습니다. 제이와 대조적인 똑 부러진 어른의 여유를 느낍니다.【플래너 Y.M】

# 토니

## Toni

CV ◆ 하타나카 타스쿠

◆ 반다나

머리가 삐치는 게 신경 쓰여서 반다나를 쓰고 있다. 물론 '도적스러우니까'라는 이유도 있다.

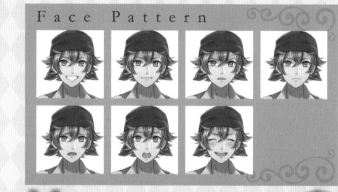

저기, 이거 열어봐! …헤헷,
딱 걸렸어~! 수수께끼 상자지롱!

도적의 나라 · 로그의 왕자.
손재주가 좋아 열쇠 따기 같은 일은 그야말로 식은 죽 먹기다.
별로 왕자답지 않아서 서민들과도 잘 어울릴 수 있다.
손재주를 살려 장난치는 걸 매우 좋아한다.

### Face Pattern

### Awake State

◆ 체격

키는 크지 않지만, 기골이 훌륭하다. 높은 곳에서 떨어져도 쉽게 다치지 않는다.

◆ 다리

달리기가 빠르다. 로그에 가면 대체로 누군가가 토니를 쫓아가고 있는 모습을 볼 수 있다.

### KeyWord 1 ◆◆◆ 보물

토니가 사랑해 마지않는 것. 보물을 위해서라면 들도 건너고 산도 넘는다. 그건 도적이 아니라 트레저 헌터라는 말도 종종 듣는다.

### KeyWord 2 ◆◆◆ 동물 가족

정에 약한 토니는 동물 가족을 보면 무심코 눈물을 머금는다. 강한 도적으로 키우기 위한 교육 방침에 따라 왕실에서 동물을 기르는 건 금지되어 있다.

### *seen from* other prince

 from 아비

이 녀석 덕분에 여기저기로 엄청나게 뛰어다녔지…. 몇 번씩이나 호된 꼴을 당하면서도 포기하지 않는 점은 대단하다고 생각하지만.

 from 나비

도적의 나라는 유명해요! 토니 왕자도 한번쯤 만나보고 싶다고 생각했어요! 정말 소문 그대로의 멋진 분이라고 생각합니다!

## Profile

| | | | |
|---|---|---|---|
| 속성 ◆ 큐트 | 국가 ◆ 도적의 나라 · 로그 | | |
| 키 ◆ 166cm | 체중 ◆ 63kg | 나이 ◆ 17세 | 생일 ◆ 10월 2일 |
| 취미 ◆ 나무 타기 | | 버릇 ◆ 코 긁적이기 | |
| 신조 ◆ 강자를 누르고, 약자를 돕는다! | | | |
| 좋아함 ◆ 보물 | | | |
| 싫어함 ◆ 약한 자로부터 훔치는 것 | | | |

### Staff Comment

도적의 나라는 흥미로운 설정이라 쓰면서 즐거웠습니다. 토니 안에 있는 왕자로서의 신념을 중요하게 다뤄주고 싶다고 생각합니다. 도적인지 트레저 헌터인지 모르겠습니다만(땀)….【프로듀서 M】

## 예술이란,
## 이 나를 말하는 것이야!

예술의 나라·프레시안의 왕자.
예술가 체질의 나르시시스트이며 본인 스스로 미적 센스가 높다고
생각하고 있으나 현실은…. 다른 사람에게 자신의 예술에 대해
비판을 받으면 쉽게 상처입는다.

# 메디
## Mehdi

CV ◈ 마스야마 타케아키

### Face Pattern

### Awake State

**사고방식 ◈**

강철의 정신. 무척 낙천적
이고 대범한 성격이다. 단
그림을 헐뜯는 것만큼은
하지 말아줬으면 한다고
생각하고 있다.

**◈ 헤어스타일**

헤어스타일에 신경 쓰
기 때문에 매일 아침
꼼꼼하게 컬을 넣어주
고 있다. 눈썹도 직접
정돈한다.

**◈ 복장**

옷의 기장에 집착한
다. 돌았을 때 살랑
거리며 깨끗이 아름
답게 펼쳐진다.

### KeyWord 1 ◈◈◈ 예술

메디의 존재 의의. '예술적'인 것에 집착하지만, 무엇이 그의 '예술'인지 이
해하는 사람은 적다.

### KeyWord 2 ◈◈◈ 메디의 붓

틀에 박힌 기법을 싫어한 메디가 처음으로 마음껏 그림을 그릴 때 사용했던
붓. 그의 태도를 바꾼 이 붓을 소중히 가지고 다닌다.

### *seen from* other prince

 from 루크

코멘트요? 꼭 해야만 하나요…?
네, 만나서 다행이라고 생각합니
다. 저는 그와 만난 덕분에 많이 변
할 수 있었던 거겠지요.

 from 히나타

정말 항상 시끄럽다니까~! 뭐라는
건지도 모르겠어! 그렇지만… 모두
금방 우울~해지니까 메디 같은 게
있는 편이 좋지 않겠어?

### Profile

| | | | |
|---|---|---|---|
| 속성 ◈ 섹시 | 국가 ◈ 예술의 나라·프레시안 | | |
| 키 ◈ 186cm | 체중 ◈ 70kg | 나이 ◈ 20세 | 생일 ◈ 3월 6일 |
| 취미 ◈ 그림 그리기 | | 버릇 ◈ 앞머리 쓸어올리기 | |
| 신조 ◈ 이 나의 미적 센스를 세계에 널리 퍼트리자! | | | |
| 좋아함 ◈ 아름다운 것(자기를 포함해서) | | | |
| 싫어함 ◈ 아름답지 않은 것 | | | |

 **Staff Comment** 『꿈왕국』의 분위기 메이커입니다. 뭐라 해도 포지티브! 자신의 길을 관철하면서도, 결코 자기중심적인 건 아니라는 점이 메디의 장점입니다.
메인 스토리 8장 이후에 그의 내력에 대해서도 다룰 수 있어서 기뻤습니다.【프로듀서 M】

# 카를로
## Carlo

CV ✦ 야노 토모야

**◆ 눈**
록커처럼 보이려고 눈썹을 잘랐다. 컬러 콘택트 렌즈를 하고 있다.

**◆ 복장**
카를로가 좋아하는 밴드 '킹 오브 디스트로이'의 영향을 받았다.

**◆ 신발**
통굽 신발은 원래 신기 힘들어했지만, 열심히 신고 다니면서 겨우 익숙해졌다.

너, 목소리 좋다!
저기, 내 밴드에서 노래 불러라!

공부의 나라 · 리토리아의 왕자.
매사에 자신만만하고 지기 싫어하는 성격.
답답한 부르주아 생활을 벗어나 펑키하게 살길 원한다.
멋있다는 말에 약하다.

## Face Pattern

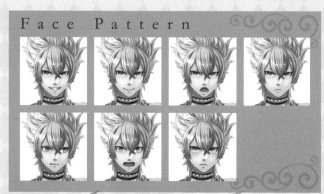

## Awake State

### KeyWord 1 ··· 펑키
국왕, 사회, 왕자라는 직함 등에 반항하고 싶은 나이인 그가 도달한 영역이다. 밴드에서 보컬과 기타를 담당하고 있다.

### KeyWord 2 ··· 의성어
감성이 그대로 튀어나오는 건지, 말할 때 의성어를 많이 사용한다.
그중에서도 '콰쾅'은 최다 사용 횟수를 자랑한다.

## seen from other prince

**from 지크**
아발론에서 신세를 졌습니다. 본 적 없는 무기를 휘두르고 있었지만 믿음직스러웠어요. 그렇지만 프린세스를 지키는 건 저의 검입니다!

**from 칼리번**
기타를 무기로 사용한다는 얘기는 들어본 적 없었어요…. 그걸로 몬스터를 쓰러뜨릴 수 있다니 정말 놀랐어요. 펑키, 라고 했던가요.

## Profile

| 속성 ✦ 쿨 | 국가 ✦ 공부의 나라 · 리토리아 | | |
|---|---|---|---|
| 키 ✦ 166.5cm | 체중 ✦ 62kg | 나이 ✦ 18세 | 생일 ✦ 5월 4일 |
| 취미 ✦ 밴드 활동 | | 버릇 ✦ 자꾸 의성어를 사용한다 | |
| 신조 ✦ 다른 사람 흉내는 내지 말라고! | | | |
| 좋아함 ✦ 소음 | | | |
| 싫어함 ✦ 기품 있는 것 | | | |

**Staff Comment**
보다시피 록 왕자입니다만, 사실 공부의 나라의 왕자님입니다. '엄격한 집안에 나타난 반항아!'의 전형이에요.
혼자서 어떤 파트든지 해낼 수 있는 미라클 플레이어지만, 저는 V자형 기타로 활약해줬으면 합니다. 【시나리오 K】

어떻게 하고 싶은 거야, 아기 고양이?
내가 쓰다듬어줬으면 좋겠어?

정열의 나라·란달시아의 왕자.
정열의 나라 왕자답게 매우 정열적이다.
마음이 끌리는 여성에게는 적극적으로 대시한다.
사랑을 속삭일 때마다 그의 정열은 불꽃과 같이 뜨겁게 타오른다.

# 코언
## Cohen

CV ◆ 오오쿠마 켄타

**두뇌 ◇**
여성에 관한 데이터라면 즉각 기억하는 두뇌를 갖고 있다. 레스토랑 등 여성이 좋아할 법한 정보를 잘 알고 있다.

**◇ 입**
달콤한 대사를 말하기 시작하면 멈추지 않으며, 담배를 싫어한다. 달콤한 말에 담배 냄새는 당치도 않다.

**◇ 다리**
여성과 함께 걸을 때면 보폭을 맞춰 걷는다. 반드시 자신이 차도 쪽에서 걷는다.

## Face Pattern

## Awake State

 KeyWord 1 ••• 아모레
란달시아에서 사랑의 표현으로 사용된다. 정열의 나라에서는 이 말을 자주 들을 수 있다.

KeyWord 2 ••• 친구
이성 간에 우정은 존재하지 않는다는 것이 코언의 지론. 오늘도 정열의 나라는 도처에서 남녀가 사랑을 속삭이고 있다.

 seen from **other prince**

**from 디온**
아아, 란달시아라면 알고 있어. 부러운 나라야. 정말이지, 나의 공주님은 좀처럼 만지게 해주지도 않는데 말이야.

**from 귀도**
아직 나라에 있었을 무렵 무도회의 문화를 전하러 간 적이 있어♪ 코언 왕자는 특히 열심히 들었지. 여성과 정열적으로 춤추고 싶다면서 말이야♪

## Profile

| | | | |
|---|---|---|---|
| 속성 ◆ 젠틀 | 국가 ◆ 정열의 나라·란달시아 | | |
| 키 ◆ 178.5cm | 체중 ◆ 70kg | 나이 ◆ 27세 | 생일 ◆ 7월 6일 |
| 취미 ◆ 여성과 놀기 | | 버릇 ◆ 장미 사기 | |
| 신조 ◆ 이 세상의 여성들은 모두 공주님! | | | |
| 좋아함 ◆ 여자 | | | |
| 싫어함 ◆ 남자 | | | |

 Staff Comment
만나자마자 그의 빠른 행동과 일을 진행시키는 속도에 깜짝 놀랐습니다. 젠틀 속성이지만 그의 넘치는 패션은 과연 정열의 나라의 왕자다워요. 멋대로인 것 같으면서도 그에게 있어서는 자연스러운 일이라서 비난할 수 없다는 점이 치사하네요. 【고객지원 S.Y】

# 란다
## Randa

CV ◆ 마츠우라 요시유키

### ◆ 사고방식
겉과 속이 같다. 대자연 속에서 느긋하고 대담하게 자라 경계심이 적다.

### ◆ 악력
체력에는 자신이 있다. 악력이 상당히 강해, 손으로 사과를 쥐어서 으스러뜨릴 수도 있다.

### ◆ 화상
어릴 적에 화상을 입은 적이 있어서 불을 조금 무서워한다.

## 고기! 고기 먹으러 가자! 너와 먹는 거 즐겁다!

미개척의 나라 · 힌터랜드의 족장의 아들. 호쾌하며 순수한 성격으로 아이들에게 사랑받고 있다. 고기를 매우 좋아하며 사냥이 특기다. 말이 약간 서툴다.

### Face Pattern

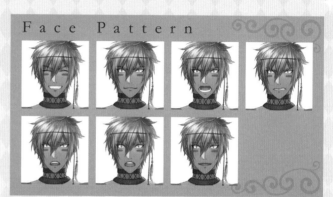

### Awake State

### KeyWord 1 ◆◆◆ 서툰 말씨
쓸데없는 내용이 들어가지 않은 란다의 독특한 말은 마음속 깊은 곳까지 똑바로 전해져온다. 그렇지만 익숙하지 않은 사람은 알아들을 때까지 시간이 걸린다.

### KeyWord 2 ◆◆◆ 사냥
란다의 일족은 자급자족을 한다. 아무리 큰 동물이라도 란다를 당해낼 수는 없다. 멧돼지는 손님에게 대접하는 최고급 사냥감이다.

### seen from other prince

 **from 나비**

미개척의 땅… 사실 저도 잘 알지는 못합니다. 독특한 문화를 가진 일족이 있다는 정도일까요…. 언젠가 방문해보고 싶네요.

 **from 할딘**

아아, 어쩌다 한 번 헤매서 들어간 적이 있어! 란다랑 사냥 승부도 했었지! 둘 다 커다란 멧돼지를 잡아서 무승부로 끝났어!

## Profile

| 속성 ◆ 패션 | 국가 ◆ 미개척의 나라 족장의 아들 | | |
|---|---|---|---|
| 키 ◆ 185cm | 체중 ◆ 75kg | 나이 ◆ 25세 | 생일 ◆ 2월 9일 |
| 취미 ◆ 사냥 | | 버릇 ◆ 뭐든 먹으려 한다 | |
| 신조 ◆ 냄새로 모든 것을 알 수 있다! | | | |
| 좋아함 ◆ 고기, 가족 | | | |
| 싫어함 ◆ 냄새가 지독한 녀석(아마도 적!) | | | |

## 어린애 취급은 그만둬!

사막의 나라·라비아의 막내 왕자.
솔직, 단순, 명쾌한 성격으로 마음먹으면 그대로 밀어붙이는
박력 있는 남자. 생활 형편 때문에 수전노 같은 면이 있다.
카라반의 호위 등으로 생계를 잇고 있다.

# 샤론
### Sharon

CV ◆ 진 마사히코

### Face Pattern

눈 ◇
무척 눈이 좋아서(시력
6.0 정도) 머나먼 사막
의 서편까지 볼 수 있다.

◇ 입
딱딱한 음식을 먹어왔기 때문에
턱 힘이 강하고 이도 튼튼하다.
참고로 좋아하는 음식은 과일
(귀중한 물&당분).

◇ 팔
호리호리한 체격이지만 팔
힘은 강하다. 순식간에 나무
꼭대기까지 올라갈 수 있다.

### Awake State

### KeyWord 1 ••• 램프의 요정

만난 자의 소원을 들어준다는 라비아의 전승. 샤론은 주인공을 램프의 요정
이라고 철석같이 믿고 있었다.

### KeyWord 2 ••• 대가족

사실 샤론의 형제는 10명이 넘는다. 사막이라는 가혹한 환경 속에서는 왕
족이라도 유복하게 지낼 수 없어, 샤론은 일해서 돈을 벌고 있다.

### *seen from* other prince

 뱌쿠요

라비아에서 램프 찾는 걸 도왔어.
기운찼지만 어쩐지 힘들어 보였
다…. 어느 나라든 여러 문제를 껴안
고 있구나.

 시구레

저, 저런 더운 곳에서 살고 있다니
대단해…. 그런 데다 건실하게 자신
의 힘으로 돈을 벌고 있고… 나도
똑바로 해야겠다는 생각이 들었어.

### Profile

| | | | | |
|---|---|---|---|---|
| 속성 ◆ 패션 | 국가 ◆ 사막의 나라·라비아 | | | |
| 키 ◆ 152.5cm | 체중 ◆ 50kg | 나이 ◆ 15세 | 생일 ◆ 7월 6일 | |
| 취미 ◆ 상금 벌기 | | 버릇 ◆ 양손을 허리에 올리기 | | |
| 신조 ◆ 어려운 일은 생각하지 말자 | | | | |
| 좋아함 ◆ 태양, 빛, 맛있는 것, 돈 되는 것 | | | | |
| 싫어함 ◆ 돈 안 되는 것, 귀찮은 일, 어려운 일 | | | | |

# 라이안
## Lian

CV ◆ 바렛타 유타카

**미, 미안해….
손이 닿아버렸군.**

유목민·투라족 두령의 아들.
용감하고 다정한 성격. 얼굴이 험악하여 겁내는 사람도
종종 있으나 본인은 그다지 신경 쓰지 않는다.
무예에 뛰어나다.

◆ **복장**

극심한 추위 속에서 이동
하기 때문에 방한 대책을
철저히 한다. 한편 기온이
높은 지역에는 가본 적이
없어 더위에 약하다.

**손** ◆
손재주가 좋아 금방
텐트를 펼 수 있다.
요리도 좋아하지만
매우 야성적인 요리
를 만든다고 한다.

◆ **체격**

오랜 시간 말 위에서
이동해도 거뜬한 단련
된 몸과 엄청난 체력
을 갖고 있다.

## Face Pattern

## Awake State

**KeyWord 1** ▸▸▸ **전투 민족**

라이안의 일족은 무예에 뛰어난 전투 민족으로 이름 높다. 가장 자신 있는
것은 맨손으로 하는 무술이지만 라이안은 창도 사용한다.

**KeyWord 2** ▸▸▸ **새벽의 여신**

특정 계절, 특정 장소에서밖에 볼 수 없는 붉은 별. 라이안의 일족을 지키고
이끌어주는 별로, 여신이라 불린다.

## seen from other prince

 from **루크**

'사람과의 만남이 힘을 준다'는 그
의 말에는… 사실 충격을 받았습
니다. 저도 여행을 하고 있는데도…
그처럼 생각해본 적은 없었으니까
요.

 from **클라운**

여행을 하던 도중에 만났지. 뭘 해
도 감탄하기만 해서 그를 웃게 하려
고 고생했어. 결국… 아니, 이건 비
밀로 해둘까♪

## Profile

| | | | |
|---|---|---|---|
| 속성 ◆ 쿨 | 국가 ◆ 유목민·투라족 두령의 아들 | | |
| 키 ◆ 179cm | 체중 ◆ 75kg | 나이 ◆ 29세 | 생일 ◆ 1월 16일 |
| 취미 ◆ 애마 돌보기 | | 버릇 ◆ 이 악물기 | |
| 신조 ◆ 전투 도중에 적에게 등을 보이지 말라 | | | |
| 좋아함 ◆ 작물이 잘 자라는 오후 | | | |
| 싫어함 ◆ 거짓말과 이유 없는 폭력 | | | |

**Staff Comment**
사실 『꿈왕국』에서 가장 처음 목소리를 녹음했던 게 라이안이었습니다. 영혼이 불어넣어지고, 목소리의 이미지에 가깝게 설정도 조정했지요.
실력도 빼어나고, 일족의 톱으로서의 책임감도 강하고… 사나이 중의 사나이라고 생각합니다. 【프로듀서 M】

## 스피카
### Spica

자, 내 뒤를 따라오렴….
어라, 그쪽이 아니라고?

별의 나라 · 벨테르의 왕자.
언제나 생글생글 웃는 얼굴을 하고 있다.
웬만해서는 화를 내지 않지만 한 번 화를 내면 엄청 무섭다고 한다.
지식이 풍부하고 아는 것도 많지만 방향치. 취미는 별점 보기.

CV ◆ 후세가와 카즈히로

**◆ 눈**
항상 부드러운 미소를 짓고 있다. 그가 눈을 뜨는 순간 종말이 찾아온다는 소문이 사실인 것처럼 돌고 있다.

## Face Pattern

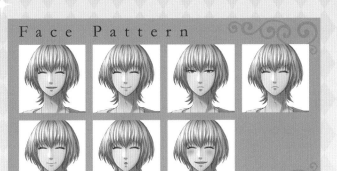

## Awake State

**◆ 도구**
손에 들고 있는 건 점을 칠 때 사용하는 도구. 갤러시아의 베가가 곧잘 점을 쳐 단기고 ▲피키를 찾아온다.

 **KeyWord 1** ••• **별점**
크리스탈을 사용해 별들의 목소리를 듣는 스피카의 특기. 전반적인 운세부터 연애운까지 뭐든지 점칠 수 있다. 적중률도 높다.

 **KeyWord 2** ••• **방향치**
주변에서 '일부러 저러는 게 틀림없다'고 할 정도로 심한 방향치.
모르는 장소에서 그와 만날 약속을 해서는 안 된다.

**◆ 다리**
극도의 방향치라서 자주 길을 헤맨다. 많이 걷는 덕에 다리 힘이 강해졌다.

### seen from other prince

 **from 데네브**
나도 가끔 점을 보곤 해. 내일의 옷차림이나 럭키 아이템 같은 거. 별은 그런 것까지 알려준다고.

 **from 알데바란**
스피카랑은 사이가 좋아. 그는 별의 목소리를, 나는 대지의 목소리를 듣고 있기도 하고 서로 가만히 듣기만 하니까 결국 아무 말도 하지 않을 때도 있지만 말이야.

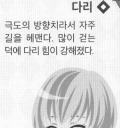

## Profile

| | | | |
|---|---|---|---|
| 속성 ◆ 쿨 | 국가 ◆ 별의 나라 · 벨테르 | | |
| 키 ◆ 187.3cm | 체중 ◆ 69kg | 나이 ◆ 22세 | 생일 ◆ 9월 3일 |
| 취미 ◆ 별점 | | 버릇 ◆ 자주 하품을 한다 | |
| 신조 ◆ 다들 사이좋게 지내자 | | | |
| 좋아함 ◆ 밤하늘 | | | |
| 싫어함 ◆ 소음 | | | |

**Staff Comment**
스피카 하면 실눈 캐릭터! 실눈 캐릭터 하면 눈을 떴을 때의 갭! 보통 강한 캐릭터의 특성입니다만 지금은 ★2뿐이라 아쉽습니다.
재등장해서 스피카의 여러 매력을 알 수 있기를 기원하고 있습니다. 【엔지니어 H.O】

047

# 알데바란
## Aldebaran
CV ◆ 하세가와 요시아키

팔뚝이 단단해 보인다고…?
아하핫, 매일 괭이를 드니까~!

별의 나라 · 플레이아의 왕자.
밝고 쾌활한 성격에 매사에 긍정적이고 붙임성도 좋다.
늘 생글생글 미소를 짓고 있으며
남녀노소 관계없이 사랑받고 있다.

**코 ◇**
냄새에 민감하다. 자연의 냄새를 좋아한다. 특히 막 베어낸 보리 냄새를 매우 좋아한다.

**◇ 복장**
농사일을 하기 쉽도록 신경 쓴 가벼운 복장. 초커는 스피카에게 받은 럭키 아이템이다.

**◇ 괭이**
손에 들고 있는 괭이는 벌써 3년 정도 사용한 것이다. 매우 마음에 들어하고 있다.

## Face Pattern

## Awake State

**KeyWord 1 ••• 밭**
농사 대국인 플레이아의 성 주변은 광활한 밭으로 둘러싸여 있다. 알데바란을 시작으로, 왕족이 솔선수범해서 애정을 담아 작물을 기르고 있다.

**KeyWord 2 ••• 긴장감 없는 표정**
알데바란의 고민. 진지하게 얘기해도 미소가 너무 상냥한 나머지 제대로 전해지지 않는다. 표정을 의식하면 이번엔 또 화가 났다고 오해받는다.

### seen from other prince

**from 라이안**
농경 기술을 알고 싶어서 한 번 나라를 방문한 적이 있지. 역시 가장 중요한 건 애정을 담는 거라고 알데바란 왕자가 말하더군.

**from 잔트**
플레이아와는 농업 기술을 서로 교류하고 있어. 형이 자주 외교를 위해 방문해 선물로 모종을 갖고 돌아오지만 기르는 건 나야….

## Profile

| | | | |
|---|---|---|---|
| 속성 ◆ 큐트 | 국가 ◆ 별의 나라 · 플레이아 | | |
| 키 ◆ 178.5cm | 체중 ◆ 75kg | 나이 ◆ 21세 | 생일 ◆ 5월 13일 |
| 취미 ◆ 농사, 파종 | | 버릇 ◆ 대지에 귀 기울이기 | |
| 신조 ◆ 생명의 근원은 위대한 대지 | | | |
| 좋아할 ◆ 땅, 녹색, 자연 | | | |
| 싫어함 ◆ 소음으로 가득한 번화가 | | | |

**Staff Comment**
'농업'이라는 모티브는 정해져 있었지만, 디자인에 괭이가 따라왔을 때는 놀랐습니다(웃음). 스토리에서는 그의 다정하고 느긋하면서도 조금 익살스러운 면모를 즐겨주시면 좋겠습니다.【프로듀서 M】

이봐, 예쁜 것은 섬세하다고.
조금 더 다정하게 만져줘.

별의 나라 · 스콜의 왕자.
아름다운 것을 좋아하며 더러운 것은 매우 싫어한다.
꽃과 여자를 사랑하고 즐기는 걸 삶의 낙으로 삼고 있다.
여자라면 일단 누구한테나 선물을 보낸다.

# 안타레스
## Antares

CV ◆ 카타야마 료

◆ 헤어스타일
머리가 흐트러지는 건
용납하지 못한다. 항상
살랑거리고 반지르르하
다. 가끔 홍매국의 미용
액을 사용한다.

◆ 메이크업
여성을 메이크업해주는
걸 좋아한다. 베가는 남
성이지만 언젠가 해주고
싶다고 생각하고 있다.

◆ 다리
운동 신경이 좋고, 다리
도 빠르다. 그렇지만 구기
운동은 잘 못한다.

## Face Pattern

## Awake State

### KeyWord 1 ◆◆◆ 메이크업에 대한 집착
좋은 소재를 발견하면 사람이든 물건이든 아름답게 꾸며주고 싶어 하는 성
미이다. 메이크업 기술은 프로한테도 지지 않는다.

### KeyWord 2 ◆◆◆ 장미꽃
안타레스가 사랑하는 꽃. 걸핏하면 주인공에게 장미꽃을 보내온다. 꽃말에
메시지를 담아 보내는 것이 그의 스타일이다.

### seen from other prince

**from 데네브**
나는 가장을 하니까 메이크업에 대
한 얘기를 자주 해. 안타레스랑은 지
향하는 바가 조금 다르지만 말이야.

**from 베가**
만나면 얼굴을 엄청 빤히 쳐다봐…
마치 뭔가를 참고 있는 것처럼 보이
고… 그리고 미용에 좋은 걸 준단
말이지. 도대체 뭘까?

## Profile

| | | | |
|---|---|---|---|
| 속성 ◆ 섹시 | 국가 ◆ 별의 나라 · 스콜 | | |
| 키 ◆ 187.3cm | 체중 ◆ 70kg | 나이 ◆ 29세 | 생일 ◆ 10월 25일 |
| 취미 ◆ 메이크업, 꽃꽂이 | | 버릇 ◆ 아름다운 것에 키스하기 | |
| 신조 ◆ 아름다운 게 착한 거다! | | | |
| 좋아함 ◆ 예쁜 것, 귀여운 것 | | | |
| 싫어함 ◆ 더러운 것 | | | |

**Staff Comment**
거만하고 단도직입적인 말투를 가졌지만, 동시에 에스코트의 소양을 갖춘 멋진 왕자님입니다. 아름다운 걸 좋아하고, 메이크업을 해주겠다고 제안할 때는 상냥하죠.
여성을 아름답고 기쁘게 만들어주는 걸 좋아하니까요! [시나리오 Y.Y]

# 슈티마
## Stimma

CV ◆ 무라타 타이시

**모두가 행복하면 나도 기뻐!
…너, 너는 어때?**

목소리의 나라·복스의 첫째 왕자.
밝고 명랑하며 동생들을 매우 좋아한다.
하고 싶은 말을 해야 할 때 제대로 잘하지 못한다.
차기 국왕이라는 입장에 복잡한 마음을 품고 있다.

◆ **노래**

노래를 잘 부른다. 목소리의
나라 제일의 실력을 지니고
있다. 우렁찬 노랫소리로 사
람들을 매료시킨다.

◆ **팔 힘**

부드러운 분위기와는
반대로 팔 힘이 강하다.
그래서 동생들은 그를
진심으로 화나게 해서
는 안 된다고 강하게 느
끼고 있다.

◆ **아이를 좋아한다**

동생들을 잘 돌보아주는 좋은
형. 친척이 아니더라도 아이를
매우 좋아한다.

## Face Pattern

## Awake State

### KeyWord 1 ··· 장남

장남인 슈티마는 차기 국왕으로 나라를 다스려야 하는 입장이나. 그렇지만
하고 싶은 말을 확실히 하지 못하는 자신에게 자신감을 갖지 못하고 있다.

### KeyWord 2 ··· 남 돌보기

동생들을 매우 좋아해 항상 챙겨주고 있다. 동생들도 그를 좋아하지만, 사
촌 동생인 리트는 슈티마를 냉정하게 지켜보고 있다.

## seen from other prince

**from 리트**

겁쟁이 슈티마는 나한테 의지하지
말아줬으면 하는데… 국가 정무 같
은 데에는 흥미없다고 했잖아…. 하
아, 도와줄 수도 있지만, 조금만이
야.

**from 루펜**

자랑스러운 형이야! 곤란한 일이 생
기면 뭐든지 상담하고 있어! 그렇지
만 가끔 뭔가 고민하고 있던데…
동생이지만 나도 형의 상담 상대가
되어주고 싶어!

## Profile

| | | | |
|---|---|---|---|
| 속성 ◆ 패션 | 국가 ◆ 목소리의 나라·복스 | | |
| 키 ◆ 180.5cm | 체중 ◆ 70kg | 나이 ◆ 23세 | 생일 ◆ 4월 24일 |
| 취미 ◆ 동생들과 놀기 | 버릇 ◆ 잠꼬대하기 | | |
| 신조 ◆ 가족 중에 누군가가 상처 입기 전에 스스로 희생한다 | | | |
| 좋아할 ◆ 동생들 | | | |
| 싫어함 ◆ 동생들을 상처 입히는 사람이나 물건 | | | |

**Staff Comment**

사촌 동생과 친동생들을 소중히 여겨주고 있는 형입니다. 시나리오를 체크하면서 이런 상냥한 오빠가 있었으면 좋겠다고 생각했습니다.
'공주님 앞에서는 오빠가 아닌 남자로서의 모습을 보여줘야 해!' 하고 응원하고 있습니다. 【시나리오 K】

항상 동생의 큰 목소리가 무서워서…
당신의 목소리는 듣기 좋아요.

목소리의 나라·복스의 둘째 왕자. 목소리가 작고 마음이 약하다. 쾌활한 형 슈티마와 목소리 큰 동생 루펜 때문에 늘 묻혀버린다. 그러나 여차하는 순간에는 매우 강한 모습을 보여준다.

# 플루
## Flu

CV ◆ 타카하시 코지

## Face Pattern

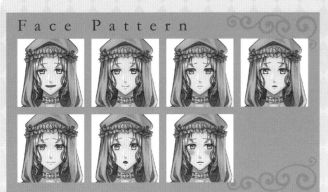

## Awake State

사고방식 ◇
부드러운 성품이다. 움직임도 느긋해 곧잘 루펜의 그림자에 가려진다.

◇ 피부
햇볕에 타면 피부가 빨개진다. 평소에는 베일로 가리고 있다.

손 ◇
무척 손재주가 좋아 형이나 동생의 머리를 땋거나 묶어주고 있다.

**KeyWord 1** ··· 작은 목소리
목소리가 무척 작아, 가까운 곳에 있어도 못 듣는 경우가 많다. 형제끼리 얘기하고 있으면 루펜의 목소리에 완전히 묻혀버린다.

**KeyWord 2** ··· 아프로스의 수경
아프로스에는 운명의 상대가 비친다는 수경이 있다. 플루는 거기에 자신과 주인공이 비치기를 바라고 있었다.

### seen from other prince

 from 슈티마
하여간 플루는 목소리가 작아서 말이지. 조용한 것도 플루의 개성이라고는 생각하지만, 조금 더 당당해지면 기쁠 것 같아.

 from 루펜
플루 형은 뭘 말해도 전혀 안 들린다니까! 내 대답 소리 때문에 또 안 들리게 되고! …그치만 심지가 굳어서 그런 면은 존경스러워!

## Profile

속성 ◆ 젠틀    국가 ◆ 목소리의 나라·복스
키 ◆ 169cm    체중 ◆ 60kg    나이 ◆ 18세    생일 ◆ 5월 26일
취미 ◆ 작은 새들과 놀기    버릇 ◆ 옷자락을 꽉 잡는다
신조 ◆ 언제나 냉정하게, 만약의 순간에는 강하게
좋아함 ◆ 정적, 형제
싫어함 ◆ 싸움, 소문

**Staff Comment** 외모가 귀엽고, 목소리가 작은 왕자님. 무슨 말을 하는지 잘 들리지 않지만 귀를 기울여보면 그의 간절한 마음이 전해져 옵니다! 평소에는 소심하지만, 여차하는 순간에 강해서 믿음직스럽기도 합니다. 【시나리오 C.M】

# 리트
## Lied

CV ◆ 사가라 노부요리

**나를 신경 쓰다니…
너, 한가하구나.**

목소리의 나라 · 복스의 왕자.
슈티마 형제의 사촌이다.
너무 우수해서 세상을 약간 특이하게 바라보는 면이 있다.
정신이 들면 언제나 작곡을 하고 있다.

**팔** ◆

악기를 다루기 때문에 사실 단련된 탄탄한 팔을 갖고 있다. 무거운 악기도 가볍게 들어 올린다.

**식사** ◆

소식가이다. 누군가와 카페에 가도 리트는 물만 마시고 있다. 먹여주면 먹는다.

## Face Pattern

**손** ◆

음감이 있고 재주가 좋아 어떤 악기든 어느 정도 다룰 수 있다. 그렇지만 연주보다 작곡을 좋아한다.

### Awake State

### KeyWord 1 ◆◆◆ 세상의 끝

내일 세상이 끝날지도 모른다, 그런 가능성을 생각하며 매일을 살고 있는 그에게 무서운 것은 없다. 소중한 건 살아있는 지금 이 순간.

### KeyWord 2 ◆◆◆ 작곡

우연한 순간 떠오르는 그의 멜로디는 듣는 이의 마음을 뒤흔드는 힘을 갖고 있다. 단, 작곡하는 건 그가 내킬 때뿐이다.

### seen from other prince

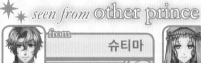

| from 슈티마 | from 플루 |
|---|---|
| 리트는 정말 능력 있는 녀석이야. 그러니까 내가 국왕으로서 나라를 짊어져야 할 때 곁에 있어줬으면 해. 하지만 본인은 어떻게 생각하는지… 못 물어보겠어. | 리트가 만든 곡은… 무척 아름다워서 정말 좋아해. 리트를 괴짜라고 하는 사람도 있지만… 나는 리트랑 같이 있는 게 좋아. 어깨의 힘을 뺄 수 있으니까…. |

## Profile

| 속성 ◆ 섹시 | 국가 ◆ 목소리의 나라 · 복스 |
|---|---|
| 키 ◆ 175cm    체중 ◆ 66kg    나이 ◆ 20세 | 생일 ◆ 9월 18일 |
| 취미 ◆ 작곡 | 버릇 ◆ 노래 흥얼거리기 |
| 신조 ◆ 인생은 포기할 때도 중요하다 | |
| 좋아함 ◆ 평화 | |
| 싫어함 ◆ 부조화 | |

**Staff Comment**
인생은 포기하는 게 중요하다고 생각하는, 좀 충격적인 왕자님입니다(웃음). 그런 속세를 떠난 사람 같은 소리를 하는 그의 특기가 작곡이라니… 그런 그의 갭을 즐겨주셨으면 합니다.【시나리오C.M】

## …음악을 들려달라고요?
## 부끄럽지만 당신이 그렇게 말씀하신다면…

음악의 나라 · 뮤제의 왕자.
지금은 나라를 떠나 이곳저곳을 여행하고 있다. 엄격한 부왕과
자신을 비교하며 스스로에게 자신감을 느끼지 못하고 있다.
그가 연주하는 악기의 음색에 누구나 도취되고 만다.

# 루크

CV ◆ 쵸난 쇼타

### Face Pattern

◆ 귀
귀가 밝다. 새들의 울음소
리를 들으면 그 새의 종류
와 있는 방향 등을 정확하
게 알 수 있다.

◆ 복장
좋아하는 색은 숲속
이나 자연과 어울리
는 색. 메디에게 수수
하다는 소리를 듣고
조금 침울해졌다.

### Awake State

◆ 피리
손에 들고 있는 피리는
아버지가 사주신 것. 한
조각의 용기를 준 이 피
리를 루크는 '파트너'라
고 부르고 있다.

**KeyWord 1** ••• 존재감
자기 자신의 존재감을 드러내는 것을 삶의 과제로 삼고 있다. 이는 엄격한
아버지와 우수한 형제들에게 느끼는 콤플렉스로 인한 것이다.

**KeyWord 2** ••• 친구
여행을 계속하며 메디와 말을 주고받는 실력이 향상했다. 라비아에서 메디
가 루크에게 걸린 저주를 풀어주면서 정식으로 '친구'가 된 모양이다.

### ★ *seen from* other prince ★

*from* 메디
후후, 말하지 않아도 전해지겠지.
우리들의 이 바다보다 깊은 인연…
이는 이미 예술의 경지! 자네야말로
나의 진정한 벗이야! …그 눈은 뭔
가!?

*from* 뱌쿠요
장점은 잔뜩 있으니까 좀 더 자신
을 가질 때야. 스스로 생각하는 것
이상으로 왕자답다니까? 그리고
항상 메디를 상대해줘서 고마워.

### Profile

| | | | |
|---|---|---|---|
| 속성 ◆ 젠틀 | | 국가 ◆ 음악의 나라 · 뮤제 | |
| 키 ◆ 174cm | 체중 ◆ 64kg | 나이 ◆ 23세 | 생일 ◆ 9월 14일 |
| 취미 ◆ 악기 연주 | | 버릇 ◆ 파트너 피리 움켜쥐기 | |
| 신조 ◆ 신조다운 신조를 가지고 있지 않다 | | | |
| 좋아함 ◆ 호숫가 등 조용한 장소, 아름다운 노랫소리 | | | |
| 싫어함 ◆ 북적거리는 사람들, 음치의 노랫소리 | | | |

**Staff Comment** '어떻게 존재감을 나타낼까'라는 생각이 설마 메디와 콤비를 이루는 것으로 해결될 줄은 몰랐습니다(웃음). 그들의 유쾌함은 이야기에 없어서는 안 될 것이 되었어요.
그의 과거 이야기도 언젠가 그리고 싶네요.【프로듀서 M】

# 카이네

kaine

CV ◆ 쿠로사와 토시키

왜 나는 약해 보이는 걸까….
너도 그렇게 생각해?

도화의 나라 · 페르쉐의 왕자.
여섯 명의 누나들로부터 항상 귀여움을 받고 있다.
근육이 붙지 않고 키가 안 크는 것이 고민거리.
소심하지만 강한 마음을 지니고 있다.

◆ 헤어스타일
머리는 누나가 세팅해준다.
모자는 어른스러운 느낌을
내고 싶어서 써봤지만, 귀엽
다는 소리를 듣고 있다.

◆ 피어스
늠름함을 연출해보고
싶어서 몰래 뚫었다.
그 일이 누나들에게
들켜 엄청 혼났다.

◆ 완력
사실 무척 완력이
강하다. 하지만 때
리면 상대가 아파할
걸 걱정하기 때문에
좀처럼 솜씨를 드러
낼 기회가 없다.

## Face Pattern

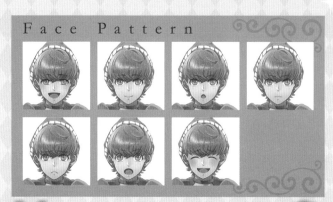

## Awake State

### KeyWord 1 ⋯ 울끈불끈
카이네는 울끈불끈한 몸을 동경한다. 그렇지만 얄궂게도 카이네는 키가 자
라지 않고 근육이 잘 붙지 않는 체질이다. 프로테인에 흥미를 갖고 있다.

### KeyWord 2 ⋯ 누나
여섯 명의 누나들은 남매 중 유일한 남자인 카이네를 엄하게 길렀다. 검술
도 체술도 달인인 누나들이 가르친 것.

## seen from other prince

 from 아비

강해지고 싶다고 말하길래 검 연습
을 같이했었지. 훌륭한 실력이던걸.
누나에게 직접 가르침을 받았다던
데, 카이네의 누나는 도대체 어떤
사람인 거시…?

 from 히나타

페르쉐의 과자는 맛있으니까 가져
오게 하고 있어! 대신 장난감을 주
려고 했는데 누나들이 안 된다고 한
대.

## Profile

| | | | |
|---|---|---|---|
| 속성 ◆ 큐트 | 국가 ◆ 도화의 나라 · 페르쉐 | | |
| 키 ◆ 162cm | 체중 ◆ 56kg | 나이 ◆ 16세 | 생일 ◆ 3월 3일 |
| 취미 ◆ 야생 생물 관찰 | 버릇 ◆ 주먹 쥐기 | | |
| 신조 ◆ 나는 강해져야 한다! | | | |
| 좋아함 ◆ 단 것, 귀여운 것, 강한 것 | | | |
| 싫어함 ◆ 못된 사람, 다른 사람을 괴롭히는 사람 | | | |

Staff Comment
사실 초기 캐릭터 설정에서는 여자애 복장을 한 왕자, 이른바 '여장 남자'였습니다. 여성의 마음에 공감할 수 있고 위로할 수도 있는
강하고 상냥한 왕자님이라서, 앞으로의 성장도 기대되네요. [플래너 Y.M]

외로워? 알았어.
내가 함께 있어줄게.

빛의 나라 · 아마츠의 제1왕자. 다정하고 총명한 차기 국왕 후보.
왕자로서 자각을 가지고 열심히 노력하고 있지만, 한편으로는
공허함을 느끼고 있다. 코토호기를 깨운 보답으로 아마츠에
초대받은 주인공. 하지만 그의 초대에는 어떤 의도가 있었으니…?

# 코토호기
## Kotohogi

CV ◆ 스즈무라 켄이치

◆ 헤어스타일
살랑거리는 부드러운 머
릿결을 갖고 있어 시구레
가 동경한다. 비 오는 날
에는 머리카락이 부스스
해지는 것이 고민.

 ◆ 눈
뭔가를 관찰하는 것을 좋
아한다. 관찰 대상은 인간
을 포함해 다양하다. 관찰
한 것은 자신과 비교한다.

### Face Pattern

### Awake State

 ◆ 복장
새하얀 양복을 입고 있다.
언제나 얼룩 하나 없이 깨
끗하다. 그 꼼꼼함 덕분인
지 않았을 때 생기는 주름
조차 없다.

KeyWord **1** ••• 공허함
계속 부왕의 말에 따라 행동해온 코토호기가 느끼고 있는 콤플렉스. 식물을
키우는 것으로 희미하게 자신의 존재를 느끼고 있다.

KeyWord **2** ••• 메이
아마츠의 대립국. 양국 간에 도둑질과 유괴가 횡행할 정도로 관계가 심각하
다. 아마츠의 국력이 더 강하지만, 코토호기는 시구레를 마음에 걸려 한다.

## ★ seen from other prince

 from 시구레
코토호기는 무척 머리가 좋고, 뭐
든지 할 수 있고… 나 같은 거랑은
정말 달라. 나라 문제도 있는데 왜
나랑 친하게 지내주는 걸까…? 물
어보고 싶지만….

 from 나비
아마츠와 메이… 오래전부터 두 나
라는 대립해왔고, 꿈왕에서도 이에 대해
마음 아파하고 계셨습니다. 코토호기
왕자와 시구레 왕자가 두 나라의 연결
다리가 되어주면 좋겠습니다만….

## Profile

| | | | |
|---|---|---|---|
| 속성 ◆ 젠틀 | 국가 ◆ 빛의 나라 · 아마츠 | | |
| 키 ◆ 171cm | 체중 ◆ 58kg | 나이 ◆ 22세 | 생일 ◆ 4월 6일 |
| 취미 ◆ 텃밭 가꾸기 | | 버릇 ◆ 등 뒤로 손을 깍지끼기 | |
| 신조 ◆ 공과 사를 혼동하지 말자 | | | |
| 좋아함 ◆ 상냥한 사람, 봉사 활동 | | | |
| 싫어함 ◆ 목숨을 소홀히 여기는 사람, 무단투기하는 사람 | | | |

Staff Comment '우등생으로부터 느껴지는 색기'라고 설정 자료집에 쓰여 있었습니다. 공주님께 전해지고 있을까요? 만약 같이 공부하는 교실에 코토호기가 있다면
너무 신경 쓰여서 공부에 집중할 수가 없을 거라는 이미지로 대사를 구상했습니다. 【시나리오 K】

# 제 이
### J a y

CV ◆ 오다 유세이

**헤어스타일 ◆**
머리도 수염도 별로 시간
들이지 않고 자연스러운
느낌으로 정돈하고 있다.

**◆ 두뇌**
왕족 중에서도 매우 우수했기
때문에 뱀파이어가 되기 전에
는 장래가 유망했다.

**◆ 연애**
학창 시절에 여성 쪽에서 호감
을 드러내는 일이 많았다. 그래
서 꽤 놀기 했지만, 진심으로
좋아하는 사람은 찾지 못했다.

## 응? 내게 무슨 볼일이라도 있어?

성직자의 나라 · 노플리의 왕자.
다정하고 온화한 성격. 옛날에 뱀파이어에게 물려서
빛이 드는 장소에는 나가지 못한다.
백성들은 그에게 냉담한 듯하다.

### Face Pattern

### Awake State

### KeyWord 1 ▸▸▸ 밤의 주민
햇빛 아래로 나갈 수 없게 된 그는 낮에는 계속 자고 있다. 밤에는 몰래 홀
로 단골 바에서 술을 마시고 있을 때가 많다.

### KeyWord 2 ▸▸▸ 그림
그림을 그리는 걸 좋아했던 제이는 예전에 화가가 되고 싶다고 생각했었다. 그
의 그림은 매우 독특해서, 다른 사람은 보더라도 뭘 그린 것인지 알지 못한다.

### ✦ seen from other prince

 from **메디**
어둠 속에서 빛나는 날카로운 눈동
자, 그리고 긴 송곳니…. 처음 만났
을 때는 놀랐지만 대화해보니 뭘 좀
아는 사람이더군! 무엇보다, 나의
그림을 칭찬해주었으니 말이네!

 from **알프레드**
제이를 뱀파이어로 만든 건 우리 아
버지야. 그러니 이제 옛날의 관계로
돌아갈 수는 없어…. 제이와 나, 그
녀석 셋이서 친하게 지냈던 그때로
는….

## Profile
속성 ◆ 젠틀　　국가 ◆ 성직자의 나라 · 노플리
키 ◆ 190cm　　체중 ◆ 80kg　　나이 ◆ 39세　　생일 ◆ 11월 26일
취미 ◆ 밤의 바에서 혼자 지내는 것　　버릇 ◆ 몸 중심을 왼쪽으로 기울이기
신조 ◆ 절대로 상황을 복잡하게 만들지 말자
좋아함 ◆ 책과 커피
싫어함 ◆ 커뮤니케이션

 **Staff Comment** 실패와 성공 등 인생 경험을 쌓고 체력도 쇠기 시작했을 때에 생겨나는 힘이 빠진 여유, 그런 매력을 실현해준 멋진 왕자입니다.
개인적으로는 30대 후반은 돼야 겨우 '아저씨'라고 부를 만한 연령이라고 생각해요.【플래너 Y.M】

# 아인스
### Eins

CV ◆ 키쿠치 유키토시

응, 네가 원하는 건 뭐든 들어주지.
왕자니까!

시간의 나라 · 포런트의 열혈 왕자.
자신감이 지나치긴 하지만 미워할 수 없는 성격을 갖고 있다.
밝고 사교적이기 때문에 주변에 사람들이 모여든다.
자신이 영원한 스무 살이라고 우기고 있다.

## Face Pattern

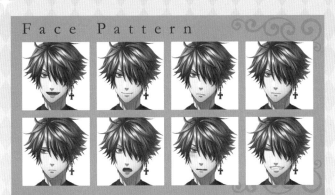

## Awake State

**헤어스타일 ◇**

헤어스타일을 세팅하는
데 매일 1시간씩 걸린다.
그 시간 동안 무척 즐거
워한다.

**◇ 좋아하는 음식**

최근 담백한 음식을
좋아하게 됐지만, 본
인은 그걸 나이 탓으
로 생각하지 않는다.
위장이 약하다.

**필살기 ◇**

필살기가 많다. 그
중에는 본인도 잊어
버린 필살기도 있
어, 동생한테 지적
받는다.

## KeyWord 1 ▸▸▸ 영원한 스무 살

평생 젊게 지내고 싶어 하며, 자신이 영원한 스무 살이라고 우기고 있다. 하
지만 몸은 거짓말을 못하는지 갑자기 격렬하게 움직이면 반동이 온다.

## KeyWord 2 ▸▸▸ 아인스의 동생

지극히 착실한 그의 동생은 형의 분방함에 한숨을 쉬며 걱정하고 있다. 같
이 참배를 하러 가는 등, 이러니저러니 해도 사이는 좋다.

## ★ seen from other prince

 from 드라이

호구. 무슨 게임을 해도 속더군. 하
지만 운 게임에는 강해. 그리고, 기
술명 센스가 구려. 기세만 앞세우지
말고 좀 더 파고들라고.

 from 제로

그 또한 나로선 이해하기 어려운 인
간이지. 그렇지만 오랜 기간 어울리
면서 이해했어. 요컨대 모든 것이
폼 잡으려는 행동이라는 것을 말이
야.

## Profile

| | | | |
|---|---|---|---|
| 속성 ◆ 패션 | 국가 ◆ 시간의 나라 · 포런트 | | |
| 키 ◆ 186cm | 체중 ◆ 76kg | 나이 ◆ 30세 | 생일 ◆ 12월 31일 |
| 취미 ◆ 기술명 짓기 | | 버릇 ◆ 앞머리를 양옆으로 밀어젖히기 | |
| 신조 ◆ 나에게 불가능한 일은 없다! | | | |
| 좋아함 ◆ 숫자, 거울 | | | |
| 싫어함 ◆ 더러운 장소, 미적 센스에 어긋나는 것 | | | |

**Staff Comment** '영원한 스무 살'이라는 단어는 초기 단계부터 존재했습니다. '몇 살이지?' 하고 자료의 나이를 확인했죠. 멋진 외모와 맞지 않는 개그 분위기가 강한 왕자님입니다.
그와 함께 있으면 하루하루가 즐거울 것 같다고 생각합니다. 【시나리오 K】

# 클라운

## Clown

CV ◆ 노가미 쇼

◆ 곡예

운동을 잘하며, 손재주도 매우 뛰어나다. 온갖 곡예를 부리며 사람들을 매료시킨다.

메이크업 ◆

메이크업은 직접 한다. 매우 숙달됐기 때문에 잠이 덜 깬 상태에서도 잘할 수 있다.

◆ 즐겁게 해주기

어린 시절에는 사람을 웃게 하는 것, 즐겁게 하는 것을 어려워해서 아무 것도 못 했다.

자, 주목하세요. 1, 2, 3… 보십시오, 멋진 풍경이지요?

광대의 나라·카르나바라의 왕자. 자신의 본심을 드러내지 않으며 익살맞게 행동하는 것이 특기. 상대가 누구든지 일단 웃기려고 한다. 사람을 웃기는 방법을 무려 100가지나 알고 있다.

### Face Pattern

### Awake State

**KeyWord 1** ••• 100명의 웃음

왕족으로서 백 개의 다른 직업을 가진 사람을 웃게 하는 과제를 수행하고 있다. 이 여행을 통해 왕자는 마법부터 곡예, 조크에 이르기까지 모든 웃음을 정복한다.

**KeyWord 2** ••• 비법을 탄로 내는 클라운

어릿광대가 되고 얼마 지나지 않았던 시절 클라운의 별명이었다. 실패만 잔뜩 하던 그는 엄청난 노력을 통해 현재의 기술을 익혔다.

### seen from other prince

 from 귀도

후후… 사실 조금 친분이 있어♪ 내가 면 아래 마음속을 엿보려 하지. 내 진정한 웃음이 보고 싶다면서 말이야. 그런 사람은 처음 봤어.

 from 플루

아프로스에서 연설을 앞두고 긴장하고 있을 때 말을 걸어줬어…. 판토마임을 보여주더라고. 정신을 차리니 그걸 보고 웃고 있었어…. 굉장한 사람이야.

## Profile

| | | |
|---|---|---|
| 속성 ◆ 섹시 | 국가 ◆ 광대의 나라·카르나바라 | |
| 키 ◆ 169.5cm | 체중 ◆ 62kg | 나이 ◆ 26세 | 생일 ◆ 8월 19일 |
| 취미 ◆ 판토마임 | | 버릇 ◆ 사람의 의표를 찌르기 |
| 신조 ◆ 타인에게는 미소만을 보이자 | | |
| 좋아함 ◆ 어린아이 | | |
| 싫어함 ◆ 다툼 | | |

**Staff Comment**
광대의 나라의 왕자님입니다! '특이한 화장으로 감춰진 멋진 왕자님!'이라는 정석적인 두근거림을 느낄 수 있도록 디자인했습니다. 자연스럽게 웃음을 짓게 해주는 상냥한 왕자님입니다. 【메인 디자이너 m/g】

# 미야

Miya

내가 없으면 외로워?
괜찮아, 여기에 있으니까!

마법의 나라·소르시아나의 둘째 왕자.
밝고 쾌활한 성격으로 백성들의 사랑을 받고 있다.
쌍둥이 형 이리아를 좋아하면서도, 한편으로는
콤플렉스를 안고 있다.

CV ✦ 오노 켄쇼

## Face Pattern

## Awake State

◇ 헤어스타일
엎드려서 자기 때문에
아침에는 머리가 엉망
이 된다. 정리하는 데
시간이 오래 걸린다.

◇ 잘 쓰는 손
사실 왼손잡이다. 하지
만 성안에는 오른손잡
이용 물건이 많아서 힘
들어하고 있다.

◇ 자주 가는 장소
자주 소르시아나의
거리로 놀러 간다.
마을 사람들도 왕자
로서가 아닌 미야
개인과 친하게 지내
고 있다.

 KeyWord 1 ▸▸▸ 번개 마술
미야의 특기 마술. 위력은 굉장하지만 좀처럼 그 위력을 제대로 컨트롤하지
못한다.

KeyWord 2 ▸▸▸ 이리아의 안경
이리아가 미야의 방에 깜빡 두고 간 물건. 돌려주지 못한 채로 책상 서랍 안
에 잠들어 있다. 미야는 그걸 단 한 번, 몰래 써본 적이 있다.

## ✦ seen from other prince

**from 이리아**
모두에게 사랑받고 있고, 자유로
워서 부럽습니다. 사실 저보다도 미
야 쪽이 굉장한 재능을 갖고 있어
요. 미야를 좋아하긴 하지만… 지고
싶지 않습니다.

**from 그레이엄**
내 작품을 좋아한다고 말하지만,
이야기 곳곳에 담아놓은 작은 의도
까지는 이해하지 못했더군…. 뭐,
즐겨준다면 그걸로 만족이다만.

## Profile

| 속성 ✦ 큐트 | 국가 ✦ 마법의 나라·소르시아나 | | |
|---|---|---|---|
| 키 ✦ 171cm | 체중 ✦ 64kg | 나이 ✦ 18세 | 생일 ✦ 2월 23일 |
| 취미 ✦ 인간 관찰 | | 버릇 ✦ 손끝으로 머리 만지작거리기 | |
| 신조 ✦ 자신의 어두운 부분을 타인에게 보이지 말자 | | | |
| 좋아함 ✦ 하트 모양 초콜릿 | | | |
| 싫어함 ✦ 간지럽히기 | | | |

 **Staff Comment** 스코어 챌린지에서 맹활약해줍니다. 미야가 없는 스코어 챌린지는 더 이상 생각할 수 없을 정도예요.
누구나 좋아하는 밝은 성격이 남자가 봐도 호감이 갑니다. 【엔지니어 T.K】

# 이리아

## Ilia

CV ◆ 사쿠라이 타카히로

왜 그러시나요?
제가 할 수 있는 게 있다면 뭐든 말해주세요.

마법의 나라·소르시아나의 쌍둥이 왕자 중 형. 점잖은 태도와 우수한 능력으로 차기 국왕으로서 주위의 기대를 한 몸에 받고 있다. 어릴 적에는 몸이 약해 성 밖에 별로 나가지 못했다. 주인공과 시간을 보내며 자신은 알지 못하던 세계를 체험해 가던 이리아지만…!

◆ 혀
뜨거운 것을 잘 못 먹는다. 홍차는 우유를 넣어 식을 때까지 기다린 후에 마신다. 대체로 미야는 그 사이에 두 잔째를 마시고 있다.

글씨 ◆
이리아의 성실하고 침착한 성격이 반영된 건지, 무척 글씨가 깔끔하고 읽기 쉽다.

◆ 운동
운동은 잘 못한다. 정확히는 몸이 약해서 별로 몸을 움직일 기회가 없었다. 몸놀림이 가벼운 미야를 부러워한다.

### Face Pattern

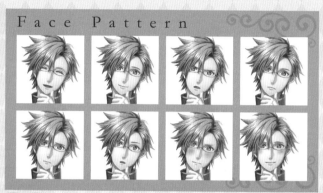

### Awake State

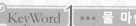

KeyWord 1 ••• 물 마술
섬세한 물 마법이 특기이다. 미야의 특기가 공격 마법인 것과 반대로, 이리아는 방어술에 능하다. 둘이 모이면 최강.

KeyWord 2 ••• 음치
음계 잡는 걸 어려워해서, 다른 사람 앞에서는 절대 노래하지 않는다. 그렇지만 그의 노랫소리는 어딘가 따뜻한 분위기를 띠고 있다.

### seen from other prince

 미야
이리아는 정말 대단해. 모두로부터 존경받고, 부모님한테도 기대받고 있어. 나도 좋아하고. 하지만… 역시 조금 비교하게 되는 건 어쩔 수 없지.

 사이
메모와르에서 만났어. 무척 차분한 사람이었지. 겸손하고 침착하고, 어쩐지 마음이 맞는 사람이라서 반가워어.

## Profile

| 속성 ◆ 젠틀 | 국가 ◆ 마법의 나라·소르시아나 | | |
|---|---|---|---|
| 키 ◆ 171cm | 체중 ◆ 62kg | 나이 ◆ 18세 | 생일 ◆ 2월 23일 |
| 취미 ◆ 독서, 노래 부르기 | | 버릇 ◆ 턱을 손으로 괴고 머리 기울이기 | |
| 신조 ◆ 타인하고는 반드시 시선을 맞추고 대화하자 | | | |
| 좋아함 ◆ 책에서 나는 냄새, 비 | | | |
| 싫어함 ◆ 소란스러운 장소 | | | |

 **Staff Comment** 마법이 특기인 오빠 같은 왕자님입니다. 무척 우수하고 완벽해 보이지만… 사실 노래와 운동을 못하는 귀여운 면도 있습니다. 성실한 그는 못하는 것과도 진지하게 마주하죠. 그 뚝바른 모습은 심금을 울립니다. 정말 좋아해요…! [시나리오 Y.Y]

# 미치루
## Michiru

## 파랑새는 어디로 가버린 걸까….

축복의 나라·블루드롬의 왕자.
말수가 적으나 다정한 성격.
그의 곁에서 사라진 파랑새를 찾고 있다.
함께 파랑새를 찾게 된 주인공과 미치루가 발견한 것은…?

### Face Pattern

### Awake State

◆ 귀
사람의 마음속 소리를 들을 수 있다. 그 탓에 가족들은 꺼림칙해 했고, 인간 친구도 없었다.

◆ 주머니
주머니 속에는 언제나 친구(파랑새)에게 줄 모이가 들어 있다.

다리 ◆
다리가 느리고, 천천히 움직이기 때문에 여행에는 맞지 않는다. 그럼에도 불구하고 뛰쳐나가 찾을 정도로 파랑새를 소중하게 여겼다.

### KeyWord 1 ••• 파랑새
미치루의 유일한 친구. 주변에서 꺼려하는 미치루가 마음을 열 수 있는 정말 소중한 존재였다.

### KeyWord 2 ••• 텔레파시 능력자
사람의 마음속 소리를 들을 수 있는 미치루에게 있어 바깥세상은 무서운 곳이다. 최대한 다른 사람과 엮이지 않고, 방 안에 틀어박혀 있다.

## ⭐ seen from other prince

from 나비
블루드롬 국왕님을 뵌 적은 있지만, 왕자님은 한 번도 뵌 적이 없습니다…. 평안한 마음으로 지내고 계신 거면 좋겠네요.

from 게리
소문으로밖에 들어본 적 없지만… 동물과 마음이 통하는 왕자가 있다더군. 분명 무척 상냥한 마음씨의 소유자일 테지. 만나보고 싶어.

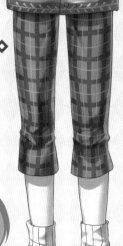

## Profile

| | | | |
|---|---|---|---|
| 속성 ◆ 큐트 | | 국가 ◆ 축복의 나라·블루드롬 | |
| 키 ◆ 159cm | 체중 ◆ 53kg | 나이 ◆ 16세 | 생일 ◆ 1월 22일 |
| 취미 ◆ 낮잠 | | 버릇 ◆ 새장 껴안기 | |
| 신조 ◆ 새장을 누구에게도 만지게 하지 않는다 | | | |
| 좋아함 ◆ 파랑새 | | | |
| 싫어함 ◆ 사람이 많은 장소 | | | |

# 베이리
## Vairy

CV ◆ 스즈키 타츠히사

### 너 말이야, 무방비하단 소리 자주 듣지 않아?

수인의 나라 · 베리티아의 왕자. 밤이 되면 무시무시한 야수의 모습이 되는 저주에 걸려 있어, 그 모습을 아무에게도 보이지 않으려 한다. 저주를 푸는 방법이 명확하지 않기 때문에 베이리 자신도 반쯤 포기한 상태다.

◆ 복장
사실 옷도 액세서리도 신경 써서 입는 멋쟁이이다. 특히 부츠는 수집하고 있을 정도로 좋아한다.

◆ 꼬리
꼬리는 거추장스럽다고 생각하고 있다. 계절의 변화에 따라 털갈이를 하는 시기에는 털이 날려서 힘들다.

◆ 손톱
날카로운 손톱을 갖고 있다. 커다란 짐승도 일격에 숨통을 끊어놓을 수 있다.

### Face Pattern

### Awake State

**KeyWord 1** ◆◆◆ 야수화 저주
왕족이 드물게 걸리는 저주. 반인반수가 아닌 완전한 짐승 모습이 된다. 그 저주를 풀기 위해서는 '진실한 사랑'이 필요하다.

**KeyWord 2** ◆◆◆ 제스
베이리의 동생. 저주에 걸린 형을 내쫓고 자신이 왕위에 오르려는 계획을 꾸미고 있다.

### seen from other prince

from 베울
혼자 있을 때 우연히 만났어. 베이리는… 항상 괴로워 보여. 그러니까 하다못해 마음을 터놓고 얘기할 수 있는 상대가 있으면 좋겠다고 생각해.

from 빔
베울을 찾아갔을 때 만났는데… 나 말고도 짐승이 되는 것 때문에 괴로워하는 녀석이 있다는 걸 알게 되었지. 대화하고 조금… 마음이 편해졌어.

### Profile

| | | | |
|---|---|---|---|
| 속성 ◆ 패션 | | 국가 ◆ 수인의 나라 · 베리티아 | |
| 키 ◆ 사람:179cm(귀 제외), 189cm(귀 포함) 짐승:184.5cm(귀 제외), 197.5cm(귀 포함) | | | |
| 체중 ◆ 76kg | 나이 ◆ 28세 | 생일 ◆ 8월 10일 | |
| 버릇 ◆ 냄새 맡기 | | 취미 ◆ 부츠 수집 | |
| 신조 ◆ 좋은 냄새가 나는 녀석 중에 나쁜 녀석은 없다 | | | |
| 좋아함 ◆ 햇빛 | | 싫어함 ◆ 꼬리 만지는 것 | |

**Staff Comment** | 상냥한 야수 베이리는 설정을 스토리에 담는데 고전했습니다. 우울한 상황에 놓여 있지만, 배틀에서는 경쾌한 소리를 질러줍니다. 행복하게 해주고 싶어요.【프로듀서 M】

## 저런! 괜찮으신가요, 프린세스?

보석의 나라 · 메지스티아의 왕자.
왕자이면서도 자신이 진심으로 충성을 바칠 상대를 찾고 있으며,
기사로서 살기를 꿈꾸고 있다. 주인공을 운명의 상대라
생각하고 갑작스레 고백을 하는데…!?

# 지크
## Sieg

CV ◆ 마스다 토시키

**◇ 사고방식 ◇**
깔끔한 것을 좋아하고 꼼꼼한 성격이다. 방 안도 전체가 잘 정리 정돈되어 있다. 그의 성격이 반영된 건지, 메지스티아 성 또한 무척 깨끗하다.

**◆ 기상**
아침에는 정해진 시간에 상쾌하게 일어난다. 늦잠을 자는 건 일 년에 한 번 정도이다.

**화제 ◇**
무척 신사적이고 차분하다. 하지만 무기, 특히 검에 대한 화제가 나오면 조금 흥분한다. 물론 실력도 상당하다.

### Face Pattern

### Awake State

---

**KeyWord 1 ⋯⋯ 기사로서**
다이아몬드의 아가씨의 전설에 나오는 기사를 동경하고 있다. 몸과 마음을 온전히 바칠 상대를 찾는 것이 지크의 소원이다.

**KeyWord 2 ⋯⋯ 전설의 무기**
전설의 무기를 동경해 아발론까지 찾아왔다. 검에 관해 얘기할 때의 지크는 마치 소년 같은 눈을 하고 있다.

### ★ seen from other prince

 **from 키스**
옛날부터 뭐든지 참견하려 들어. 딱히 싫은 건 아니야. 저래 보여도 검과 말을 다루는 실력도 지식도 뛰어나니까. 얘기하고 있으면 질리지 않아.

 **from 티가**
솔직히 좀 무서워! 나, 밉보인 게 분명해! 만날 때마다 주의받는다고! 젠장… 언젠가 반드시 칭찬받을 거야!

## Profile

| 속성 ◆ 젠틀 | 국가 ◆ 보석의 나라 · 메지스티아 | | |
|---|---|---|---|
| 키 ◆ 186cm | 체중 ◆ 71kg | 나이 ◆ 26세 | 생일 ◆ 2월 16일 |
| 취미 ◆ 검 연습 | | 버릇 ◆ 대화 상대의 손을 잡기 | |
| 신조 ◆ 헌신 | | | |
| 좋아함 ◆ 기사도 | | | |
| 싫어함 ◆ 경박한 남자 | | | |

**Staff Comment** 여동생이 3명 있다는 설정을 알고 나니 그의 넓은 마음씨와 뒷바라지 실력이 어디서 왔는지 알 것 같습니다. 부드러우면서도 심지가 굳은 그가 더욱 그답도록, 더욱 매력적으로 보이도록 열심히 고민했습니다. 【그래픽 디자이너 유부초밥】

# 티가
## Tiga

CV ✦ 키시오 다이스케

**나 말고 딴 녀석 막 쫓아가고 그러면 안 된다?**

보석의 나라 · 가르티나의 왕자.
명랑하고 쾌활하며 욕망에 충실한 성격.
그 행동에 늘 누군가가 말려든다. 주인공 또한 억지스럽게
끌려다니지만, 그때 티가의 라이벌이 등장하는데…!

◆ **사고방식**
생활력이 있다는 점에선
똑똑하다. 이른바 학교
공부 쪽은 잘 못한다.

**두뇌** ◆
시원시원한 성격이지
만 로맨티스트다운 면
모도 있다. 망상력이
넘쳐 다이아몬드의 아
가씨와의 데이트를 상
상하곤 한다.

◆ **눈**
본인은 깨닫지 못하고
있지만 아래 속눈썹이
매력 포인트이다. 입만
다물고 있으면 미인이
라는 소리를 (주로 리
드로부터) 듣는다.

### Face Pattern

### Awake State

**KeyWord 1** ••• 다이아몬드의 아가씨

티가가 너무나도 동경하는, 보석의 나라에 전해져오는 전설 속의 아가씨.
그 모습을 상상하며 그녀와의 데이트를 마음속으로 그려본다.

**KeyWord 2** ••• 브랜

새하얀 털을 가진 티가의 애마. 티가를 잘 따르며, 자유분방한 주인의 성격
또한 잘 이해하고 있다.

### ✦ seen from other prince

 from 사이

내버려두면 조마조마해. 항상 엉
뚱한 일들만 저지르고 다니거든.
하지만 함께 있는 게 즐거워. 나 혼
자라면 갈 수 없는 곳으로 데려다
주지.

 from 리드

항상~! 약속도 안 하고 내가 있는
곳에 오더니, 데리고 나가고… 그
결과 지크나 다른 사람들한테 혼나
고. 그 반복이지. 정말 부러운 행동
력이야.

## Profile

| | | | |
|---|---|---|---|
| 속성 ✦ 패션 | 국가 ✦ 보석의 나라 · 가르티나 | | |
| 키 ✦ 172.5cm | 체중 ✦ 61kg | 나이 ✦ 20세 | 생일 ✦ 1월 1일 |
| 취미 ✦ 모험 | 버릇 ✦ 넥타이 고쳐 매기 | | |
| 신조 ✦ 좋아하는 것을 손에 넣기 위해서는 노력을 아끼지 않는다 | | | |
| 좋아함 ✦ 애마, 애마를 타고 달리는 것 | | | |
| 싫어함 ✦ 우유부단한 녀석 | | | |

**Staff Comment**
'입만 다물고 있으면 아름다운 무드 메이커'가 디자인할 때의 키워드였습니다(웃음). 보석의 나라의 왕자님은 모두 아름다워 보이도록 신경 쓰고 있기 때문에,
외모로 티가의 갭을 드러내는 건 꽤 어려운 작업이었습니다. 【메인 디자이너 m/g】

년 언제나 활기차구나.
그런 점이 좋다고 생각해.

보석의 나라·사피니아의 왕자.
온화하며 사려 깊은 성격. 타인과 어느 정도 거리를 두는 편이다.
구해준 아기 고양이를 오두막에서 돌보게 된 주인공과 사이.
그때 어떤 사건이 일어나는데…?

# 사이

Say

CV ◆ 아오이 쇼타

◆ 사고방식
주변을 너무 살피는 나머지는 소극적인 태도를 취하곤 하지만, 결코 자기 생각이 없는 건 아니다.

◆ 팔
팔에는 어린 시절에 입은 화상의 흔적이 남아 있다. 그 탓에 아직도 불을 무서워한다.

◆ 본모습
티가와 리드의 앞에서는 다른 사람과 있을 때에 비해 솔직한 자신의 모습이 드러난다. 화내면 무섭다는 소리를 듣는다.

## Face Pattern

## Awake State

KeyWord **1** ···· 불

사이의 마음속에는 어린 시절 겪은 화재로 인한 공포가 아직 남아 있다. 종종 꿈을 꾸고 가위에 눌리기도 한다.

KeyWord **2** ···· 아기 고양이

뭐든지 한 발 물러서서 지켜보던 사이를 변화시켜 준 아기 고양이. 사피니아 성에서는 오늘도 아기 고양이 목에 달린 방울이 울린다.

## seen from other prince

 from 키스

그 삼인조 중에선 상식적인 편이야. 같이 붙어 다니는 걸 보면 저 녀석도 아직 어린애란 거겠지.

 from 리드

무슨 짓을 저지르면 왠지 티가랑 나만 혼난단 말이지…. 사이는 '포지션 덕분이지'라고 하면서 웃지만… 납득 못 하겠어!

## Profile

| | | | |
|---|---|---|---|
| 속성 ◆ 쿨 | 국가 ◆ 보석의 나라·사피니아 | | |
| 키 ◆ 174cm | 체중 ◆ 62kg | 나이 ◆ 20세 | 생일 ◆ 9월 3일 |
| 취미 ◆ 풀숲에서 독서, 낮잠 | | 버릇 ◆ 사람 관찰하기 | |
| 신조 ◆ 신중하게 생각하고 확실한 답이 나오기 전까지 아무에게도 말하지 않는다 | | | |
| 좋아함 ◆ 하늘, 바람, 땅 | | | |
| 싫어함 ◆ 불, 뜨거운 것 | | | |

 Staff Comment
일견 부드러워 보이지만, 이야기를 통해 마음속에 뜨거운 열정을 숨기고 있다는 걸 알게 되어 더욱 좋아졌습니다. 자기 일에는 무관심하고 다른 사람을 신경 쓰는 상냥함도 사랑스러워요. 상상 이상으로 순수한 점도 정말 좋습니다. 부끄러워하는 얼굴이 최고 【그래픽 디자이너 멘고로】

# 토르마리
## Turmari

CV ◆ 무라세 아유무

무슨 일이야~? 아, 배고프지?
같이 밥 먹으러 갈까?

쌍둥이 왕자 중 형. 귀여운 것을 정말 좋아한다.
동생인 아르마리를 정말 소중히 여기고 있다.
남자아이일까? 여자아이일까? 함께 지내면서
조금씩 변해가는 주인공과 토르마리의 관계는…!?

◆ 헤어스타일
다양한 헤어스타일을
하지만, 트윈테일을
가장 좋아한다.

◆ 복장
좋아하는 색은 핑크.
프릴도 리본도 커다란
걸 선호한다. 딸기향
향수를 애용한다.

◆ 손발
아름답고 연약해 보이는
손발이지만, 군더더기 없
이 튼튼하게 근육이 붙어
있다. 그의 주먹과 발차기
는 성깔이 나올까.

## Face Pattern

## Awake State

### KeyWord 1 ••• 여장
자신이 가장 귀여워 보이는 모습이라는 이유 외에도, 아르마리를 차기 국
왕으로 만들고 싶다는 마음에 여자애 복장을 하고 있다.

### KeyWord 2 ••• 왕관
칼라일의 연회에서 토르마리가 눈을 빛내며 보던 왕관. 그 왕관이 주인공의
머리 위에 놓이자, 토르마리는 만족스럽다는 듯이 웃었다.

## seen from other prince

from 아르마리
나를 걱정해준다는 건 알겠지만…
더 이상 돌봐주지 않아도 괜찮은데.
어떻게 하면 전해질까….

from 토토리
후훗, 저한테도 여동생이 있으니
토르마리가 아르마리를 걱정하는
마음은 잘 이해합니다. 걱정하지 않
아도 자연스럽게 서로를 이해할 날
이 오리라 생각해요.

## Profile

| | | | |
|---|---|---|---|
| 속성 ◆ 패션 | 국가 ◆ 보석의 나라 · 마린글라스 | | |
| 키 ◆ 159cm | 체중 ◆ 51kg | 나이 ◆ 16세 | 생일 ◆ 12월 13일 |
| 취미 ◆ 양복 수집 | 버릇 ◆ 손끝 만지작거리기 | | |
| 신조 ◆ 언제나 자신답게! | | | |
| 좋아함 ◆ 아르마리, 귀여운 옷 | | | |
| 싫어함 ◆ 아르마리를 괴롭히는 사람들 | | | |

**Staff Comment** 디자인은 다른 분이 하셨지만, 모습도 내면도 정말 귀여워서 개발할 때 힐링되었습니다! 동생을 아끼고 상냥하면서 종종 무척 늠름하고 멋진 토르마리 왕자,
정말 좋아합니다! 【메인 디자이너 m/g】

# 아르마리
## Almali

우와?! 깜짝이야.
토르마리인가 했더니…!

쌍둥이 왕자 중 동생. 반짝거리는 걸 좋아한다.
형인 토르마리가 뭐든 보살펴주려 해, 최근에는 그런 형의 행동에
조금 답답함을 느끼고 있다. 토르마리의 도움 없이 혼자서 뭐든
할 수 있다고 증명하려 하지만…!?

CV ◆ 아카바네 켄지

## Face Pattern

### Awake State

◆ 머리카락
토르마리와 같이 살랑거리는 머릿결을 갖고 있다. 부드럽기 때문에 토르마리가 틈만 있으면 만지려 든다.

눈 ◆
눈동자가 예쁘다. 빤히 쳐다보면 빨려 들어갈 것만 같은 기분이 든다. 가까이 다가와서 쳐다보기 때문에 더 그렇다.

◆ 복장
양복을 토르마리가 골라주기 때문에 은근슬쩍 귀여운 장식이 들어가 있곤 하다.

### KeyWord 1 ⋯ 자립심
항상 토르마리의 보살핌을 받아왔지만 요즘엔 이를 답답하다고 느낀다. 걱정해주는 마음을 무시하고 싶지는 않아 고민하고 있다.

### KeyWord 2 ⋯ 거리감
항상 토르마리와 꼭 붙어 있었고, 다른 친구도 없었기 때문에 토르마리와의 거리감이 아르마리의 기준이다. 처음 만나는 사람은 깜짝 놀란다.

## seen from other prince

 from 토르마리

멍하니 있으니까 내가 같이 있어줘야겠다는 생각이 들어…. 그렇지만 내 방을 정돈해주기도 하고, 결국 보살핌 받고 있는 건 나일지도….

 from 리드

행사에서 만났을 때 알게 됐어! 뭐라고 해야 하나, 나의 티가로 인한 고생이 생각난달까… 공감이 되더라고. 저런 형이 있으면 정말 고생이겠지….

## Profile

| | | | |
|---|---|---|---|
| 속성 ◆ 쿨 | 국가 ◆ 보석의 나라 · 마린글라스 | | |
| 키 ◆ 161cm | 체중 ◆ 53kg | 나이 ◆ 16세 | 생일 ◆ 12월 13일 |
| 취미 ◆ 꽃밭에서 낮잠 자기 | | 버릇 ◆ 등 뒤로 깍지 끼기 | |
| 신조 ◆ 혼자서도 할 수 있어 | | | |
| 좋아함 ◆ 반짝이는 것, 토르마리 | | | |
| 싫어함 ◆ 소란스러운 놀이(파티도 별로 안 좋아함) | | | |

Staff Comment | 처음에는 얌전해 보이면서 달라붙는 왕자라는 캐릭터성이 충격적이었지만, 주인공을 의식하기 시작한 이후의 태도가 너무나 좋습니다. '네 노력이 내게 용기를 줘'라는 말에 언제나 힘을 얻고 있습니다! 【그래픽 디자이너 멘고로】

# 키스
## Keith

CV ◆ 호시 소이치로

### 좋아하는 음식 ◇
가리는 것은 없지만, 그때그때 빠져 있는 음식만 먹는 버릇이 있다.

### ◇ 사고방식
타인에게 엄격하고 자신에게도 엄격하다. 단, 마음에 든 것에 대한 애정은 매우 강하다.

### 책 ◇
후지메의 작품을 매우 좋아한다. 신간은 반드시 발매일에 손에 넣는다.

## …어쩔 수 없군. 말만이라면 들어주지.

보석의 나라 · 옥스의 왕자. 목적을 위해서 수단을 가리지 않지만, 자신의 소유물에는 사람이든 물건이든 가릴 것 없이 깊은 애정을 쏟는다. 실수로 그의 물건을 망가뜨린 당신은 그 대가로 그의 기간 한정 노예가 되는데…!?

### Face Pattern

### Awake State

### KeyWord 1 ◆◆◆ 말
직접 돌볼 정도로 말을 아낀다. 지크와 토토리는 말을 구실로 키스를 데리고 나가는 일이 많다.

### KeyWord 2 ◆◆◆ 오르골
사고로 죽은 누나로부터 물려받은, 예쁜 음색의 오르골. 누나를 사랑했던 키스에게는 무엇보다도 소중한 물건이다.

### seen from other prince

 from 리드
저 찔릴 것 같은 눈초리가 무서워…! 그렇지만 국민에게 무척 사랑받고 있고, 실제로 뛰어난 사람이고… 존경해.

 from 지크
저래 봬도 키스는 의외로 어린애 같은 면이 있답니다. 특히 말에 대한 건 정말 지기 싫어해서… 네, 곧잘 경쟁하곤 합니다. 키스는 무척 빠르지만, 저도 지지 않아요.

## Profile

| 속성 ◆ 쿨 | 국가 ◆ 보석의 나라 · 옥스 | | |
|---|---|---|---|
| 키 ◆ 188cm | 체중 ◆ 70kg | 나이 ◆ 27세 | 생일 ◆ 11월 2일 |
| 취미 ◆ 말 손질하기 | 버릇 ◆ 사람 깔보기 | | |
| 신조 ◆ 자신의 것은 무슨 일이 있어도 돌보고 지킨다 | | | |
| 좋아함 ◆ 마차 | | | |
| 싫어함 ◆ 자동차 | | | |

**Staff Comment** 멋진 분위기의 정통파 미남이라서 디자인이 공개되었을 때 좋다 싶었어요. 시나리오에서는 충격적인 노예 선언에 '헉!'하고 놀랐지만 매서운 태도 속에서 조금씩 애정이 보이는 전개에 두근거렸습니다. 【시나리오 K】

# 하쿠
## Haku

**시끄러운 건 질색이야.**

책의 나라·리베일의 감정이 없는 왕자.
히스테릭한 어머니로부터 도망치기 위해 책에 몰두했고,
그것이 세계와의 유일한 연결점이 되었다. 주인공과의 교류를 통해
처음으로 '감정'에 눈을 뜨는데…!?

CV◆ 토리우미 코스케

◆ **미각**
맛을 이해하고 있는 건지 없는 건지, 뭘 먹어도 담담하다. 매우 소식한다.

◆ **검술**
성의 검술 사범으로부터 배우고 있어 상당히 실력이 뛰어나다. 틈을 노려 상대의 등 뒤를 점하는 것이 특기이다.

### Face Pattern

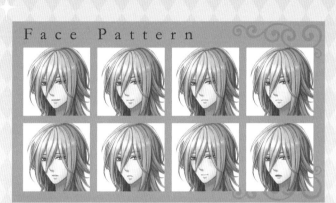

### Awake State

**KeyWord 1** ▸▸▸ **감정의 결락**
어머니의 히스테리로부터 자신을 지키기 위해 감정을 버렸다. 집사는 그런 하쿠를 걱정해 주고 있지만, 성안에는 무섭다고 생각하는 사람들도 있다.

**KeyWord 2** ▸▸▸ **사신**
수확제 때 하쿠는 윌의 지시에 따라 사신으로 분장했다. 너덜너덜한 천을 쓴 것뿐이었지만 매우 진지하게 임했다.

◆ **꺼리는 것**
두통이 일어나기 때문에 사람이 많은 곳을 꺼린다. 어지간한 일이 아니면 사람 앞에 나서지 않는다.

### seen from other prince

 from **티가**
수확제 때 나한테 분명하게 선전포고를 해 왔어! '여자로 생각하고 있다'고 말이야! 그 떳떳함은 마음에 들었지만, 그 녀석은 넘겨줄 수 없어!

 from **윌**
인선 실수, 라고 해야 할까? 무슨 일이 일어나도 미동도 하지 않았지. 다음에는 그의 공포로 일그러진 얼굴을 볼 수 있도록 힘내겠어!

### Profile

| | | | | | |
|---|---|---|---|---|---|
| 속성◆ 섹시 | | 국가◆ 책의 나라·리베일 | | | |
| 키◆ 194.5cm | 체중◆ 78kg | | 나이◆ 25세 | | 생일◆ 10월 6일 |
| 취미◆ 독서 | | | 버릇◆ 먼 곳을 바라보기 | | |
| 신조◆ 타인과 얽히고 싶지 않다 | | | | | |
| 좋아함◆ 고요함 | | | | | |
| 싫어함◆ 소음 | | | | | |

**Staff Comment**
서 있는 모습이 아름다운, 겉모습은 너무나 완벽해 가까이 다가가기 어려운 왕자님. 그리고 '감정을 모른다'는 어떻게 공략해야 할지 고민되는 설정을 가졌습니다. 장애가 있을수록 불타오르는 타입의 공주님이라면 좋아하지 않을 수 없다고 생각합니다. 【시나리오 K】

# 세피르
## Sefir

CV ◆ 미야노 마모루

앗, 손이… 실례했습니다.

하늘의 나라 · 엔제의 왕자.
나라의 후계자로서 책임과 무게를 어릴 적부터 자각하고
그 누구보다도 노력하여 깨끗한 마음을 갖도록 힘쓰고 있다.
그에게 댄스파티에서 함께 춤을 춰 달라는 부탁을 받은 주인공은…!?

◆ 동안
동안이라는 점을 조금 신경 쓴다. 남몰래 위엄 있는 표정을 짓기 위한 연습을 하고 있다.

◆ 노래
사실 노래를 잘 부른다. 그렇지만 겸양하며 좀처럼 노래해주지 않는다.

◆ 날개
날개가 클수록 좋다고 여겨진다. 세피르의 날개는 왕족 중에서도 가장 큰 부류에 속한다.

## Face Pattern

## Awake State

### KeyWord 1 ⋯ 첫 친구
엄격한 왕가의 교육을 견디지 못하고 성을 뛰쳐나왔을 때, 마찬가지로 가출해 있던 디온과 만났다. 둘은 진심으로 함께 웃는 친구가 되었다.

### KeyWord 2 ⋯ 국교 부활제
오랜 세월 동안 국교가 단절되어 있던 하늘의 나라와 땅의 나라의 국교회복을 기념하는 축제. 하늘의 나라에서 치러진다.

## seen from other prince

 from 디온
어처구니없을 정도로 진지한 녀석이라서 고생하고 있어. 그 녀석이 책임을 느낄 필요는 없다고 하는데도….

 from 미카엘라
자주 조언을 듣곤 해. 내가 무척 존경하는 분이야. 왠지… 나를 무척 잘 이해해줘. 어쩌면 세피르 씨도….

## Profile

| | | | |
|---|---|---|---|
| 속성 ◆ 젠틀 | 국가 ◆ 하늘의 나라 · 엔제 | | |
| 키 ◆ 184cm | 체중 ◆ 77kg | 나이 ◆ 25세 | 생일 ◆ 4월 24일 |
| 취미 ◆ 우아한 티타임, 체스 | 버릇 ◆ 기쁠 때면 날개를 흔든다. | | |
| 신조 ◆ 품행 방정, 기대에는 반드시 응하기 | | | |
| 좋아함 ◆ 어린아이 | | | |
| 싫어함 ◆ 술과 담배 | | | |

**Staff Comment** '천사 왕자님'을 키워드로 디자인하고 있습니다. 맨 처음 디자인한 왕자입니다만, 이렇게나 왕자님다운 외모의 캐릭터는 드무네요(웃음). 상냥함과 든든함을 느낄 수 있는 표정이 되도록 신경 쓰고 있습니다. [메인 디자이너 m/g]

# 오리온
## Orion

CV ◆ 사쿠라이 타카히로

뭐야? 그럴 마음이 없으면 달라붙지 마.

심해궁전의 젊은 왕자.
주인공은 제멋대로인 오리온에게 휘둘려 지상으로 돌아가지 못하게 된다. 처음엔 그를 믿기 어려웠지만, 점차 그의 마음이 진심인 것을 알아가게 된다. 저항할수록 더 불타오르는 타입.

**미각 ◆**
편식하는 음식이 많다. '조리법에 따라서…'가 말버릇. 그리고 물고기는 절대 먹지 않는다.

**◆ 액세서리**
쓰러뜨린 해수의 이빨을 액세서리로 만들었다. 그때 물에 빠진 더글라스를 구했다.

## Face Pattern

## Awake State

**발 ◆**
소리를 내지 않고 빠르게 헤엄칠 수 있는 발. 비늘은 지상에서 고가에 거래된다.

### KeyWord 1 ••• 해저인과의 키스
지상의 인간이 해저에서 숨을 쉬기 위해 필요한 의식. 해저에서 돌아올 때는 해저인과의 더욱더 깊은 연결이 필요하다.

### KeyWord 2 ••• 조개껍데기 목걸이
오리온이 주인공에게 선물한 목걸이. 독점욕이 강한 오리온이지만, 상대가 바라는 것은 최선을 다해 이루어주려고 하는 사랑꾼의 면모도 갖고 있다.

## seen from other prince

from 더글라스

어렸을 적에 물에 빠졌는데… 그때 구해준 게 오리온이라는 모양이지만, 기억은 안 나. 만날 때마다 기억 못 한다고 혼나고 있지.

from 코라이유

해저국 간의 교류가 있어! 산호를 함께 지켜주는, 나에게 있어서는 형 같은 존재야. 그렇지만 조금 과보호라고 생각해.

## Profile

| | | | |
|---|---|---|---|
| 속성 ◆ 섹시 | 국가 ◆ 해저국 · 아쿠아리아 | | |
| 키 ◆ 176cm | 체중 ◆ 68kg | 나이 ◆ 미상 | 생일 ◆ 2월 4일 |
| 취미 ◆ 해저 산책 | | 버릇 ◆ 가볍게 혀 차기 | |
| 신조 ◆ 배신당할 바에 처음부터 믿지 않는다 | | | |
| 좋아함 ◆ 별 | | | |
| 싫어함 ◆ 여자(믿지 않음) | | | |

**Staff Comment** 아름다운 외모에 첫눈에 반했습니다. 말수가 적고, 의미를 알 수 없는 언동도 많이 하는 거만한 태도가 당황스러웠지만 스토리에서 확실하게 밝혀지는 공주에게만 보여주는 애정 표현에 마음을 꿰뚫렸습니다. 【고객지원 A.H】

# 게리

## Gary

CV ◆ 히노 사토시

**눈** ◆

길버트와 같은 파란 눈. 저주의 힘이 발동되었을 때는 눈 색이 붉게 물든다.

**손** ◆

손바닥이 커다랗다. 활을 사용하지만, 무술에도 능하다. 대치한 상대를 몇 초 만에 쓰러뜨리기도 한다.

**파우치** ◆

가방에는 자신이 만든 비상식량이 들어 있다. 그 외에도 걷기 나쁜 곳에서도 잘 걸을 수 있는 신발을 고르는 등 기본적으로 여행 장비 차림이다.

### 뭐가 즐겁지…?

월영의 나라 · 클레어보어의 왕자.
계모가 건 저주를 푸는 방법을 찾아 신분을 숨긴 채 방방곡곡을 여행하고 있다. 계모가 국왕을 조종해 나라를 좌지우지 하는 것에 탄식하며, 한시라도 빨리 나라를 구하고 싶어 하고 있다.

#### Face Pattern

#### Awake State

**KeyWord 1** ◆◆◆ **계모의 저주**

분노에 차 자신을 잊고 모든 것을 파괴해버리는 저주. 길버트가 왕위를 잇게 하려는 계모의 흉계였지만, 길버트는 게리를 그리워하고 있다.

**KeyWord 2** ◆◆◆ **유품인 나이프**

게리 어머니의 유품인 나이프. 게리는 말로 표현할 수 없는 마음을 담아 길버트에게 이것을 건네주었다. 길버트도 그 마음을 똑똑히 받아들였다.

#### seen from other prince

**from 길버트**

누구보다도 나라를 생각하고, 누구보다도 백성을 사랑하지. 그런데 왜 이런 일이…. 내가 할 수 있는 일은 그림자로서의 본분을 다하는 것뿐이다.

**from 나비**

…저는 게리 왕자에 대해서도 길버트 왕자에 대해서도 알고 있어요. 지금은 왕자들의 생각을 존중해주고 싶습니다.

## Profile

| | | | |
|---|---|---|---|
| 속성 ◆ 젠틀 | 국가 ◆ 월영의 나라 · 클레어보어 | | |
| 키 ◆ 187.5cm | 체중 ◆ 76kg | 나이 ◆ 26세 | 생일 ◆ 1월 12일 |
| 취미 ◆ 보존식 만들기 | 버릇 ◆ 옷깃 끌어 올리기 | | |
| 신조 ◆ 지키기 위해서 스스로 희생하자 | | | |
| 좋아함 ◆ 평화 | | | |
| 싫어함 ◆ 악행 | | | |

**Staff Comment** 처음에 디자인을 봤을 때는 왕자님치고 아웃도어 분위기라고 생각했는데, 설정을 보니 무척 무거운 배경을 갖고 있어서 놀랐어요. 저주를 풀고, 공주님과 길버트와 함께 셋이 친하게 지내는 날이 오면 좋겠습니다. 【시나리오 K】

# 길버트
### Girbert

**뭐지? 용건이 있다면 말로 해.**

월영의 나라·클레어보어의 왕자.
당당하며 늠름한 모습의 소유자로 모두로부터 칭송받고 있다.
사실은 국왕의 첩의 자식이지만, 사정이 있어
지금은 성에 없는 게리 왕자의 대역을 맡고 있다.

CV ◆ 타치바나 신노스케

**눈** ◆
게리와 같은 파란 눈. 안대 속의 왼쪽 눈은 금색이다. 그 색은 모친에게서 이어받은 것이다.

## Face Pattern

## Awake State

◆ **손톱**
네일은 까만색을 선호한다. 게리의 이미지를 형상화한 색으로 조금이라도 더 가까워지려는 의지의 표시이다.

◆ **꺼리는 것**
게리에 비해 무술은 서툴다. 연습 중. 무기는 단검을 잘 다룬다.

### KeyWord 1 ••• 게리로서
지금의 그를 지탱하는 신념. 진짜 길버트를 봐주는 사람이 없다 해도, 단지 형을 위해 책임을 다하려 하고 있다.

### KeyWord 2 ••• 팬케이크
게리가 만드는 요리 중에서 길버트가 가장 좋아하는 음식. 어렸을 적부터 곧잘 게리에게 만들어달라고 졸랐다고 한다. 벌꿀을 듬뿍 뿌린다.

## seen from other prince

 from 게리
그 녀석에게는 정말 미안하게 생각하고 있어. 그렇지만 잘해주고 있겠지. 한시라도 빨리 저주를 풀고 그 녀석을 자유롭게 해줘야 하는데…

 from 이리아
메모와르에서 보여준 축제의 실행장 모습이 멋졌습니다. 사람 위에 서는 자는 엄격함도 갖추지 않으면 안 된다…. 배울 것이 많았습니다.

## Profile

| | | | |
|---|---|---|---|
| 속성 ◆ 쿨 | 국가 ◆ 월영의 나라·클레어보어 | | |
| 키 ◆ 187cm | 체중 ◆ 74kg | 나이 ◆ 22세 | 생일 ◆ 7월 27일 |
| 취미 ◆ 간식 먹기(게리가 만든 과자) | | 버릇 ◆ 안대를 누르기 | |
| 신조 ◆ 지키기 위해서라면 수단을 가리지 말자 | | | |
| 좋아함 ◆ 주인공을 몰아세우는 것 | | | |
| 싫어함 ◆ 연상의 여자 | | | |

 **Staff Comment** 은발! 안대! 이거 참 대단한 녀석이다 싶었는데… 팬케이크를 좋아한다든지 하는 귀여운 일면을 갖고 있어서 '웬일이야' 싶었습니다. 학원에서는 축제의 실행위원 일에 도전시킨 데다가, 팬케이크의 길까지 걷게 했는데요… 어떠셨나요? 【시나리오 K】

# 할딘
## Haldine

CV ◆ 이시카와 카이토

**좋아하는 음식 ◆**
홍차는 뜨거운 쪽을 선
호한다. 차에 곁들이는
간식은 커스터드를 듬
뿍 넣은 슈크림.

**운 ◆**
강한 운의 소유자
로 어떤 문제도
어떻게든 뛰어넘
어 왔다.

**◆ 복근**
단련된 깔끔한 복근
을 갖고 있다. 검술 실
력은 홍차의 나라 왕
사 중 가상 뛰어나다.

## 아하하,
## 슈가는 나랑 놀고 싶어?

홍차의 나라·티샤의 첫째 왕자. 자유분방하게 행동하며 왕위나
정치 등에는 흥미가 없어 국왕이 골머리를 앓고 있다.
사교적이며 대화를 좋아해, 다른 사람의 사적인 영역에도 거리낌
없이 들어간다. 마음에 든 상대에게는 별명을 붙이는 버릇이 있다.

### Face Pattern

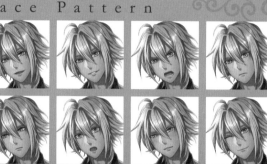

### Awake State

**KeyWord 1** ••• 세계여행
툭하면 성을 빠져나가 자유롭게 여러 나라를 돌아다닌다. 국왕과 할딘의 교
육 담당은 어떻게 해야 얌전해질까 골머리를 썩고 있다.

**KeyWord 2** ••• 별명
할딘이 마음에 든 사람에게 붙이는 별명. 벌써 전 세계에 100개가 넘는 바
리에이션이 있다고 한다. 본인이 느낀 대로 붙인다.

### ★ seen from other prince

 **from 조슈아**

언제나 항상… 하루가 뭔가를 꾸미
면 잘 되는 일이 없어! …흥분해버
렸군. 실례했어. 이러니저러니 함께
하는 나도 나지만 말이야.

 **from 페코**

하루는 항상 페코한테 외국 이야기
를 해줘! 부럽다…. 언젠가 페코도
하루랑 같이 여행을 해보고 싶어…!!
루티퍼한테는 비밀이야!

## Profile

| 속성 ◆ 패션 | 국가 ◆ 홍차의 나라·티샤 | | |
|---|---|---|---|
| 키 ◆ 178cm | 체중 ◆ 68kg | 나이 ◆ 22세 | 생일 ◆ 5월 10일 |
| 취미 ◆ 야외에서 낮잠 자기 | | 버릇 ◆ 대화할 때 상대와의 거리를 좁힌다 | |
| 신조 ◆ 자유분방 | | | |
| 좋아함 ◆ 태양 빛 가득한 초원, 아쌈 티 | | | |
| 싫어함 ◆ 귀찮은 일 | | | |

**Staff Comment** 어딘가 색다른 분위기의 복장을 한 홍차 왕자. 노는 사람이란 인상이 들도록 디자인했지만, 가끔 보여주는 성실한 면모나 누구에게나 별명을 붙이는
귀여운 점에서 나타나는 갭이 좋습니다! 【메인 디자이너 m/g】

예의범절 지도라면 언제든지 해줄게.
특별히 엄격하게, 알겠지?

홍차의 나라·베르건트의 왕자.
건국제에 초대받은 주인공을 친절하고 공손하게 맞이해준다.
하지만 환영 파티에서 주인공이 실수하자 그 일을 계기로
조슈아의 태도가 돌변하는데…!?

# 조슈아
## Joshua

CV ◆ 모리쿠보 쇼타로

◆ 점

눈물점이 매력 포인트. 본
인도 꽤 마음에 들어 하고
있다. 머리카락과 피부는
완벽하게 손질한다.

## Face Pattern

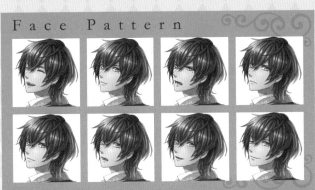

## Awake State

### KeyWord 1 ··· 매너 레슨

매너에 매우 엄격하기 때문에 매너가 부족한 사람에게는 가차 없다. 이는 예전
에 자신이 그와 관련된 일로 부왕에게 폐를 끼친 아픈 경험이 있기 때문이다.

### KeyWord 2 ··· 고생하는 성격

성격상 홍차의 나라의 다른 왕자들에 비해 항상 고생하는 입장에 놓인다.
그렇지만 한숨을 쉬면서도 결국 친하게 지내고 있다.

## seen from other prince

**from 할딘**

조슈는 말이지, 좀 더 마음 편히 살
아야 해! 조금은 나를 본받아야 한
다고! …으앗! 무슨 일이야, 조슈!
얼굴이 무서운데!!

**from 에드몬트**

조슈에게는 항상 신세를 지고 있어.
조슈가 올 때는 서둘러서 방을 정리
하지. 그래도 혼자서 결국… 조슈가
해줘.

◆ 좋아하는 음식

홍차는 따뜻한 쪽을 선호
한다. 차에 곁들이는 간
식은 치즈케이크(레어).

◆ 만화

만화를 너무 많이 모은 나
머지 수납할 곳이 없어 곤
란해하고 있다. 만화책방
을 만들까 고민하는 중.

## Profile

| | | | |
|---|---|---|---|
| 속성 ◆ 쿨 | 국가 ◆ 홍차의 나라·베르건트 | | |
| 키 ◆ 177.5cm | 체중 ◆ 66.4kg | 나이 ◆ 18세 | 생일 ◆ 5월 31일 |
| 취미 ◆ 전 세계의 만화 수집 | | 버릇 ◆ 돌아볼 때 비스듬히 보기 | |
| 신조 ◆ 몸가짐은 마음가짐을 드러낸다 | | | |
| 좋아함 ◆ 티끌 하나 없는 방, 얼그레이 티 | | | |
| 싫어함 ◆ 불결한 사람 | | | |

**Staff Comment** 'The 완벽한 왕자님'이라 하면 바로 이 사람. 돌아볼 때의 모습이 너무나 상큼한 조슈 님의 취미가 전 세계의 만화 수집이라는 점이 의외로 귀여워서 피식하게 됩니다.
매너에 엄격한 왕자님이지만 계속 따라가고 싶은 카리스마가 있어요. 【그래픽 디자이너 유부초밥】

# 페코

## Peco

CV ◆ 코바야시 유우

**오늘은 무슨 얘기를 할까?**
**아, 어제 했던 이야기 계속해줘!**

천진난만하며 세상 물정을 모르는 왕자님. 미숙아로 태어났고,
천식도 있어 어린 시절의 대부분을 성안에서 지냈다.
건강해진 지금도 주위에서는 그를 과하게 걱정하고 있다.
그렇지만 페코 본인은 주변으로부터 독립하고자 하는데…!

◆ **모자와 넥타이**
모자를 매우 좋아해 다양한 모자를 갖고 있다. 최근 넥타이를 혼자 맬 수 있게 되었기 때문에 넥타이도 모으고 싶어 한다.

**좋아하는 음식** ◆
홍차에는 우유와 설탕을 듬뿍 넣는다. 차에 곁들이는 음식은 쿠키.

◆ **몸**
몸이 약해서 지금까시 서의 실내에서 지냈다. 몸을 움직이는 활동은 잘 못 하지만, 여차했을 때의 행동은 대담하다.

## Face Pattern

## Awake State

**KeyWord 1** ◆◆◆ **루티퍼**
페코의 교육 담당. 태어났을 때부터 계속 페코를 보살펴왔다. 몸이 약한 페코를 걱정해 과보호해버리곤 한다.

**KeyWord 2** ◆◆◆ **과보호**
병치레가 잦아 성 밖으로는 거의 나가지 않고 어린 시절을 보냈다. 그래서 바깥세상에 대한 강한 동경을 품고 있다.

## seen from other prince

 from **에드몬트**
우리들한테는 귀여운 동생 같은 존재야. 아, 그렇지만 하루랑 페코가 즐겁게 얘기하고 있으면 조슈가 걱정스럽다는 듯이 쳐다보더라고… 왜일까.

 from **할딘**
루티퍼도 그렇고 조슈도 그렇고, 모두 너무 걱정이 많다니까. 페코도 이제 어엿한 왕자고, 내가 같이 있으니까 괜찮아!

## Profile

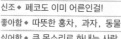

| | | | |
|---|---|---|---|
| 속성 ◆ 큐트 | 국가 ◆ 홍차의 나라 · 오랑셰트 | | |
| 키 ◆ 148cm | 체중 ◆ 40kg | 나이 ◆ 13세 | 생일 ◆ 6월 13일 |
| 취미 ◆ 그림 그리기 | | 버릇 ◆ 안짱다리로 걷기 | |
| 신조 ◆ 페코도 이미 어른인걸! | | | |
| 좋아함 ◆ 따뜻한 홍차, 과자, 동물 | | | |
| 싫어함 ◆ 큰 목소리로 화내는 사람, 난폭한 사람 | | | |

 **Staff Comment**
웃고, 시무룩해지고, 울고, 다시 웃고, 획획 변하는 표정과 천진난만한 점까지 모든 것이 귀여워요! 부탁을 거절할 수가 없습니다.
처음 만난 ★5 왕자이고 회복력이 높아 계속 주력 멤버입니다.【고객지원 S.Y】

안 그래도 기분 전환으로 차라도 끓일까 싶었어.
너도 함께 마실래?

별의 나라・제미오의 왕자. 다정하고 온화한 성격으로,
부모님을 포함한 성안의 사람들로부터 신뢰를 받고 있다.
하지만 그 다정함 때문에 모두에게 받는
신뢰가 부담이 되고 있다.

# 카스토르
## Castor

CV ◆ 오오카와 젠키

## Face Pattern

## Awake State

◆ 인격

인격 문제 때문에 별로 밖으로 나가고 싶어 하지 않는다. 폴룩스는 가끔 기분 전환 삼아 외출한다.

◆ 좋아하는 음식

인격이 바뀌면 취향도 바뀐다. 카스토르는 홍차파, 폴룩스는 커피파이다.

◆ 복장

카스토르도 폴룩스도 품이 넉넉한 옷을 선호한다.

### KeyWord 1 ··· 다중인격

왕자로서의 중압감을 견디지 못한 카스토르는 자신 안에 또 다른 인격을 만들어냈다. 그 결과가 폴룩스라 불리는 난폭한 인격이다.

### KeyWord 2 ··· 폭행 사건

어떤 회의에서 폴룩스의 인격이 나왔을 때, 카스토르를 힘들게 한 의원에게 폭력을 행사하였다. 세간에는 알려지지 않고 덮인 사건.

### seen from other prince

 from 카스토르

나의 연약함을 떠넘겨버리고 있어. 분명 폴룩스는 나를 미워하고 있겠지. 차라리, 이 몸을 넘겨주면….

 from 폴룩스

카스토르를 상처 입히는 녀석은 용서할 수 없어…. 그 녀석의 괴로움은 전부 내가 짊어지겠어. 그렇지만… 가끔 참을 수 없이 불안해질 때가 있어.

## Profile

| 속성 ◆ 섹시 | 국가 ◆ 별의 나라・제미오 | | |
| --- | --- | --- | --- |
| 키 ◆ 179cm | 체중 ◆ 65kg | 나이 ◆ 24세 | 생일 ◆ 6월 9일 |
| 취미 ◆ 천체 관측 | | 버릇 ◆ 머리카락을 만지작거리기 | |
| 신조 ◆ 박애주의 | | | |
| 좋아함 ◆ 단 음식 | | | |
| 싫어함 ◆ 매운 음식 | | | |

**Staff Comment** 쌍둥이자리를 모델로 한 카스토르와 폴룩스, 두 가지 인격을 가진 왕자이기 때문에 각성에 따라 분위기가 확 바뀝니다.
두 가지 마음을 갖게 되어 생겨난 충돌과 고뇌가 무척 안타깝습니다. 그 그늘진 분위기가 너무 좋아요.【그래픽 디자이너 아라키 유우】

# 그레이시아
## Graysia

CV ◆ 호소야 요시마사

어디를 가건 내 맘이잖아….
혹시 같이 가고 싶은 거야?

눈의 나라 · 스노우필리아의 삼형제 중 둘째.
매사를 쿨하게 처리하며 재주도 많지만 서툰 부분이 있는 성격.
자기 나라의 혈통이 아닌 것을 천하게 여기고 깔보는 면이 있다.

**표정 ◆**
그럴 나이라서인지 별로 웃는 얼굴을 보여주지 않는다. 가족과 친한 사람 앞에서는 웃는 얼굴을 보여준다.

**마력 ◆**
높은 마력을 지니고 있으나 프로스트에게는 미치지 못한다. 얼음을 만들어내거나 마력을 섬세하게 분산시킬 수 있는 점이 그레이시아의 개성.

**스케이트 ◆**
스케이트를 좋아한다. 타고 있을 때면 무심코 콧노래를 흥얼거리곤 한다. 한번은 슈니한테 들켜서 엄청나게 후회하고 있다.

## Face Pattern

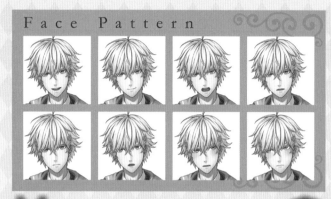

## Awake State

**KeyWord 1 ▸▸▸ 콤플렉스**
너무나 우수한 형을 가지고 있어 심경이 복잡하다. 항상 프로스트와 비교당해 온 탓인지, 형이 있는 성을 피해 마을에서 지내게 되었다.

**KeyWord 2 ▸▸▸ 빙수**
어쩌다 보니 빙수 가게 일을 돕게 된 그레이시아. 거기서 발휘된 빙수 장인으로서의 실력은 주변의 탄성을 자아냈다.

## seen from other prince

**from 프로스트**
정말이지… 어슬렁어슬렁 마을에 가서 도대체 뭘 하는 건지. 고결한 눈의 일족의 이름을 더럽히는 짓은 내가 용서치 않는다.

**from 슈니**
그레 형은 생각이 너무 많다니까…. 프로 형은 프로 형이고, 그레 형은 그레 형인 게 당연하잖아. 좀 더 셋이 같이 지내고 싶은데….

## Profile

| 속성 ◆ 패션 | 국가 ◆ 눈의 나라 · 스노우필리아 | | |
|---|---|---|---|
| 키 ◆ 168cm | 체중 ◆ 62kg | 나이 ◆ 19세 | 생일 ◆ 11월 28일 |
| 취미 ◆ 스케이트 | | 버릇 ◆ 머리 굵적이기 | |
| 신조 ◆ 다가오는 상대는 일단 의심하라 | | | |
| 좋아할 ◆ 껌 | | | |
| 싫어함 ◆ 친하게 지내는 것 | | | |

**Staff Comment**
눈의 일족의 둘째 도련님. '둘째는 어떤 느낌이지?' 하며 무척 고민했던 왕자입니다.
일본 발매 드라마CD에서는 강한 임팩트의 형과 동생 사이에 끼어 '훌륭한 태클'을 거는 차남으로 성장해서 기쁠 따름입니다. 【시나리오 K】

## 잠깐… 내가 눈을 뗀 사이에 어디에 갔었어?

눈의 나라·스노우필리아의 삼형제 중 셋째.
가족에게 귀여움을 받으며 자란 탓에 건방지고
아무렇지 않게 사람을 부린다.

# 슈니
## Schnee

CV ◆ 시모노 히로

### Face Pattern

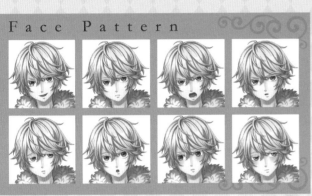

#### ......Awake State......

◆ 용모
어린 시절의 프로스트와 얼굴이 닮았다는 소리를 듣는다. 본인은 그걸 듣고 남몰래 기뻐하고 있다.

◆ 입맛
어린애 입맛. 블랙커피는 마시지 못한다. 우유와 설탕을 듬뿍 넣는다.

◆ 다리
사실 달리기가 느리다. 들키는 게 부끄러워서 자발적으로 운동하지는 않는다.

**KeyWord 1** ••• 몸종
형의 영향을 받아 사람 위에 서려고 한다. 언젠가 들은 '몸종'이란 표현을 마음에 들어 하고 있다. 무슨 의미인지 알고 있는지 아닌지는 아무도 모른다.

**KeyWord 2** ••• 눈의 정령
슈니의 마력으로 만들어낸 작은 정령. 족제비 같은 모습을 하고 있다. 슈니 자신은 더 크고 멋진 정령을 만들어내고 싶어 한다.

#### ✦ seen from other prince ••••••••••••

 from 프로스트
바다에 빠지기도 하고, 아직 품위도 마력도 성장 중이지만… 노력은 하는 모양이야. 걸핏하면 밖에 데려다 달라고 하는데… 생각해보지.

 from 그레이시아
건방지지. 부탁이니까 날 내버려 두라고…. 어쩔 수 없이 상대해주고 있지만 말이야. 저 녀석, 심심한가?

### Profile

| | | | |
|---|---|---|---|
| 속성 ◆ 큐트 | 국가 ◆ 눈의 나라·스노우필리아 | | |
| 키 ◆ 154cm | 체중 ◆ 48kg | 나이 ◆ 15세 | 생일 ◆ 10월 20일 |
| 취미 ◆ 거리 산책 | | 버릇 ◆ 당당하게 가슴을 펴기 | |
| 신조 ◆ 나는 나, 다른 사람은 다른 사람 | | | |
| 좋아함 ◆ 만주, 보드게임 | | | |
| 싫어함 ◆ 운동 | | | |

**Staff Comment** 참으로 자유로운 눈의 일족의 셋째. '섹시한 꼬마'라는 키워드로 카페에서 디자이너끼리 대화했던 내용에 매력 포인트를 채워 넣어 탄생했습니다. '눈의 요정'이라는 이미지예요. 최근 부쩍 프로 형을 닮아가는 것 같습니다. 【아트 디렉터 M.O】

# 프로스트
## Frost

CV ◆ 신가키 타루스케

**트로이메아의 공주님,
시간이 된다면 내가 성을 안내하도록 하지.**

눈의 나라·스노우필리아의 삼형제 중 첫째.
집안과 명예를 소중히 여긴다. 만능에 자존심이 강하다.
무슨 일이든 자신이 가장 뛰어나다고 생각한다.
그러나 사람의 마음을 배려하는 것에 서툴다.

### 액세서리 ◇
귀걸이와 목걸이는 어머니에게서 받은 물건이다. 소중히 여기고 있다.

### ◇ 얼굴
술에 강하지만, 살짝 얼굴이 붉어진다. 피부가 하얗기 때문에 그 붉은색이 유달리 눈에 띈다.

### ◇ 완력
스포츠 만능이고 완력도 강하다. 어린 시절, 슈니를 울린 그레이시아를 단숨에 때려눕혔다.

## Face Pattern

## Awake State

### KeyWord 1 ··· 고결한 눈의 일족
그 도도함과 높은 마력으로 인해 붙은, 스노우필리아 일족의 별명. 삼형제도 그 말의 영향력을 중요하게 여기고 있어, 초조할 때면 곧잘 떠올린다.

### KeyWord 2 ··· 사재기
다른 나라에서 진귀한 물건을 발견했을 때 프로스트의 행동. 나라로 갖고 돌아가 연구하기 위해서지만, 연구자들이 말하길 '이렇게 많이는 필요 없다'고.

## *seen from* other prince

 **from 그레이시아**
내 코멘트 같은 건 필요 없잖아. 우수한 형에게 무슨 말을 더 해야… 아, 그러고 보니 또 이상한 걸 사들였었지. 효자손이랬던가….

 **from 슈니**
프로 형의 그리폰은 정말 대단해. 나도 저런 식으로 마법을 사용해보고 싶어…. 그리고 좀 더 프로 형이랑 그레 형이랑 함께 다양한 곳에 가보고 싶어.

## Profile

| | | | |
|---|---|---|---|
| 속성 ◆ 쿨 | 국가 ◆ 눈의 나라·스노우필리아 | | |
| 키 ◆ 187cm | 체중 ◆ 80kg | 나이 ◆ 25세 | 생일 ◆ 10월 4일 |

취미 ◆ 저녁에 좋은 위스키를 즐기기  버릇 ◆ 걷기 시작할 때 외투를 휘날리기
신조 ◆ 스스로 갈 길을 간다
좋아함 ◆ 위스키
싫어함 ◆ 딱히 생각나는 게 없음

**Staff Comment**
그 당당한 모습은 그야말로 장남! 슈니처럼 모두와 얘기하다가 흥분해서 생겨난 왕자입니다만, 이렇게나 재밌… 개성적인 모습으로 여러분께 선보이게 될 줄은 생각지 못했습니다(웃음). 이런 오빠가 있었으면 좋겠어요【메인 디자이너 m/g】

## 마코토
### Makoto

**나는 싫다는 상대를 굴복시키는 것을 아주 좋아하거든.**

5년 전에 군주제에서 대통령제로 이행한 마법 과학의 나라·다텐의 전 왕자. 대통령제로 이행될 때 음모로 가족을 잃고 복수만을 위해 살고 있다. 다른 사람의 괴로워하는 얼굴을 보며 즐거움을 느끼지만, 동물에게는 무척 상냥하다.

CV ◆ 하나에 나츠키

### Face Pattern

### Awake State

◆ **사고방식**
어린 시절의 참혹한 경험 탓에 일그러진 성격이 되었다. 괴로워하는 얼굴을 좋아한다.

◆ **표정**
키우고 있는 햄스터 '챵'과 함께 있을 때만 부드러운 표정이 된다. 하루에 한 번은 반드시 놀아준다.

◆ **운동**
운동은 좋아하지 않는다. 특히 마라톤처럼 오래 계속하는 걸 잘 못한다. 순발력은 뛰어나다.

**KeyWord 1 ···· 초능력**
마코토의 눈동자가 요염하게 빛날 때, 눈을 본 자를 마음대로 할 수 있다. 이 능력 때문에 마코토의 목숨을 노리는 조직도 함부로 손을 대지 못한다.

**KeyWord 2 ···· 유리 상자**
마코토의 방에 있는 유리 상자에는 나비와 거미가 들어 있다. 나비가 두려워하며 도망치려고 발버둥 치는 모습을, 마코토는 웃음을 띤 채로 바라본다.

### seen from other prince

 from **스카이**

정말이지, 부르면 10초 안에 오라느니, 센트럴 타워의 고급 도시락이 먹고 싶다느니… 나는 개가 아니야. 그렇지만, 지켜줘야지.

 from **사이가**

음, 쇼콜루나에서 만난 왕자인가, 기억한다. 상당히 복잡한 성격인 듯 했지만 내가 봤을 때는 귀엽구나.

### Profile

| | | | |
|---|---|---|---|
| 속성 ◆ 큐트 | 국가 ◆ 마법 과학의 나라·다텐 | | |
| 키 ◆ 166.5cm | 체중 ◆ 59kg | 나이 ◆ 18세 | 생일 ◆ 12월 24일 |
| 취미 ◆ 햄스터 기르기 | | 버릇 ◆ 집게손가락 세우기 | |
| 신조 ◆ 오직 복수만이 살길 | | | |
| 좋아함 ◆ 타인의 고통 | | | |
| 싫어함 ◆ 타인의 행복 | | | |

**Staff Comment** 어디까지 묘사해도 되는 걸까 고민하면서 조심스레 공개한 왕자입니다. 일견 복잡해 보이는 그의 마음 안에는 순수함이 담겨 있습니다. 일본 발매 소설에서는 스카이와의 관계성을 더욱 즐길 수 있으니 마코토를 좋아하는 분은 부디 그쪽도 읽어 주세요! 【프로듀서 M】

# 히카게
## Hikage

CV • 나카자와 마사토모

**몸을 안 움직이거나 운동을 게을리하면 컨디션이 좋아지질 않아!**

사계의 나라 · 봉래의 왕자.
여름을 다스리는 왕자로 밝고 개방적이다.
사람을 잘 보살피는 성격이라
봄을 다스리는 오우카를 늘 걱정하고 있다.

◆ **좋아하는 음식**
술을 매우 좋아한다. 사이좋은 사람과 함께 기분 좋게 취하는 걸 즐긴다. 가끔 술자리에서 실수할 때가 있다.

◆ **동물**
개가 잘 따른다. 해변에서 함께 놀곤 한다. 동물은 뭐든지 좋아한다.

◆ **체격**
바다를 헤엄치며 단련된 늠름한 몸을 가졌다. 열심히 일하고 잘 먹는다. 무척 건강하다. 근육 트레이닝도 매일 한다.

## Face Pattern

## ⋯⋯ Awake State ⋯⋯

**KeyWord 1** ⋯ **세 겹 무지개 전설**
봉래의 어름 일족에 전해지는 전설. 태풍 후에 바다에서 신사로 걸쳐진다고 한다. 이 무지개가 나타난 해에 만난 남녀는 행복해진다는 길조이다.

**KeyWord 2** ⋯ **여름 축제**
여름에 열흘간 열리는 성대한 축제. 히카게는 왕자이면서도 직접 지휘해 축제를 준비한다.

## ✦ seen from other prince ⋯⋯⋯⋯

 **오우카**
저를 무척 걱정해주고 있습니다. 태양 같은 그의 얼굴에 그늘이 지는 건 정말 괴로워요…. 히카게는 항상 웃어줬으면 하니까요.

 **카에데**
바보고 단순하고 시끄러워. 정말이지, 만날 때마다 한숨이 나와…. 가는 말이 고와야 오는 말이 곱다고, 금방 상대해주는 나도 나쁘지만 말이야.

## Profile

| | | | |
|---|---|---|---|
| 속성 ◆ 패션 | 국가 ◆ 사계의 나라 · 봉래 | | |
| 키 ◆ 181cm | 체중 ◆ 75kg | 나이 ◆ 23세 | 생일 ◆ 6월 7일 |
| 취미 ◆ 낚시, 수영 | | 버릇 ◆ 소매를 걷어 올린다 | |
| 신조 ◆ 거짓말은 하지 않는다 | | | |
| 좋아함 ◆ 모든 친구들 | | | |
| 싫어함 ◆ 굳이 말하자면 추운 곳 | | | |

 **Staff Comment** 여름의 왕자님이란 걸 듣고, 활기차고 기운이 남아도는 탓에 실패해버리곤 하지만 미워할 수 없는 왕자가 되면 좋겠다고 생각하며 설정을 만들었습니다. 사계의 나라는 일본풍이지만 남쪽 나라 분위기를 첨가한 디자인도 좋아요【시나리오 K】

당신은 나를 잠에서 깨어나게 해주지 않았소?
그 보답을 해야 하오.

무뚝뚝하지만 정직한 인성의 소유자인 소가국의 왕자.
무예 전반에 걸쳐 뛰어난 실력을 갖고 있다.
아즈마의 나라에 초대받은 주인공. 그러나 아즈마의 나라에서는
다른 나라의 음모가 휘몰아치고 있는데…!?

# 아즈마
## Azuma

CV ◆ 에구치 타쿠야

◆ 용모
곱상한 얼굴을 신경 쓰고 있다. 이를 숨기기 위해 미간을 찌푸리고 매서운 표정을 짓는다.

◆ 좋아하는 음식
술을 잘 마실 것 같아 보이지만 전혀 못 마신다. 그리고 달콤한 음식을 좋아한다.

◆ 글씨
서에 실력이 출중하다. 무척 늠름하고 멋진 글씨를 쓴다.

## Face Pattern

## Awake State

**KeyWord 1** ••• 냉혈한
자신에게도 남에게도 엄격하기 때문에, 정이 많은 지금의 국왕에 비해 '비정'하다는 말을 듣는다. 그럴지만 아즈마가 자신의 신념을 꺾는 일은 없다.

**KeyWord 2** ••• 고대 벚꽃
나라에 있는 커다란 벚꽃 나무. 침략을 받았을 때 시들었지만, 봉래의 봄 일족의 힘으로 다시 만개했다. 개화 시기마다 봉래의 사자가 찾아온다.

## seen from other prince

 from 뱌쿠요
나라가 힘든 모양이라 최근엔 만난 적이 없어. 괜찮은 걸까…. 뭐, 걱정해도 기뻐하지 않겠지. 기운이 없으면 술이라도… 아, 못 마신댔지.

 from 오우카
고대 벚꽃의 개화 시기에 신세를 지고 있습니다. 저에게 없는 것만 잔뜩 갖고 계셔서 부러워요.

## Profile

| 속성 ◆ 쿨 | | 국가 ◆ 소가국 | |
|---|---|---|---|
| 키 ◆ 175.5cm | 체중 ◆ 70kg | 나이 ◆ 18세 | 생일 ◆ 6월 26일 |
| 취미 ◆ 단련 | | 버릇 ◆ 미간 찌푸리기 | |
| 신조 ◆ 의를 알면서도 행하지 않으면 용기가 없는 것이다 | | | |
| 좋아함 ◆ 경단 | | | |
| 싫어함 ◆ 배신, 책략 | | | |

**Staff Comment** 겉모습을 보고 무서운 형남인가 했더니, 성실하고, 웃으면 다정하고, 부끄러워하는 얼굴이 귀엽고…. 다양한 표정에 꽂혔어요. 그리고 무엇보다, "생각보다 어려!!" 그 갭이 왠지 가장 두근거렸습니다.【고객지원 T.S】

# 오우카

Oka

CV ◆ 하나에 나츠키

**당신도 잠으로부터 이 세상에 저를 마중 나와주셨잖아요?**

사계의 나라·봉래의 봄 일족의 왕자. 우아하며 기품이 넘친다. 어딘가 처연해 보이는 모습이 마치 흩날리는 벚꽃잎 같아 보이기도 한다. 그 처연하고 쓸쓸한 미소 뒤에는 어떤 사연이 숨겨져 있는데…

## ◆ 움직임

움직임이 부드럽고 우아하다. 그저 걷고 있을 뿐인데, 그 모습조차 아름다워 모두 넋을 잃고 바라본다.

## ◆ 용모

어린 시절에는 자주 여자아이로 오인당했다. 요즘도 처음 만나는 사람은 가끔 착각한다.

## 운동 ◆

저주 때문에 몸이 약하다. 그래서 몸을 움직이는 일은 잘 못한다.

### Face Pattern

**KeyWord 1 ••• 주술사**

봉래는 오래전부터 주술사의 힘을 빌려 나라를 다스려왔다. 봄의 일족은 그 영향을 특히 강하게 받아 지금도 주술사의 지위가 높다.

**KeyWord 2 ••• 주먹**

히카게와 카에데의 싸움을 잠재우는 오우카의 주먹. 애정이 담겨 있어서인지, 꽤 아프다.

### *seen from* other prince

**from 히카게**

오우카는 저런 상태인데도 항상 웃고 있어서 정말 걱정이 돼. 그래서 기운 나게 해주고 싶은데 난 헛발질만 하고… 아아, 젠장! 내가 반드시 기운 나게 해주겠어!

**from 카에데**

몸 상태가 좋을 때면 그림 모델을 부탁하곤 해. 누구랑은 달리 아름다우니까 말이야… 조금이라도 기분 전환이 되면 좋겠는데.

## Profile

| | | | |
|---|---|---|---|
| 속성 ◆ 젠틀 | 국가 ◆ 사계의 나라·봉래 | | |
| 키 ◆ 184.5cm | 체중 ◆ 69kg | 나이 ◆ 23세 | 생일 ◆ 3월 26일 |
| 취미 ◆ 춤추기 | | 버릇 ◆ 곤란하다는 듯이 웃기 | |
| 신조 ◆ 말은 정중하게 | | | |
| 좋아할 ◆ 꽃 | | | |
| 싫어함 ◆ 싸우는 것, 나쁜 말 | | | |

**Staff Comment** 여성 같은 아름다운 외모와 히로인 같은 설정을 가졌지만, 아름다운 외모뿐이 아닌 늠름한 면모와 군데군데 남자 같은 모습이 보이도록 고심해서 디자인했습니다. 고운 얼굴에 큰 키라는 갭이 그의 매력 포인트입니다.【그래픽 디자이너 용사】

# 에드몬트
## Edmont

CV ◆ 오오사카 료타

## 나한테서 떨어지지 말라고 분명히 말했지?

홍차의 나라 · 다질베르크의 왕자. 진지한 성격으로 왕족으로서의 의무를 지키며 매일 공무에 최선을 다하고 있다.
하지만 어떤 이유로 슬럼 지구 문제에 대해서는 소극적인 자세를 취하고 있다. 마음을 솔직하게 털어놓을 수 있는 타입.

### Face Pattern

### Awake State

◆ **성격**
매우 성실하며 평소의 행실도 좋다. 하지만 방 정리만큼은 도저히 잘할 수가 없다.

◆ **좋아하는 음식**
홍차는 약간 식힌 다음에 마신다. 차에 곁들이는 디저트로는 애플파이를 선택한다.

◆ **목욕**
목욕을 좋아해서 목욕 시간이 늘어지고 만다. 가끔 목욕하다 잠들어서 시종이 당황하는 일이 있다.

### KeyWord 1 ··· 슬럼가
국정의 실패로 인해 생겨난 다질베르크의 빈민가. 에드몬트는 어릴 적에 유괴당할 뻔한 적이 있어 신경이 쓰이지만 적극적으로 개입하지는 못하고 있다.

### KeyWord 2 ··· 어벙
본인에게는 자각이 없지만, 조슈아가 말하길 '상당히 어벙하다'. 할딘이 일으키는 말썽에 말려들어도 긍정적인 생각으로 이겨낸다.

### seen from other prince

 **from 조슈아**
에드는 평범하게 보이지만 평범하지 않아. 지나치게 고지식하고 하루의 말을 바로 믿어버리는 데다가 방은 더럽지. 하지만 그가 있어줘서 도움이 되는 일이 많아.

 **from 할딘**
조슈와는 다르게 내가 언제 가도 환영해줘! 하지만 방은 진짜 더러워. 나도 남 말 할 처지는 아니지만 그 방은 정말 굉장해.

### Profile

| | | |
|---|---|---|
| 속성 ◆ 패션 | 국가 ◆ 홍차의 나라 · 다질베르크 | |
| 키 ◆ 170.5cm | 체중 ◆ 65kg | 나이 ◆ 22세 | 생일 ◆ 7월 23일 |
| 취미 ◆ 고전 연구 | 버릇 ◆ 가슴에 손 얹기 | |
| 신조 ◆ 아첨과 변명은 절대로 하지 않는다 | | |
| 좋아함 ◆ 책으로 가득한 방, 다즐링 티 | | |
| 싫어함 ◆ 어수선한 장소 | | |

**Staff Comment** 다정한 홍차의 나라 왕자님입니다. 표정에서 느껴지는 굳센 심지와 왕자다운 풍모를 키워드로 잡고 디자인했습니다. 최근에는 어벙한 부분도 보여서 개인적으로 굉장히 힐링되는 왕자님입니다! 【메인 디자이너 m/g】

# 제로

*Zero*

CV ◆ 코지마 히데키

아니야, 그곳이 아니야.
내 급소는… 응? 틀린 건가.

시간의 나라・리스풀의 왕자. 합리적인 현실주의자.
무엇이든 논리적으로 설명이 되어야 직성이 풀린다.
감정 등 이론으로 설명할 수 없는 것을 어려워한다.

**눈** ◆
시력이 나빠서 안경이 없으면 눈앞에 있는 상대의 얼굴도 분간하지 못한다.

**복장** ◆
꼼꼼하면서 빈틈이 없다. 양복은 정확히 치수를 재서 딱 맞게 맞추었다.

**요리** ◆
요리를 잘한다. 몹시 까다로워서 다른 나라에서도 향신료나 조미료를 사 모으고 있다.

## Face Pattern

## Awake State

### KeyWord 1 ⟩⟩⟩ 제로의 계산술

모든 것을 통계를 기준으로 정한다. 에스코트나 선물 등 여성에 관한 것도 예외는 아니다. 예측할 수 없는 것에 대하여 도전하는 자세를 가진다.

### KeyWord 2 ⟩⟩⟩ 요리

요리를 화학이라 단언하며 그 치밀한 구성을 즐긴다. 실력도 좋아서 그의 어니언 그라탱 수프는 일품이다.

## seen from other prince

 츠바이

통계학을 좋아하는 것 같고, 나도 자주 책을 빌려. 하지만 '아이는 예측할 수 없어'라며 교실에는 별로 오지 않아.

 아인스

'이해했어'…멋있다고 생각해서 나도 한번 말해본 적이 있지! '뭘?'이라고 물어봐서 대답하기 곤란했어!! 굉장히 이해할 수 없다는 듯한 표정을 짓더고.

## Profile

| | | | |
|---|---|---|---|
| 속성 ◆ 쿨 | 국가 ◆ 시간의 나라・리스풀 | | |
| 키 ◆ 174cm | 체중 ◆ 65kg | 나이 ◆ 26세 | 생일 ◆ 2월 4일 |
| 취미 ◆ 바둑 | 버릇 ◆ '이해했어'라고 말하기 | | |
| 신조 ◆ 모든 일은 합리적으로! | | | |
| 좋아함 ◆ 전해진 규칙 | | | |
| 싫어함 ◆ 소설 | | | |

**Staff Comment**
언뜻 보면 스타일리시하고 흠잡을 곳 없지만 사실은 요리를 좋아한다는 갭을 가지고 있는 왕자님입니다. 다른 분의 디자인을 이어서 그렸는데요, 흑백의 인상이 멋있어요! 【메인 디자이너 m/g】

# 크레토

**Creto**

으아, 엎었다! …아, 방금 건 못 본 거로 해줘!
…해주세요. 부탁이야.

쇼콜루나의 라떼 일족의 왕자.
멋있는 사람이 되고 싶어서 잡지나 멋진 사람을 보며
밤낮으로 연구하고 있다. 초콜릿이나 단 걸 좋아하는 게
부끄러워 숨기고 있다.

CV ◆ 야마야 요시타카

### Face Pattern

### Awake State

**KeyWord 1** ••• 존댓말

어른스러움을 보여주기 위해 존댓말을 쓰려고 하지만 조금 힘든 모양이다.
특히 여성 앞에서는 쉽게 흥분해버린다.

**KeyWord 2** ••• 초콜릿 만들기

크레토가 심혈을 기울이고 있는 일. 그의 오리지널 초콜릿 레시피는 100가
지도 넘는데 모두 다 정말 맛있다.

### *seen from* other prince

 *from* 리카

나에게 초콜릿 만드는 걸 도와달
라질 않나… 그런 거 안 해. 뭐,
정 어쩔 수 없다고 한다면 도와주
겠지만?

 *from* 리드

언젠가 있었던 회담에서 알게 됐어!
어쩐지 친근감이 느껴진달지… 꽤
즐겁게 이야기했지만, 중간에 끊겼
었지… 떠올리니 부끄러워….

**좋아하는 음식** ◇

달콤한 걸 좋아하지만, 어
린애 같다고 할까 봐 부끄
러워서 말하지 못한다.

**액세서리** ◇

리카에게 받은 액세서
리를 달고 있다. 리카
나 콜로레, 마르탱 등
주변의 왕자들에게 순
수한 동경의 마음을 품
고 있다.

◇

**목표**

언젠가 어른이 되어 놀림
당하는 포지션에서 벗어
나고 싶다고 생각한다.

## Profile

| | | | |
|---|---|---|---|
| 속성 ◆ 패션 | | 국가 ◆ 초콜릿의 나라 · 쇼콜루나 | |
| 키 ◆ 166cm | 체중 ◆ 59kg | 나이 ◆ 17세 | 생일 ◆ 2월 19일 |
| 취미 ◆ 디저트 연구 | | 버릇 ◆ 과자에 눈이 간다 | |
| 신조 ◆ 무조건 노력하고 연구하자 | | | |
| 좋아함 ◆ 달콤한 것 전부! | | | |
| 싫어함 ◆ 고추냉이 | | | |

**Staff Comment** 처음 이미지는 '반에서 놀림당하면서 귀여움 받는 남자애였습니다. 각성 전에는 '왕자 같지 않은데?'라고 생각하게 한 뒤
각성 후에는 왕자다움이 느껴지도록 한 디자인이므로 성장을 즐겨주셨으면 좋겠습니다. [시나리오 K]

# 리카
## Rica

CV ◆ 오키츠 카즈유키

◆ 문신

문신을 정말 좋아한다. 더 하고 싶지만 혼날 것 같아서 자중하는 중. 문신할 때는 아팠다.

◆ 식사

그다지 정해진 시간에 식사하지 않고, 갑자기 믿을 수 없을 정도의 양을 먹어 치운다. 살이 잘 안 찌는 체질.

◆ 소지품

평소 가지고 다니는 것은 휴대폰(스마트폰)과 지갑. 그리고 약간의 초콜릿.

아함… 어제 너무 놀았나?
…좀 더 자도 되냐?

초콜릿의 나라·쇼콜루테의 왕자. 직설적인 화법으로 듣는 사람에게 상처를 줄 때가 있다. 하지만 악의는 없으며 그저 지나치게 솔직할 뿐이다. 한번 친해지면 계속 친하게 지낼 수 있다. 거만하지만 외로움을 잘 타는 약한 면도 있다.

Face Pattern

Awake State

### KeyWord 1 ··· 다크

거리에서 놀 때의 리카의 이름. 왕자로서가 아닌 자기 자신을 봐주었으면 하는 마음에 그렇게 이름을 대고 있다. 절대로 이름이 귀여워서가 아니다.

### KeyWord 2 ··· 실력파 은둔 왕자

세간에 퍼져 있는 리카의 이미지. 성안의 사람들은 리카를 우수한 왕자로 존경하고 있다. 하지만 리카는 그것을 답답하게 생각한다.

### seen from other prince

 from 크레토

멋있지! 내가 동경하는 사람이야… 헤헷. 초콜릿 만드는 걸 리카 형이 도와준다면 분명 더 좋은 초콜릿이 나올 텐데~

 from 마르탱

우리 리카는 정말 솔직하지 못한 아이지. 크레토를 놀리는 것도 그의 애정표현이야. 내가 볼 때는 그런 점도 귀엽지만.

## Profile

| 속성 ◆ 쿨 | 국가 ◆ 초콜릿의 나라·쇼콜루테 | | |
|---|---|---|---|
| 키 ◆ 188cm | 체중 ◆ 72kg | 나이 ◆ 23세 | 생일 ◆ 6월 9일 |
| 취미 ◆ 거리에서 놀기 | | 버릇 ◆ 입술 만지기 | |
| 신조 ◆ 천하무적(세 보이니까 말해봤음) | | | |
| 좋아함 ◆ 초콜릿, 게임 | | | |
| 싫어함 ◆ 혼자 있는 시간 | | | |

**Staff Comment**
설정을 만들 당시에 디자인 러프를 보고서는 '아랫눈썹이 긴 미남'이라며 흥분했습니다. 어른스러우면서도 아이 같은 말을 하거나 무뚝뚝하면서도 외로움을 잘 탄다면 두근거리겠다고 생각하며 라며 열심히 설정을 짰습니다. 【시나리오 K】

# 마르탱
Martin

## 이런, 이런,
## 아저씨를 놀려서 어쩌려고?

브랜디의 나라 · 반빌뢰르의 왕자.
붙임성이 좋고 장난기 있는 성격. 어른의 여유와 포용력이 있다.
승부에 강한 면이 있어 게임 등 스포츠가 특기.
특히 다트에서는 져본 적이 없다.

CV ◆ 후지와라 케이지

### Face Pattern

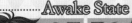

### Awake State

◆ 복장
옷을 고를 때 중시하는
것은 소재. 감촉이 좋
은 것을 입는다.

◆ 미각
미각은 전문가 수준.
일류의 맛을 알고 있
다. 세계 각국의 유명
레스토랑 오너 중에
지인이 많다.

◆ 체격
뱃살을 약간 신경 쓰고 있
다. 몸매 관리를 위해 슬쩍
트레이닝하고 있다는 사실
은 비밀.

### KeyWord 1 ◆◆◆ 다트

취미로 즐기고 있다고 본인은 말하지만, 그 솜씨는 프로를 능가한다. 여성
이 앞에 있을 때 등 중요한 순간에 실력을 보인다.

### KeyWord 2 ◆◆◆ 중개업

제이, 알프레드와 교류가 있어서 서로 타협하지 못하는 둘을 술자리에 부
르는 중개역을 하기도 한다. 하지만 그 이상의 참견은 하지 않는다.

### seen from other prince

 from 리카

마르탱 형은… 솔직히 멋있다고 생
각해. 그런 사람에게 '우리' 리카라
고 불리는 내 마음을 알겠어!? '우
리'라고 붙이지 마!

 from 제이

아아… 자주 같이 술 먹자는 소리를
들어. 가보면 가끔 알이 있지… 정
말이지 참견쟁이라니까. 마르탱이
있어서 다행이야. 혼자인 것보다는
… 술이 맛있어지니까 말이지.

### Profile

| | | | |
|---|---|---|---|
| 속성 ◆ 젠틀 | 국가 ◆ 브랜디의 나라 · 반빌뢰르 | | |
| 키 ◆ 180cm | 체중 ◆ 74kg | 나이 ◆ 40세 | 생일 ◆ 6월 20일 |
| 취미 ◆ 다트, 당구 | | 버릇 ◆ 모자 만지기 | |
| 신조 ◆ 넘어져도 그냥은 안 일어난다(웬만해서는 안 넘어짐♪) | | | |
| 좋아함 ◆ 술, 술 마시기 | | | |
| 싫어함 ◆ 벌레(다리가 많은 것) | | | |

### Staff Comment
슬슬 새로운 아저씨 왕자님이 등장해도 좋을 것 같아. '초콜릿의 나라 왕자님들과 교류가 있는 어른'이라는 설정을 가지고 탄생했습니다.
연상의 여유라는 설정을 의식해서 이상적인 연상 남성의 요소를 쏟아부었습니다. 【시나리오 K】

# 체셔 고양이
## Cheshire Cat

·············· CV ◆ 야마시타 다이키

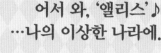

**어서 와, '앨리스'♪**
**···나의 이상한 나라에.**

이상한 나라 · 원더메어의 이상한 왕자.
당신을 '앨리스'라 부르며 멋대로 끌고 다닌다. 그러나 그것은
이상한 나라의 비밀을 둘러싼 조금 슬픈 모험이었다. 같은 나라에
사는, 회중시계를 가진 토끼에게 자주 장난을 치는 것 같다.

◆ **장난**
지루한 시간을 싫어하며, 장난을 매우 좋아한다. 장난치는 보람이 있는 사람을 보면 몸이 근질근질 해진다.

◆ **좋아하는 장소**
높은 곳에서 사람을 내려다 보는 것을 좋아해서, 자주 나무에 오른다. 남이 자신을 내려다보는 것은 싫어한다.

**F a c e   P a t t e r n**

**Awake State**

◆ **꼬리**
꼬리 버릇이 나쁘다. 꼬리로 장난을 치기도 하고 편리하 게 사용한다. 참견해줬으면 할 때는 바닥에 세게 친다.

**KeyWord 1** ··· **앨리스**
체셔 고양이가 찾고 있는 수수께끼의 소녀. 원더메어에 갑자기 나타나, 돌연 자취를 감췄다. 체셔 고양이는 그 외로움을 주체하지 못해 장난을 친다.

**KeyWord 2** ··· **이상한 숲**
나무가 말하거나 풍경이 갑자기 바뀌는 등 이상한 일들이 잔뜩 일어나는 숲. 원더메어 변혁 때에 파괴되어 지금은 작은 숲이다.

*seen from* **Other Prince**

 from **크로노**
체셔는 언제나 장난을 쳐요. 제 소중한 시계를 몰래 가져가거나 하지요. 하지만 제가 만든 쿠키를 잔뜩 먹어줘요!

 from **마치아**
정말, 그 장난꾸러기 고양이가 하는 짓은 참아줄 수가 없어! 카지노에서 대박 나고 있는데 멋대로 버튼을 누르고 말이야···. 완전 민폐라니까! 왜 내가 있는 곳에 오는 걸까?

## Profile

| | | |
|---|---|---|
| 속성 ◆ 큐트 | 국가 ◆ 이상한 나라 · 원더메어 | |
| 키 ◆ 179.5cm(귀 제외), 187.6cm(귀 포함) | | |
| 체중 ◆ 70kg | 나이 ◆ 미상 | 생일 ◆ 2월 22일 |
| 버릇 ◆ 손으로 얼굴을 긁적인다 | | 취미 ◆ 나무 위에서 낮잠 자기 |
| 신조 ◆ 자기 손은 더럽지 않다 | | |
| 좋아함 ◆ 앨리스 | | 싫어함 ◆ 죽음 |

**Staff Comment**
이상한 나라의 왕자님들 중 가장 처음에 디자인한 왕자님입니다. 여러분이 기대하시는 체셔 고양이의 이미지와 어긋나지 않도록 분발했습니다.
개인적으로는 맛있어 보이는 초콜릿 느낌이 났으면 좋겠다는 마음으로 색을 정했습니다. 【메인 디자이너 m/g】

## 나가자! 매드해터 선생님이 티 파티를 하고 있다고 하니까!

이상한 나라 · 원더메어의 왕자.
하트 여왕의 일족. 들뜨면 사람의 말을 안 듣고 폭주해버린다.
비뚤어진 자기 과시욕이 왕성한 나이다.

# 하츠
Hearts

CV ◆ 카지 유우키

### 용돈 ◆
왕자지만 용돈을 받는다. 어머니가 매우 무섭다. 하지만 자립하고 싶은 나이.

### ◆ 복장
멋쟁이 어른이 되고 싶어서 패션 잡지를 체크하고 있다. 동경하는 사람은 물론 매드해터.

### ◆ 복근
복근을 만들기 위해 열심이지만 윗몸일으키기는 10번이 한계다. 꼴사납기 때문에 이 사실은 모두에게 비밀이다.

## Face Pattern

### Awake State

**KeyWord 1** ◆◆◆ **완전 존경**
매드해터를 깊이 존경하고 있다. 하츠의 말에 따르면 '모든 게 쿨하고 멋져!'. 하지만 이런 표현을 쓰는 한, 그를 닮기는 어려워 보인다.

**KeyWord 2** ◆◆◆ **재앙**
트럼피아에서 앨리스는 재앙을 불러오는 존재로 여겨진다. 하지만 하츠는 신경 쓰지 않고 앨리스에게 강한 동경을 품고 있다.

## ✦ seen from other prince

from **매드해터**
어째서 그리 저를 좋아하는지는 모르겠습니다만… 종업원 권유를 해볼까요? 후후, 농담입니다. 또 다과회에 초대하도록 하지요.

from **체셔 고양이**
크로노와 비슷하게 장난치기 쉬운 녀석이다냥. 앨리스라고 말하기만 하면 바로 걸려들어. 앨리스는 이제 없는데… 하츠는 바보야.

## Profile

| | | | |
|---|---|---|---|
| 속성 ◆ 패션 | 국가 ◆ 이상한 나라 · 원더메어 | | |
| 키 ◆ 174cm | 체중 ◆ 65kg | 나이 ◆ 17세 | 생일 ◆ 1월 15일 |
| 취미 ◆ 앨리스에 대한 정보 수집 | | 버릇 ◆ 코끝 문지르기 | |
| 신조 ◆ 믿기만 하면 언젠가 앨리스를 만날 수 있어! | | | |
| 좋아함 ◆ 앨리스 | | | |
| 싫어함 ◆ 공부 | | | |

**Staff Comment** 좋아하는 것에 대해 알기 쉽게 솔직한 점이 귀엽습니다. 왕자이지만 용돈을 받는다는 것도 포인트예요! 크리스마스 디자인에서는 조심성 없이 가방에서 지갑이 삐져나와 있는데 그런 점도 하츠답다고 생각합니다. 【그래픽 디자이너 바비폰즈】

# 매드해터

## MadHatter

CV ◆ 히라카와 다이스케

◆ **모자**

모자에 곁들여진 꽃은 앨리스가 있던 시절에 피어 있던 꽃이다. 이따금 모자에서 떼어내 가만히 바라보곤 한다.

**행동거지** ◆

손끝까지 신경 쓴 몸짓과 움직임. 체형 관리도 소홀히 하지 않지만 어떻게 하고 있는지는 아무도 모른다.

◆ **홍차**

홍차의 나라에서 찻잎을 대량으로 사들여 다른 왕자들에게 대접하고 있다. 요즘은 다질베르크의 홍차가 마음에 든다.

## 큰까마귀와 책상이 닮은 것은 어째서일까요? 자, 대답할 수 있나요?

이상한 나라 · 원더메어의 왕자. 메종 매드니스라는 모자 가게를 경영하고 있다. 매우 신사적으로 행동한다. 이론을 내세우는 걸 좋아하나 사실은 그저 말장난을 즐길 뿐이다.

### Face Pattern

### Awake State

**KeyWord 1** ••• 메종 매드니스

매드해터가 경영하는 모자 가게. 매드해터가 직접 만든 모자를 판다. 원더메어 굴지의 브랜드로 웬만한 일반인은 살 수 없는 가격이다.

**KeyWord 2** ••• 수수께끼

매드해터는 대화 중에 빈번히 수수께끼를 던져온다. 하지만 답이 없는 것이 많아, 그저 말장난을 즐길 뿐인 것으로 보인다.

### seen from other prince

**from 캐피타**

옛날부터 아는 사이다. 본심이 보이지 않는 녀석이지만 수수께끼에 관해서는 말이 통하지. 녀석도 오랜 시간 이 원더메어를 지켜온 녀석이니까.

**from 하츠**

역시 언제 봐도 최고로 멋져! 어떻게 하면 저렇게 될 수 있을까! 아… 모자…인가!? 좋았어, 알바로 돈을 모아서 나도 사야지!

## Profile

| 속성 ◆ 섹시 | | 국가 ◆ 이상한 나라 · 원더메어 | |
|---|---|---|---|
| 키 ◆ 181cm | 체중 ◆ 67kg | 나이 ◆ 미상 | 생일 ◆ 10월 6일 |
| 취미 ◆ 다과회 | | 버릇 ◆ 모자 만지기 | |
| 신조 ◆ To say Goodbye is to die a little | | | |
| 좋아함 ◆ 홍차 | | | |
| 싫어함 ◆ 페트병에 든 차 | | | |

**Staff Comment** '미스테리어스 신사'입니다! 사실 디자인 키워드는 귀부인이었습니다. 남성스러움과 여성스러움의 밸런스를 생각해서 디자인하는 것이 무척 즐거웠던 캐릭터입니다. 모자에 달린 태그는 디자이너의 장난입니다(웃음). 【메인 디자이너 m/g】

# 마치아
## Marchia

**뭐야? 나랑 놀고 싶은 거야?**
**그럼 잘 설득해봐.**

이상한 나라 · 원더메어의 왕자.
마치블로우의 3월 토끼 일족.
누군가를 놀리거나 장난을 치거나 사소한 거짓말을 하거나,
자신이 즐거우면 무엇이든 상관없다.

CV ◆ 카키하라 테츠야

### 좋아하는 음식 ◆
강한 술을 매우 좋아한다. 취하면 목소리가 커진다. 즐겁게 취하지만 기억이 날아가는 일도 종종 있다.

### ◆ 운
운이 좋아 내기에서 잘 지지 않는다. 하지만 가끔 체셔 고양이의 방해를 받는다.

## Face Pattern

## Awake State

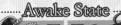

### ◆ 다리
다리와 허리가 튼튼해서, 높이 뛰는 크로노와는 반대로 앞으로 멀리 뛰는 것을 잘한다.

### KeyWord 1 ··· 카지노
마치블로우에 있는 거대한 카지노. 마치아의 일족이 경영하는 곳으로, 본인도 푹 빠져 놀고 있다.

### KeyWord 2 ··· 할아버지의 찻잔
성의 방 한편에 소중히 장식되어 있는 낡은 찻잔. 마치아의 할아버지가 가졌던 물건으로, 옛날에 이 찻잔을 사용해서 앨리스와 차를 즐겼다고 한다.

## ★ seen from other prince

 **from 체셔 고양이**
언제나 나를 방해꾼 취급해! 너무하다냥! 마치아는 심술쟁이냥! 금방 화내고···. 하지만 깜짝 놀란 얼굴은 정말 최고야♪

 **from 크로노**
재밌는 걸 잔뜩 배웠어요! 하지만 가끔··· 뭐라고 할까요, 마치아가 하는 말은 과격해서··· 깜짝 놀라요.

## Profile

| | | | |
|---|---|---|---|
| 속성 ◆ 패션 | 국가 ◆ 이상한 나라 · 원더메어 | | |
| 키 ◆ 176cm | 체중 ◆ 68kg | 나이 ◆ 20세 | 생일 ◆ 3월 20일 |
| 취미 ◆ 카지노 | | 버릇 ◆ 눈을 두리번거린다 | |
| 신조 ◆ 어찌해도 안 되는 건 차라리 잊는 게 행복하다 | | | |
| 좋아함 ◆ 재미있는 것 | | | |
| 싫어함 ◆ 재미없는 것 | | | |

**Staff Comment** 이런 실없고 경박한 사람은 독자적인 세계관을 지니고 있다고 생각해서, 아무도 따라오지 못할 법한 기발한 복장으로 디자인했습니다. 처음에는 앞니를 조금 부러뜨리려고 했지만··· 왕자라서 그만두었어요.(웃음)【그래픽 디자이너 용사】

# 크로노
## Chrono

·········································· CV ◆ 마츠오카 요시츠구

**귀 ◆**

귀가 민감하다. 비가 올 것 같다든지 하는 기압의 변화도 감지할 수 있다.

**특기 ◆**

과자 만들기가 특기로, 다과회에 들고 오곤 한다. 무척 맛있다는 평판이다.

**◆ 다리**

다릿심이 세서 껑충 하고 높은 곳까지 뛸 수 있다. 건물 2층까지는 사람을 안은 채로도 여유롭게 닿는다.

큰일이네요. 벌써 이런 시간이라니… 깜빡 늦잠을 자버렸네요! 죄송해요….

이상한 나라 · 원더메어의 왕자. 시간을 지키는 흰토끼 일족. 이상한 사람이 많은 원더메어에서 제일 상식적인 인물이고 원더메어의 마지막 양심이라 할 수 있다. 극도로 마이페이스인 시간의 파수꾼.

## Face Pattern

## Awake State

### KeyWord 1 ··· 행복의 종

100km 바깥까지 들린다고 하는, 크로노플럼의 시계탑에 있는 종. 12시가 되면 행복의 종소리가 들려온다.

### KeyWord 2 ··· 회중시계

크로노의 일족에게 전해지는 신기한 회중시계. 시공을 넘어 원더메어의 곳곳으로 갈 수 있는 힘이 있다.

### seen from other prince

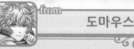 **도마우스**

푹신푹신해… 크로노한테 꼬옥 껴안기면 푹 잘 수 있어… 같이 낮잠 자… Zzz….

 **체셔 고양이**

후후… 얼간이 크로노는 항상 내 장난에 넘어간다냥~♪ 부들부들 떠는 모습이 재미있다냥~♪ 다음번에는 뭘 하고 놀까.

## Profile

속성 ◆ 젠틀　　　국가 ◆ 이상한 나라 · 원더메어

키 ◆ 184.5cm(귀 제외), 201cm(귀 포함)

체중 ◆ 78kg　　나이 ◆ 23세　　생일 ◆ 3월 12일

버릇 ◆ 좋아하는 사람에게 들러붙기　　취미 ◆ 요리(생선 제외)

신조 ◆ 인연을 소중히 하자, 시간은 금이다

좋아함 ◆ 귀여운 것　　　싫어함 ◆ 유령

**Staff Comment** 러프 디자인을 봤을 때 키가 크다고 적혀 있어서 '토끼인데 새우등!' 하고 웃음을 터뜨렸던 게 생각나네요. 조금 얼빠졌고 태평스럽습니다만, 시간의 파수꾼 일은 잘 하고 있습니다. 【시나리오 K】

## 너와 함께 있으면
## 왠지 안심할 수 있어…

이상한 나라·원더메어의 왕자.
겨울잠쥐가 모이는 슬립밸리에 살고 있다.
언제나 졸리고 자고 싶어 한다. 다른 사람이 즐겁게 노는 모습을
보며 부러워하면서도 결국에는 자는 쪽을 선택해버린다.

# 도마우스
## Dormouse

CV ◆ 카와베 슌스케

### Face Pattern

#### Awake State

### KeyWord 1 ••• 찻주전자
도마우스는 때와 장소를 가리지 않고 잠을 잔다. 찻주전자 안에 들어가 있
어도 계속 잔다.

### KeyWord 2 ••• 앨리스
도마우스도 예전에 앨리스와 사이가 좋았다. 그렇지만 그가 자는 사이에 앨리
스는 사라지고, 세계는 변해 있었다. 그의 어머니는 이에 대해 걱정하고 있다.

### seen from other prince

 from 매드해터

이래 봬도 상당히 오래 알고 지냈습
니다만… 무척 흥미롭군요. 어떻게
하면 저렇게까지 잘 수 있는지….
재미있는 수수께끼입니다.

 from 하츠

볼 때마다 자고 있어! 자는 사이에
체셔 고양이가 장난을 치려고 하지.
나는 꽤 막아준다고!? 본인은 새근
새근 평화롭게 자고 있지만….

◆ 식사
매우 천천히 식사한다. 씹는
속도가 느리고, 소화하는데
도 시간이 오래 걸린다.

◆ 복장
따뜻한 겉옷은 부드러워서
파자마로 딱 알맞다. 안쪽
은 기모. 푹 자려면 이 복장
이 가장 적당하다.

◆ 다리
보폭이 작아서 잘 뛰지 못한
다. 체셔 고양이와 마치아에게
항상 놀림당한다.

## Profile
| 속성 ◆ 젠틀 | 국가 ◆ 이상한 나라·원더메어 | | |
|---|---|---|---|
| 키 ◆ 157cm | 체중 ◆ 54kg | 나이 ◆ 미상 | 생일 ◆ 5월 15일 |
| 취미 ◆ 낮잠 자기 | | 버릇 ◆ 잠잘 곳을 찾기 | |
| 신조 ◆ 식후의 수면은 은이며 식전의 수면은 금이다 | | | |
| 좋아함 ◆ 폭신한 침대 | | | |
| 싫어함 ◆ 딱딱한 침대 | | | |

### Staff Comment
항상 졸린 눈도, 헐렁헐렁한 옷도, 디자인도 전부 귀엽습니다. 자면서 먹을 수 있다는 이유만으로 젤리 음료를 선택하는 도마우스에게
다양한 종류의 젤리 음료를 선물해주고 싶습니다…! 【그래픽 디자이너 바비폰즈】

# 포이아

Foia

CV ◆ 마에노 토모아키

**체온** ◇
평균 체온이 높다. 칼트나 샤오에게 미열이 있는 상태가 그에게는 평상시 체온이다.

◇ **눈**
눈매가 고운 것을 신경 쓰고 있다. 눈썹을 신경 써서 손질하고 있다.

◇ **액세서리**
몸에 걸치는 액세서리에 집착한다. 정령의 나라의 왕족은 제각기 마석을 몸에 걸치고 있다.

왜 그러지? 내가 함께 있으니까 분명 괜찮을 거야.

정령의 나라·세쿤다티의 불 일족의 왕자. 정열적이며 자신감이 넘친다. 이상을 추구하며, 그를 위해서는 노력을 아끼지 않는다. 그만큼 한번 꺾이면 쉽게 헤어나오질 못하는 약한 일면도 있다. 체온이 높다.

## Face Pattern

## Awake State

### KeyWord 1 ··· 정령의 일족
세쿤다티는 //개의 일족이 세각기 정령을 수호하며, 그 은혜를 빌어 살아간다. 마법이나 연금술을 이용해 각자의 문화를 구축하고 있다.

### KeyWord 2 ··· 아크플랜트
포이아가 고안해낸, 정령의 힘과 과학의 힘을 융합시켜 에너지를 생성하는 시설. 혁신적인 기술이지만 불안을 호소하는 목소리도 크다.

## seen from other prince

 from 샤오
성격은 정반대지만, 왠지 포이아와는 마음이 맞아요. 자극이 있다고나 할까요…. 그와 함께 있으면 즐거워요. 조금 불안하지만요.

 from 프뤼스
뭐든지 할 수 있고 멋있어. 포이아의 불은 내 바람이 있으면 더 강해져. 지각하면 혼나지만.

## Profile

| 속성 ◆ 패션 | 국가 ◆ 정령의 나라·세쿤다티 | | |
|---|---|---|---|
| 키 ◆ 177.5cm | 체중 ◆ 73kg | 나이 ◆ 25세 | 생일 ◆ 8월 27일 |
| 취미 ◆ 망상 | 버릇 ◆ 손끝으로 불을 갖고 놀기 | | |
| 신조 ◆ 거짓말, 도리에 어긋나는 일은 하지 말자 | | | |
| 좋아함 ◆ 노력, 단련 | | | |
| 싫어함 ◆ 게으름 피우는 것 | | | |

**Staff Comment** 단발의 와일드게 왕자님. 지금까지 없었던 타입의 왕자를 내보자 싶어서 탄생한 왕자입니다. 각성 후의 모습은 각각 판타지 RPG에서의 마도사와 전사의 이미지에서 따왔습니다. 정령의 나라에서 아버지 같은 포지션이라고 생각합니다. 【아트 디렉터 M.O】

그렇게 내가 너한테
관심 가져주길 바라는 거야? …귀여운데!

정령의 나라 · 세쿤다티의 왕자. 번개의 일족 토니토르스의 왕자.
날마다 즐겁게 지내고 있다. 할머니의 귀여움을 한 몸에 받는
경박한 성격이라고 오해를 받기 십상이나 엄청난 노력가이며
가족을 매우 아낀다.

# 리츠

## Ritz

CV ◆ 사이토 소마

**표정 ◇**
본인의 매력을 잘 이해
하고 있어서, 가장 멋
있어 보이는 표정도 잘
알고 있다.

**체질 ◇**
번개 정령 일족의 왕자답
게 몸에 전기를 띠고 있
다. 악수하려고 하면 찌
릿하고 정전기가 일기도
한다.

**할머니 ◇**
어렸을 적부터 돌봐주신
할머니를 매우 좋아한다.
그래서 간식이나 식사 취
향도 의외로 남백하다.

## Face Pattern

## Awake State

### KeyWord 1 ▸▸▸ 할머니
리츠가 정말 좋아하는 할머니. 계속 리츠를 예뻐해주셨다. 돌아가신 리츠의
할아버지를 떠올릴 때면 사랑에 빠진 소녀 같은 눈을 한다.

### KeyWord 2 ▸▸▸ 여자친구
주인공과 만나기 전까지 리츠에게는 많은 여자친구가 있었다. 언제나 즐거
웠지만, 진심을 얘기할 수 있는 상대는 없었다.

## seen from other prince

 **from 포이아**
소꿉친구야! 리츠와 얘기하고 있으
면 뭐든지 할 수 있을 것 같은 기분
이 들어! 내 이상도 리츠는 이해해
주지. '좋은데, 좋아!' 하고 말이야!

 **from 잔트**
번개는 비를 동반한다…. 비는 토양
을 비옥하게 해주지. 그건 알고 있
지만… 저 분위기는 어떻게 좀 안
되는 건가….

## Profile

| | | | |
|---|---|---|---|
| 속성 ◆ 큐트 | 국가 ◆ 정령의 나라 · 세쿤다티 | | |
| 키 ◆ 168cm | 체중 ◆ 62kg | 나이 ◆ 24세 | 생일 ◆ 7월 24일 |
| 취미 ◆ 여자애와 다과회 | | 버릇 ◆ 윙크하기 | |
| 신조 ◆ 항상 자극을 추구하며 살자 | | | |
| 좋아함 ◆ 즐거운 일, 새로운 발견, 다 같이 떠들기, 파티 | | | |
| 싫어함 ◆ 지루한 것, 방에 틀어박혀 있기 | | | |

**Staff Comment**
번개를 담당하는 왕자님입니다. 여자애들과 사이가 좋아서 언뜻 노는 사람처럼 보이지만,
사실 할머니를 사랑하는 손자라는 귀여운 갭에 빙긋빙긋 웃음이 나옵니다. 【메인 디자이너 m/g】

# 프뤼스
## Fruys

CV ◆ 시모노 히로

**어? 어딜 갔었냐고?**
**그건 말야… 좋은 데야!**

정령의 나라 · 세쿤다티의 바람 일족의 왕자.
바람을 다룬다. 자유분방하게 매일을 보내고 있으며
변덕스럽지만 다정한 성격. 딸기 주스를 좋아한다.

**마이페이스 ◇**
마이페이스, 지각 상습범.
그렇지만 그 천진난만한 웃
음을 보면 무심결에 용서해
주게 된다.

**◇**
**행동**
가만히 있지를 못해서 평
소에는 바람의 힘으로 떠
있는 일이 많다. 그렇지만
힘을 사용하면 금방 배가
고파진다

**좋아하는 것**
딸기 주스나 고양이처
럼 귀여운 걸 좋아한
다. 주변 사람들에게는
비밀로 하고 있다.

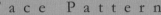

### Face Pattern

### Awake State

**KeyWord 1** ••• **공중산책**
성안에 있기보다 바람을 타고 어딘가를 산책하고 있을 때가 많다. 사실 거리
시찰도 겸하고 있어 국민을 소중히 생각하고 있다는 걸 알 수 있다.

**KeyWord 2** ••• **딸기 주스**
프뤼스가 좋아하는 음식. 자기가 좋아하는 건 남도 좋아할 거라 생각해서
마음에 드는 손님에게는 딸기 주스를 대접하려 한다.

### seen from other prince

**from** **잔트**
처음 만났을 때부터 생각한 건데,
연하면서 왜 반말을 쓰는 거지…?
상관은 없다만, 참 자유로운 녀석
이야.

**from** **칼트**
프뤼스의 바람, 좋아해. 곧잘 내가
있는 곳에 와. 서로 아무 말도 하지
않고… 작은 새나 토끼랑 노는 일이
많지만….

### Profile

| | | | |
|---|---|---|---|
| 속성 ◆ 패션 | 국가 ◆ 정령의 나라 · 세쿤다티 | | |
| 키 ◆ 169.5cm | 체중 ◆ 60kg | 나이 ◆ 16세 | 생일 ◆ 4월 2일 |
| 취미 ◆ 공중 산책 | 버릇 ◆ 휘파람 불기 | | |
| 신조 ◆ 불어오는 바람에 거스르지 않는다 | | | |
| 좋아함 ◆ 즐거운 일 | | | |
| 싫어함 ◆ 즐겁지 않은 일 | | | |

**Staff Comment** 바람처럼 표표한 왕자예요. 이래 봬도 딸기 주스를 좋아한답니다. 귀여워. 포이아와도 무척 사이가 좋아서 의외였습니다!
4컷 만화의 엉덩이와 머리털이 귀여우니 부디 봐주세요(웃음). 【메인 디자이너 m/g】

태양의 빛이 식물에게 힘을 부여하면
대지 역시 풍요로워져.

정령의 나라 · 세쿤다티의 땅 일족의 왕자.
타인에게 거리를 두고 있다.
흙과 꽃에 관한 일이라면 온화한 표정을 보인다.
과거에 있었던 어느 사건으로 인해 침울해하고 있다.

# 잔트
## Zant

CV ◆ 우메하라 유이치로

◆ 귀
정령의 피가 진하게 흐르고
있어 귀가 뾰족하다.

체격 ◆
매일 농사일을 하기 때
문에 볕에 탄 건강한
피부색과 튼실한 체격
을 갖고 있다.

◆ 문신
팔에 있는 문신은
대지 정령의 문
장. 왕족은 성인
식에서 이 무늬를
새긴다.

## Face Pattern

### Awake State

### KeyWord 1 ••• 대지의 사원
테라마틀에 있는 정령을 기리는 사원 중 하나. 잔트의 부모님은 여기서 사
고를 당해 생명을 잃었다. 잔트는 이를 자신의 탓이라고 생각하고 있다.

### KeyWord 2 ••• 교류 거부
사고를 일으켰다는 자책감에 사로잡혀, 잔트는 몹시 침울해하고 있다. 잔
트의 형과 주변 사람들은 그런 잔트를 걱정하고 있다.

### seen from other prince

from 포이아

예전에는 자주 나와 힘을 겨루곤
했었는데… 걱정이야. 그렇지만 그
녀석은 그렇게 약하지 않아. 언젠
가 반드시 다시 일어서리라고 믿고
있어.

from 리츠

사정은 알겠지만 말이야, 어두워.
저런 얼굴만 보여주고 있으면 가족
이 걱정할 텐데….

## Profile

| | | | |
|---|---|---|---|
| 속성 ◆ 쿨 | | 국가 ◆ 정령의 나라 · 세쿤다티 | |
| 키 ◆ 170.5cm | 체중 ◆ 65kg | 나이 ◆ 25세 | 생일 ◆ 10월 17일 |
| 취미 ◆ 흙 만지기 | | 버릇 ◆ 손톱을 물어뜯기 | |
| 신조 ◆ 급할수록 돌아가라 | | | |
| 좋아함 ◆ 혼자서 작업하는 시간 | | | |
| 싫어함 ◆ 조잡하게 일하는 사람 | | | |

Staff Comment
『꿈왕국』에서 처음 디자인한 추억의 캐릭터입니다. 디자인에 대한 회사 내의 평판은 좋았지만, 정말로 여성에게 좋은 반응을 얻을 수 있을지 불안하며
공개일을 맞이했고… 공주님들, 어떠셨나요…!! 【그래픽 디자이너 아라키 유우】

# 칼트

## Kalt

CV ◆ 야마시타 세이이치로

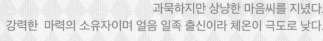

당신의 손은 따뜻해….
나랑은 딴판이야….

정령의 나라·세쿤다티의 얼음 일족의 왕자.
과묵하지만 상냥한 마음씨를 지녔다.
강력한 마력의 소유자이며 얼음 일족 출신이라 체온이 극도로 낮다.

◆ 머리카락

아름답고 긴 머리카락은 국민들로부터 동경을 받고 있다.

◆ 혀

얼음 정령 일족의 왕자이기 때문에 뜨거운 음식을 잘 못 먹는다.

### Face Pattern

### Awake State

◆ 마력

다른 왕자에 비해 강력한 마력을 지니고 있다. 마력만으로 겨룬다면 제일.

**KeyWord 1** ••• 강력한 마력

세쿤다티 일족 안에서도 칼트의 마력은 최고 수준. 감정에 따라 폭주하기 때문에 칼트는 되도록 감정을 겉으로 드러내지 않으려 한다.

**KeyWord 2** ••• 눈토끼

칼트가 눈으로 만들어낸 토끼. 혼자서 토끼를 만들어내 놀고 있을 때가 많다.

### seen from other prince

 from 샤오

사촌 동생이에요. 무척 조용하지만, 상냥한 아이랍니다. 마력이 너무 강해서 어릴 적에는 그걸 제어하지 못하고 다치는 일도 많아서… 자수 지료해줬어요.

 from 리츠

아… 그게, 대화가 이어지질 않아. '잘 지내?' 하고 물어도 끄덕일 뿐이고, '뭔가 좋은 일이 있었어?'라고 물어도 고개를 옆으로 저을 뿐이고…. 어떻게 해야 하는 거지?

## Profile

| | | | |
|---|---|---|---|
| 속성 ◆ 섹시 | 국가 ◆ 정령의 나라·세쿤다티 | | |
| 키 ◆ 177.5cm | 체중 ◆ 62kg | 나이 ◆ 22세 | 생일 ◆ 2월 26일 |
| 취미 ◆ 냉동 수면 | 버릇 ◆ 조용하면 잔다(깊이 잠든다) | | |
| 신조 ◆ 체력 관리 잘하기 | | | |
| 좋아함 ◆ 차갑고 조용한 방, 셔벗 | | | |
| 싫어함 ◆ 숨 막힐 듯이 더운 사람과 장소, 매운 음식 | | | |

 Staff Comment

말할 것도 없이 누구보다도 긴 은발이 특징인 왕자님입니다. 유리 세공 같은 투명감이 키워드예요. 긴 머리는 아름답지만, 그리는 디자이너는 무척 힘들어 보였습니다…(웃음). 【아트 디렉터 M.O】

# 제럴드

### Gerald

**제 영화를 즐겨주셨다니 기뻐요.**
**왠지 부끄럽네요.**

영화의 나라 · 로망디아의 왕자.
연애 영화에 많이 출연하는 정통파 인기 배우. 뛰어난 용모와
인성으로 수많은 사람을 매료시키고 있다. 로맨스 외의 장르에도
도전해보고 싶지만, 어떤 고민거리가 발목을 잡고 있다.

CV ◈ 우치다 유우마

◈ 피부
피부, 신체 관리에 온
힘을 쏟는다. 윌은 혈
색 좋은 미남에게는 볼
일 없다고 한다.

◆ 공부
대사나 연기에 관한 건 순식
간에 기억하지만, 학교 공
부는 잘하지 못한다.

◆ 액세서리
제럴드가 몸에 걸치고
있는 옷과 액세서리는
로망디아를 시작으로
전 세계에서 유행한다.

## Face Pattern

······ **Awake State** ······

**KeyWord 1** ◈◈◈ 로망디아의 흰 장미
제럴드의 이명. 누구나 넋을 잃고 바라보는 아름다운 외모와 겸손하고 청렴
한 인품으로 인해 그렇게 불리게 되었다.

**KeyWord 2** ◈◈◈ 운동치
본인이 말하길 '목숨이 위험할 정도의 운동치'. 달리기를 하면 5분 만에 다
리를 접질리고, 근육 트레이닝을 하면 어깨 관절이 나가려 한다.

### seen from other prince

 from 윌
내 영화에 출연하기에는 너무 잘 생
겼어. 잘생긴 사람은 써먹기 어려우
니까. '나가고 싶어요~'라고 졸라도
말이지….

 from 제트
액션에 도전해보고 싶다고 하지만
… 관둬! 사람은 제각기 잘하는 것
과 못하는 것이 있으니까 신경 쓰지
않아도 된다고 하는데도….

## Profile

| | | | |
|---|---|---|---|
| 속성 ◆ 젠틀 | 국가 ◆ 영화의 나라 · 로망디아 | | |
| 키 ◆ 184.5cm | 체중 ◆ 74kg | 나이 ◆ 18세 | 생일 ◆ 1월 25일 |
| 취미 ◆ 게임, 독서 | | 버릇 ◆ 거울을 본다 | |
| 신조 ◆ 무엇이든 긍정적으로 최선을 다하자! | | | |
| 좋아함 ◆ 윌이 추천해준 게임 | | | |
| 싫어함 ◆ 마라톤, 운동 | | | |

**Staff Comment** 왕자이면서 인기 배우인 그와 특별한 시간을 보내고, 언뜻 모든 것을 가진 것처럼 보이는 그의 고민을 들어주는 스토리라니 치사하다고(칭찬) 생각했습니다.
태양으로 각성했을 때의 변모에는 놀라서 소리까지 질렀어요. 【고객지원 S.Y】

# 제트
## Jet

CV ◆ 나카이 카즈야

**◆ 체격**

단련된 몸에 깔끔한 근육이 붙어 있다. 그리고 실전에 강한 단단한 심장을 지녔다.

**◆ 대사**

사랑의 말 같은 건 연기라 해도 부끄러워서 말하지 못한다. 그래서 배우는 될 수 없다고 생각하고 있다.

**◆ 점치기**

위험이 따르는 일의 성격상, 점 같은 걸 빈번하게 보러 다닌다.

···당신의 손은 따뜻해···
나랑은 딴판이야···

영화의 나라 · 보디블의 왕자.
뒤에서 액션을 보조하는 뛰어난 스턴트맨이다.
액션 배우 일가에서 태어났지만,
스턴트에 큰 자부심을 갖고 있으며 연기에는 별로 관심이 없다.

## Face Pattern

## Awake State

### KeyWord 1 ··· 배우 일가

제트의 가계는 대대로 액션 배우 일가. 제트에게도 배우의 재능이 있어 가족은 기대하고 있으나, 본인은 스턴트 일에 프라이드를 갖고 있다.

### KeyWord 2 ··· 돈코츠 라멘

보디블의 거리에 있는, 언제 가도 줄이 길게 늘어져 있는 라멘 가게이다. 돈코츠 라멘이 일품으로, 제트가 매우 좋아한다.

## seen from other prince

 **from 제럴드**

저렇게 몸놀림이 가볍다니 부러워요··· 트레이닝을 부탁하고 하지만 매번 거절당해요··· 으으···

 **from 반리**

제트와는 곧잘 함께 트레이닝하고 있어요. 한번 시작하면 한쪽이 그만둘 때까지 이어져서 시간이 오래 걸리지만··· 아무래도 지고 싶지가 않아요···

## Profile

| 속성 ◆ 패션 | | 국가 ◆ 영화의 나라 · 보디블 | |
|---|---|---|---|
| 키 ◆ 173cm | 체중 ◆ 72kg | 나이 ◆ 26세 | 생일 ◆ 11월 3일 |
| 취미 ◆ 근육 트레이닝, 쇼핑, 맛집 탐방 | | 버릇 ◆ 머리 긁적이기 | |
| 신조 ◆ 몸이 재산이다! | | | |
| 좋아함 ◆ 라멘, 튀김, 영화 관련 티셔츠 | | | |
| 싫어함 ◆ 목깃이 있는 옷 | | | |

멍! 누나가 만져주는 거,
너어어어어무 좋아!

별의 나라 · 케이네스의 왕자.
시리우스를 포함해 나라 안의 모든 사람에게도,
주변 나라의 왕자들에게도 사랑받으며 자랐다.
냄새로 나쁜 어른을 무의식 중에 간파해낸다.

# 프로키온
## Procyon

CV ◆ 요나가 츠바사

## Face Pattern

## Awake State

◆ 꼬리
액세서리는 시리우스가 사준 것이다. 시리우스 자신도 세트로 구매했다.

◆ 열쇠
열쇠를 가지고 다니는 아이를 동경해서 장난감 열쇠를 걸고 다닌다.

◆ 주머니
도토리, 어머니 선물인 꽃 등, 주머니 속에는 보물이 잔뜩 들어있다.

KeyWord 1 ··· 형
최근 동생이 태어나, 프로키온에게도 훌륭한 형이 되고 싶다는 마음이 싹텄다. 그렇지만 어머니가 동생만 돌봐주는 건 쓸쓸하다.

KeyWord 2 ··· 강아지 이야기
프로키온의 엄청난 귀여움에 눈독을 들인 케나르의 영화감독이 그를 주연으로 발탁했다. 시리우스는 나중에 그 사실을 알고 격노했다.

### seen from other prince

from 시리우스
뭐야! 프로키온은 아직 어리니까 사촌 형인 내가 같이 있어줘야 하는데! 그런데 아버지한테는 프로키온에게서 떨어지라고 혼나고… 젠장!

from 롤프
수확제 때… 무척 귀여웠어요… 하지만 귀엽다고 하니까 화를 내더라고요. 나, 뭔가 하면 안 될 소리를 한 걸까…

## Profile

| | | | |
|---|---|---|---|
| 속성 ◆ 큐트 | 국가 ◆ 별의 나라 · 케이네스 | | |
| 키 ◆ 124cm | 체중 ◆ 26kg | 나이 ◆ 8세 | 생일 ◆ 11월 1일 |
| 취미 ◆ 술래잡기 | | 버릇 ◆ 금방 뛰쳐나간다 | |
| 신조 ◆ 좋아하는 것부터 먼저 먹자 | | | |
| 좋아함 ◆ 술래잡기 | | | |
| 싫어함 ◆ 피망 | | | |

Staff Comment | 정말 귀여워요. 이 애가 우는 그림을 그리면서 집에 숨겨 두고 싶은 충동에 사로잡혔어요.
수확제 때 뭘 입혀도 귀여워서 '아동복 브랜드와 콜라보 했으면 좋겠다!' 하고 흥분했었습니다(웃음).【그래픽 디자이너 아라키 유우】

# 윌

## Will

CV ◆ 이시다 아키라

메모장과 녹음기를 상비하고 다닌다. 글씨는 가끔 스스로도 못 알아볼 정도로 지저분하다.

**메모**
◆

**문신**
◆
팔에 있는 문신 같아 보이는 건 전부 페인트이다. 아픈 것도 피가 나는 것도 싫기 때문.

◆ **좋아하는 음식**
39번가에 있는 가게의 샌드위치를 좋아한다. 간단하게 먹을 수 있는 음식을 선호.

**내 영화에 출연하기엔
너무 혈색이 좋은데….**

영화의 나라 · 케나르의 왕자.
유명한 호러 영화감독. 사람들의 공포에 질린 얼굴을 좋아한다.
촬영장을 이동할 때 스쿠터를 애용한다.
영감이 떠오르면 바로 메모하는 습관이 있다.

### Face Pattern

### Awake State

**KeyWord 1** ▸▸▸ **기록하는 버릇**
사람의 얼굴을 공포로 일그러지게 하는 것이 윌이 사명이다. 참고가 될 만한 것은 메모장에 빽빽이 기록한다. 하루에 4권을 써버리기도 한다.

**KeyWord 2** ▸▸▸ **피**
진짜 피를 몹시 무서워한다. 아주 조금 보는 것만으로도 기분이 나빠진다. 그게 윌의 약점이란 걸 텔도 알고 있지만, 어쩔 도리가 없다.

### seen from other prince

 from **텔**
정말이지… 윌 때문에 고생이야. 내가 집에 돌아가면 항상 뭔가 장난을… 아아, 그걸 떠올리니 우울해지기 시작했어….

 from **제럴드**
왜 저는 윌 왕자의 영화에 출연하지 못하는 걸까요? 열심히 겁먹은 표정도 연습하고 있는데… '너무 잘생겼으니까!' 하고 거절당하고 있어요.

## Profile

| | | | |
|---|---|---|---|
| 속성 ◆ 섹시 | 국가 ◆ 영화의 나라 · 케나르 | | |
| 키 ◆ 178cm | 체중 ◆ 70kg | 나이 ◆ 27세 | 생일 ◆ 7월 3일 |
| 취미 ◆ 바디 페인트 | 버릇 ◆ 안경을 올린다 | | |
| 신조 ◆ 세상에서 제일 무서운 건 인간 | | | |
| 좋아함 ◆ 자신의 영화를 보고 무서워하는 얼굴 | | | |
| 싫어함 ◆ 진짜 피, 육체적 고통 | | | |

 **Staff Comment** 언뜻 뭘 생각하고 있는지 알 수 없는… 미스테리어스하고 사람을 놀라게 하는 걸 매우 좋아하는 성격. 그렇지만 뛰어난 패션센스의 소유자이고, 신비한 매력을 지니고 있습니다. 한번 그의 독특한 세계에 빠지면… 좀처럼 헤어 나올 수 없을지도? 【고객지원 I.S】

오늘 점심은… 패… 팬더짱 모양의
귀여운 주먹밥?! 아, 아무것도 아니에요…!

영화의 나라 · 라한성의 왕자.
쿵후 액션 스타로 활약 중이지만 팬더짱 굿즈를
매우 좋아하는 의외의 취향을 갖고 있다.
이미지 관리를 위해 주변에는 이 사실을 감추고 있다.

# 반 리
## Banri

CV ◆ 스기타 토모카즈

**◆ 속옷**
속옷 같은 안 보이는 곳
에는 몰래 팬더짱 그림이
그려진 물건을 애용한다.

**◆ 좋아하는 음식**
사실 입맛도 애 같아서
달콤한 음식을 좋아한다.
그렇지만 이미지를 위해
마파두부를 좋아한다고
말하고 있다.

**◆ 체격**
제트와 체육관에 다
닌 덕분인지 단련된
탄탄한 육체를 가졌
다. 뛰어난 점프력을
지니고 있다.

## Face Pattern

## Awake State

### KeyWord 1 ··· 쿵후 스타
반리의 집안은 대대로 쿵후 액션 스타를 배출하고 있다. 반리도 물론 쿵후
실력을 갈고 닦았다. 다만 아버지는 코미디 배우이다.

### KeyWord 2 ··· 팬더짱
반리가 매우 좋아하는 마스코트 캐릭터. 공적인 이미지를 중요히 여기고 있
기 때문에 귀여운 걸 좋아한다는 사실은 비밀이다. 아이들한테는 들킨 상태.

## seen from other prince

 **from 제트**
좋은 라이벌이야! 대련법 같은 걸
배우기도 하고, 반대로 연기 지도
를 하기도 하지! …그런데 그러고
있으면 제럴드가 부럽다는 듯한 눈
빛으로 쳐다봐….

 **from 제럴드**
반리는 저와 트레이닝을 함께 해주
고 있습니다. 무척 친절하게 가르쳐
주죠. …처음에는 제 움직임을 보고
동태눈이 되었지만요….

## Profile
속성 ◆ 큐트　　　국가 ◆ 영화의 나라 · 라한성
키 ◆ 174cm　　체중 ◆ 70kg　　나이 ◆ 22세　　생일 ◆ 4월 30일
취미 ◆ 팬더짱 캐릭터 상품 모으기　　버릇 ◆ 대본 여기저기에 만화를 그린다
신조 ◆ 작품과 관객을 배신하지 말자
좋아함 ◆ 팬더짱 캐릭터
싫어함 ◆ 취향을 드러내는 자기 자신

 **Staff Comment** 사실 처음에는 평범하게 성실한 쿵후 영화 왕자로 디자인했습니다만, 뭔가 특징이 있었으면 좋겠다는 얘기를 들어서
귀여운 거나 달콤한 걸 좋아한다는 요소를 추가했습니다! 지금은 멋지고 귀여운 매력적인 왕자님이 되었어요! 팬더짱 갖고 싶어요…. 【메인 디자이너 m/g】

# 캐피타
## Capita

CV ◆ 하마다 켄지

**흥미롭구나.**
**그 동작을 조금 더 보여다오.**

이상한 나라 · 원더메어의 왕자. 포르스트의 애벌레 일족.
탐구심이 강하여 별의별 것에 의문을 갖는다. 깊은 사상의 세계를
살아왔기 때문에 속세에서 벗어나 있다.
다른 사람에게 흔들리지 않는 완고한 마이페이스

### ◆ 담배
담배를 손에서 놓지 않는다. 책을 읽을 때도 담배를 피우고 있다.

### ◆ 복장
자주 바닥에 책상다리를 하고 앉기 때문에 앉기 쉬운 옷을 입는다. 포르스트의 전통 복장인 모양이다.

### ◆ 다리
좀처럼 뛰지 않는다. 걸을 때 발소리가 나지 않아서 어느샌가 나타나 있는 걸 보고 시종이 놀라곤 한다.

## Face Pattern

## Awake State

### KeyWord 1 ⋯ 변화를 거부한 땅
포르스트는 원더메어가 변혁을 끝낸 후에도 예전의 모습을 남겨두고 있다. 외부의 개입도 싫어하며, 간섭하려는 자를 공격적으로 대하기도 한다.

### KeyWord 2 ⋯ 수수께끼
수수께끼를 찾지 않고는 가만히 있을 수 없는 것이 캐피타의 천성. 항상 책을 읽거나 문헌을 뒤지며 뭔가 흥미를 끄는 것을 찾고 있다.

## seen from other prince

 **from** 매드해터
좋은 대화 상대이지요. 왕자들 중 가장 오래 사귄 친구입니다. 제가 수수께끼를 내면 항상 흥미진진하다는 듯한 표정을 하지요···. 후후, 알기 쉬운 사람이에요.

 **from** 크로노
엄~청나게 아는 것이 많아요! 가끔 어려운 말을 해서 못 알아듣겠지만 ··· 제 할아버지와도 알고 지냈다는 모양이에요!

## Profile

| | | | |
|---|---|---|---|
| 속성 ◆ 쿨 | 국가 ◆ 이상한 나라 · 원더메어 | | |
| 키 ◆ 189cm | 체중 ◆ 75kg | 나이 ◆ 미상 | 생일 ◆ 8월 24일 |
| 취미 ◆ 수수께끼 풀기 | 버릇 ◆ 담배 피우기 | | |
| 신조 ◆ 오는 것은 마다하지 않으며 가는 것은 쫓지 않는다 | | | |
| 좋아함 ◆ 질문 | | | |
| 싫어함 ◆ 싫어하는 것이 아니라 관심이 없는 것이다 | | | |

**Staff Comment** | 캐릭터 디자인은 다른 분이 하셨는데, 앨리스의 애벌레라고는 생각할 수 없을 만큼 놀랍고 매력적으로 의인화되었습니다. 스틸 디자인을 할 때는 '더 권태로워야 해요!'라며(웃음) 몇 번이나 수정 요청이 있었죠··· 가끔 보여주는 다정한 표정이 좋습니다. 【그래픽 디자이너 아라키 유우】

# 샤오
## Shao

당신이 만지니까 조금 두근거리네요.
…정말이에요.

정령의 나라·세쿤다티의 물 일족의 왕자.
다정하고 온화한 성격에 장난기도 있어서
아이들에게 인기가 많다.
춤으로 물의 정령에게 힘을 부여할 수 있다.

CV ◆ 니시야마 코타로

◆ **날개옷**
마법으로 만든 물의 베일을 날개옷으로 쓰고 있다.

◆ **콧노래**
항상 온화하고, 곧잘 콧노래를 부른다. 그렇지만 화나면 무서워지는 타입.

◆ **움직임**
몸이 가볍고 몸놀림도 가뿐하다. 춤의 명수로, 의식 등에서 춤을 춘다.

## Face Pattern

## Awake State

**KeyWord 1 ••• 정령에게 바치는 춤**
정령의 힘이 약해지면 물의 춤을 정령에게 봉납한다. 온딘 외곽에 있는 신성한 호수에서 거행된다.

**KeyWord 2 ••• 물의 마법**
샤오가 다루는 물의 마법. 물로 물고기를 만들기도 하고, 커다란 비눗방울로 수중 산책을 즐기기도 한다.

## seen from other prince

from  **잔트**
참견꾼이야. 딱히 볼일도 없는데 꼭 나를 찾아오고… 미소 짓고 있으면 아무 말도 할 수가 없어져.

from  **칼트**
샤오는… 상냥해…. 항상 웃고 있어. 하지만 어릴 적에 내가 다치니까… 엄청 무서운 표정을 짓고… 걱정했다고 혼냈어….

## Profile

| | | | |
|---|---|---|---|
| 속성 ◆ 젠틀 | 국가 ◆ 정령의 나라·세쿤다티 | | |
| 키 ◆ 185cm | 체중 ◆ 75kg | 나이 ◆ 29세 | 생일 ◆ 8월 1일 |
| 취미 ◆ 물로 무언가를 만들기 | | 버릇 ◆ 다리를 꼬기 | |
| 신조 ◆ 언제나 유연하기 살기 | | | |
| 좋아함 ◆ 깨끗한 것 | | | |
| 싫어함 ◆ 더러운 것 | | | |

**Staff Comment**
상냥하고 장난기 있으면서 물처럼 맑은 마음을 가진 왕자님. 겉모습에서 전해지는 것처럼 포용력이 있는 차분하고 어른스러운 사람인데, 의외로 질투도 하는 게 귀여워서 계속 보고 싶어지는 그런 왕자님입니다. 샤오 왕자님의 춤을 직접 보고 싶어요…! 【그래픽 디자이너 M.H】

# 율리우스

Julius

CV◆ 스즈키 타츠히사

**향수◆**
손재주가 좋아 향수 만들기가 특기이다. 직접 만든 향수를 사용한다.

아버지로부터 받은 것이다. 경계심이 강해 언제나 갖고 다닌다. 참고로 왼손잡이.

**검◆**

**검술◆**
아비와 검술로 경쟁하는 사이. 호각의 실력을 갖고 있다고 한다.

이, 이봐. 갑자기 다가오지 마! 위험하잖아….

꽃과 녹지의 나라·블루메리아의 왕자. 퉁명스럽고 험한 말투를 쓰지만 사실은 쑥스러움을 감추기 위해서 그러는 것이다. 어떤 사건의 영향으로 자신에게 다가오는 자를 무의식중에 공격해버리는 고통을 안고 있다.

Face Pattern

Awake State

**KeyWord 1 ◆◆◆ 전쟁**
얼마 전에 블루메리아에는 전쟁이 일어났다. 다른 나라와의 영토 문제가 틀어져서 일어난 것으로, 율리우스도 전선에 나갔다. 승리했으나 희생도 컸다.

**KeyWord 2 ◆◆◆ 진혼**
전쟁으로 죽은 자들의 영혼을 달래기 위해 비라스틴의 사자가 방문해 기도를 올린다.

*seen from* **other prince**

 from **제르바**
역시 전쟁의 상처가 낫지 않은 모양이야. 나는 그를 위해 뭘 할 수 있을까? 다른 사람을 걱정하기 전에 자기 걱정을 먼저 하라는 소리를 듣긴 하지만….

 from **히나타**
율리우스랑 나는 사실 엄청 사이가 좋아♪ 그리고 율리우스는 나를 거역할 수 없어~! 왜인지는… 아직 비밀이야.

## Profile

| | | | |
|---|---|---|---|
| 속성◆ 쿨 | 국가◆ 꽃과 녹지의 나라·블루메리아 | | |
| 키◆ 179cm | 체중◆ 74kg | 나이◆ 22세 | 생일◆ 8월 8일 |
| 취미◆ 향수 만들기 | 버릇◆ 뒷머리를 긁적이기 | | |
| 신조◆ 타인과는 일정한 거리를 둔다 | | | |
| 좋아함◆ 낮잠, 콧노래(물으니까 부끄러워함) | | | |
| 싫어함◆ 약한 사람에게만 강한 사람 | | | |

**Staff Comment** 출시 전에 왕자를 공개했을 때 엄청난 반향이 있어서, 기쁨과 부담감에 두근두근했던 왕자입니다. 약간 무거운 테마와 트라우마 때문에 으르렁거리는 것처럼 보이지만, 사실은 시원스럽고 좋은 녀석이라고 생각합니다.【시나리오 K】

# 레이븐
## Raven

무슨 일이십니까? 걱정스러운 표정이네요….
저는 괜찮습니다.

저녁뜸의 나라 · 레벨타의 왕자.
인형 같은 미소 뒤로 숨겨진 그의 마음은
깊은 슬픔의 색을 띠고 있다.
그의 마음속 어둠을 알게 된 당신은 레이븐을 위해…!?

CV ◆ 토리우미 코스케

## Face Pattern

## Awake State

◇ **복장**

피부가 노출되는 걸 싫
어한다. 기온이 높은
계절에도 긴소매와 목
근처까지 가려지는 옷
을 고른다.

**팔찌** ◇

팔찌는 동생이 형
을 위해 골라준 것.
이것만은 무슨 일
이 있어도 빼지 않
는다.

◇ **수면**

수면 시간이 극도로 짧다.
힘들어 보이지만, 본인은
딱히 편안히 자고 싶어 하
지 않는다.

### KeyWord 1 ··· 오필리아

죽은 레이븐의 약혼자. 아름다운 흑발을 가진 무척 상냥한 여성이었다. 항
상 레이븐의 동생인 클로디어스를 신경 써줬다.

### KeyWord 2 ··· 왕위계승권

레이븐의 나라에서는 7세가 되면 왕위계승권을 인정받는다. 레이븐은 클로
디어스가 그 나이가 되기를 고대하고 있다.

## seen from other prince

 from 율리우스

무거운 걸 끌어안고 있다는 건 알겠
지만… 동생의 표정도 잘 살피라고.
어린아이에게 그런 슬픈 표정을 짓
게 하다니… 그래선 안 돼.

 from 네펜데스

가는 턱선, 하얀 피부… 맛있어 보이
진 않습니다. 듣자 하니 먹을 것도 거
의 섭취하지 않고 있다고요. 그래선
안 됩니다. 식사야말로 삶의 상징. 다
음에 알려줘야겠군요….

## Profile

| | |
|---|---|
| 속성 ◆ 젠틀 | 국가 ◆ 저녁뜸의 나라 · 레벨타 |
| 키 ◆ 188.5cm  체중 ◆ 72kg | 나이 ◆ 20세  생일 ◆ 12월 25일 |
| 취미 ◆ 없음 | 버릇 ◆ 눈을 감는다 |
| 신조 ◆ 즐겁다고 느낄 일은 하지 않는다 | |
| 좋아함 ◆ 딱히 없음 | |
| 싫어함 ◆ 행복감 | |

**Staff Comment** 과거와의 결별, 과거에 대한 집착으로 태양과 달의 명암이 확실하게 나뉘는 왕자님입니다. 고민했지만 『꿈왕국』이니까 할 수 있는 설정이라는 생각도 들어
과감하게 결정했어요. 사람을 향한 사랑, 나라를 향한 사랑이 묻어나는 면을 스토리 안에서 읽어내주시면 기쁘겠습니다.【프로듀서 M】

# 제르바
## Gerber

CV ◆ 에노키 쥰야

조금이라도 모두의 도움이 되고 싶어…!
물론 당신을 위해서도!

꽃요정의 나라 · 비라스틴의 거베라 일족의 왕자.
밝고 긍정적인 성격.
주변 사람들을 잘 돌보고 격려하는 데 힘쓴다.

◆ 표정
솔직한 성격이기 때문에 좋든 나쁘든 감정이 전부 표정에 드러난다.

향수병 ◆
태어났을 때 만들어진 향수병. 마음을 차분하게 하고 싶을 때는 살짝 뚜껑을 연다.

운동 ◆
운동치는 아니지만, 걸핏하면 허둥대다가 넘어진다.

### Face Pattern

### Awake State

KeyWord **1** ◆◆◆ 헌신
곤경에 처한 사람을 찾아 도와주고 있다. 자기 자신의 존재의의를 사람들을 돕는 것에서 느끼고 있다.

KeyWord **2** ◆◆◆ 대지와 물의 여신
비라스틴의 여신. 여신이 선택한 씨앗 종자가 왕자가 되고, 나라를 다스리는 왕이 된다. 비라스틴의 산속에 있는 동굴에서 모시고 있다.

### seen from other prince

 리온
항상 다른 사람을 돕고 있어. 내가 있는 곳에도 자주 와서 놀아주니까 기쁘지만… 자기 자신은 돌보지 않는 걸까?

 아키토
사랑스럽고 아름다운 거베라꽃… 그런 꽃의 일족의 왕자로 어울리는 분이라고 생각합니다. 저도 그처럼 순수할 수 있다면, 얼마나….

## Profile

| | | | |
|---|---|---|---|
| 속성 ◆ 패션 | 국가 ◆ 꽃요정의 나라 · 비라스틴 | | |
| 키 ◆ 179cm | 체중 ◆ 61kg | 나이 ◆ 26세 | 생일 ◆ 1월 21일 |
| 취미 ◆ 다른 사람 돕기 | | 버릇 ◆ 눈을 많이 깜빡거린다 | |
| 신조 ◆ 타인에겐 상냥하게, 자신에겐 엄격하게 | | | |
| 좋아함 ◆ 사람들이 의지해주는 것 | | | |
| 싫어함 ◆ 딱히 없음 | | | |

**Staff Comment**
지금까지 성인 왕자 중에서는 핑크 계열이 없었던지라, 수많은 거베라 가운데 핑크를 메인으로 해봤습니다! 눈동자 색도 오렌지, 옐로우로 거베라 색입니다.
한쪽만 긴 귀걸이는 악센트로 넣은 매력 포인트입니다. 【아트 디렉터 M.O】

홀씨가 분명히 너에게
행복한 기분을 가져다줄 거야.

꽃요정의 나라 · 비라스틴의 민들레 일족의 왕자.
몽실몽실한 분위기를 풍기며 밝고 자유분방한 성격을 가졌다.
민들레 홀씨로 바람을 타고 하늘을 날 수 있다.

# 리온
### Lyon

CV ◆ 박 로미 ..................................................

## Face Pattern

◆ 헤어스타일
앞머리가 눈에 걸리는 게 싫어서 언제나 짧게 유지한다.

완력 ◆
사실 네펜데스와 제르바보다 완력이 강하고 체력도 있다.

◆ 향수병
태어날 때 만들어진 오리 모양 향수병을 마음에 들어 한다.

## Awake State

KeyWord 1 ▸▸▸ 자유를 향한 동경
여신에게 왕자로 선택되었지만, 리온은 성에서의 나날에 답답함을 느끼고
있다. 자유롭게 세계를 여행하는 형들을 부러워한다.

KeyWord 2 ▸▸▸ 마법의 홀씨
민들레 일족이 이동할 때 사용하는 커다란 홀씨. 바람을 타고 어디까지고
날아갈 수 있다. 이인승도 가능.

### seen from other prince

 from 제르바
자꾸 어딘가로 가버린단 말이지. 엄청 걱정돼! 찾으러 가면 대체로 네펜데스랑 함께 있을 때가 많아…

 from 네펜데스
어째선지 저한테 붙어 다니고 있습니다만, 저는 아이한테 인기 있어도 기쁘지 않습니다. 정말이지, 이상한 분이에요.

## Profile

| | | | |
|---|---|---|---|
| 속성 ◆ 큐트 | 국가 ◆ 꽃요정의 나라 · 비라스틴 | | |
| 키 ◆ 150.5cm | 체중 ◆ 47kg | 나이 ◆ 13세 | 생일 ◆ 5월 3일 |
| 취미 ◆ 성을 빠져나가 모험! | | 버릇 ◆ 콧노래 부르기 | |
| 신조 ◆ 꾸밈없는 마음 | | | |
| 좋아함 ◆ 밖에 나가기 | | | |
| 싫어함 ◆ 가만히 있기 | | | |

Staff Comment
각성에 따라 스틸의 표정이 크게 변하는 왕자님입니다. 태양은 아이다운 솔직하고 해맑은 모습을, 달은 두근거릴 정도로 요염한 어른의 표정을 보여주죠.
어느 쪽도 무척 멋지니 부디 예뻐해주셨으면 합니다. [그래픽 디자이너 아라키 유우]

# 네펜데스
## Nepenthes

CV ✦ 타카하시 히로키

◆ 입
사람이든 물건이든 핥는 것으로
성질과 성격을 파악할 수 있다.

◆ 체격
아름다움에 대한 집착이 있어,
체형 관리에 신경 쓴다.

◆ 소화액
강력한 소화액을 내뿜
는다. 그런데도 종종 탈
이 나곤 한다.

산다는 것은 식사를 한다는 것입니다.
당연히 고집할 건 해야지요.

꽃요정의 나라·비라스틴의 벌레잡이통풀 일족의 왕자.
미식가이며 이 세상의 모든 것을 맛보고 싶어 한다.
물론 당신도 예외는 아니다.
혀로 인성을 맛보는 힘을 가지고 있다.

Awake State

KeyWord 1 ••• 미식

네펜데스의 삶의 의의. 궁극의 미식을 추구하며 성을 나서지만 대체로 탈이
나서 귀환한다. 궁극의 미식에 도달하는 그날까지, 포기하지 않을 것이다.

KeyWord 2 ••• 달콤한 향기

네펜데스가 내뿜는 달콤한 향기는 사냥감의 정신을 어지럽히는 힘을 가지
고 있다. 그에게 먹히고 싶지 않다면, 결코 그 향기에 취해서는 안 된다.

### seen from other prince

from 율리우스

벌레잡이… 어쩌구였던가. 뭐든지
먹으려 들었지. 저런 이상한 녀석
이 왕자라니… 괜찮은 거야? 그 나
라…

from 리온

네페 형은 정말 멋져! 왜냐면 뭐든
지 먹어버리잖아?! 보통이 아니야!
나, 그런 걸 무척 동경하거든!

## Profile

| | | | |
|---|---|---|---|
| 속성 ✦ 패션 | 국가 ✦ 꽃요정의 나라·비라스틴 | | |
| 키 ✦ 172.5cm | 체중 ✦ 59kg | 나이 ✦ 22세 | 생일 ✦ 8월 21일 |
| 취미 ✦ 미식, 미식 탐방 | | 버릇 ✦ 입술 핥기 | |
| 신조 ✦ 새로운 미식의 발견은 인류의 행복에 있어서 천체의 발견을 능가한다 | | | |
| 좋아함 ✦ 맛있는 것 | | | |
| 싫어함 ✦ 맛없는 것 | | | |

Staff Comment ✦ 꽃의 왕자님을 만들자는 얘기가 나왔을 때, 하나쯤은 엇나가게 하자 생각하고 벌레잡이통풀을 선택했습니다.
자연스레 '먹는다'는 테마에 생각이 미쳐, 네펜데스가 탄생했죠. 개인적으로 좋아하는 타입의 말투였기 때문에 즐겁게 썼습니다.【시나리오 K】

네가 나에 대해서 알아주면 좋겠고…
나도 널 알고 싶어.

# 디온
## Dion

땅의 나라 · 이비아의 여섯째 왕자.
마을로 놀러 다니기만 하고 왕위계승이나 정무에는 흥미가 없어
보이는데 이러한 그의 행동에는 나름의 의미가 있다.
세피르와는 옛날에 친구 사이였다.

CV ◆ 나미카와 다이스케

귀 ◆
귀가 크고 뾰족한 것이
미인이라 여겨진다. 귀
가 민감해서 누가 만지
는 것에 약하다.

담배 ◆
민트잎이 섞인 담
배를 애용한다. 독
특한 향이 난다.

## Face Pattern

## Awake State

메이렌 ◆
유모인 메이렌 앞에서는 고
개를 들지 못한다. 그녀 덕분
에 차를 우릴 수 있게 되었다.

### KeyWord 1 ••• 레인

불경죄로 처형당한 디온의 젖형제. 디온을 경애해 평생 섬기겠다고 마음속
으로 맹세하고 있었다.

### KeyWord 2 ••• 난봉꾼

디온은 종종 신분을 숨긴 채 마을에서 여성과 놀곤 한다. 세계를 돌아다니는
여행자들과 무희들로부터 하늘의 나라에 대한 정보를 수집하기 위해서다.

## seen from other prince

 from 세피르

오랫동안 만나지 못했습니다… 제
가 솔직해질 수 있는 유일한 상대였
죠. 그와 함께 먹은 머핀의 맛이 잊
히지 않아요… 이제는 용서받을 수
없겠지만요.

 from 그라드

좋은 녀석이야. 구운 과자를 잔뜩
가져와 주고, 다른 왕족이랑 다르
게 시끄럽지 않아… 같이 있으면
편해…

## Profile

| | | | |
|---|---|---|---|
| 속성 ◆ 섹시 | | 국가 ◆ 땅의 나라 · 이비아 | |
| 키 ◆ 188.5cm | 체중 ◆ 77kg | 나이 ◆ 24세 | 생일 ◆ 11월 23일 |
| 취미 ◆ 담배 피우기 | | 버릇 ◆ 화가 났을 때 연기를 길게 내뿜음. | |
| 신조 ◆ 아무 생각하지 말자, 어디까지나 대충하자 | | | |
| 좋아함 ◆ 헛된 시간, 일, 물건 | | | |
| 싫어함 ◆ 노력, 정치 | | | |

**Staff Comment** 하늘의 나라의 세피르와 짝을 이루는 존재로 탄생한 왕자. 처음 설정에는 '마계의 왕자'. '인도의 작은 왕국 느낌' 같은 단어도 나옵니다.
그의 매력은 퇴폐적이고 염세적, 향락적인 점. 어두움이 있는 어른의 매력이네요. 【프린스☆오오노】

# 사이가
## Saiga

CV ◆ 오오카와 토오루

**입 ◆**
곧잘 콧노래를 부른다. 노래 실력도 훌륭하다. 박식하고 말을 잘한다.

**손 ◆**
짐승의 모습이 되었을 때는 손이 커진다. 검고 날카로운 손톱이 이려구의 적을 찢어발긴다.

**목욕 ◆**
뜨거운 물로 목욕하는 걸 좋아한다. 여행을 가면 온천에 몸을 담그기도 한다.

네 그 차림은…
그래, 그거냐. 양장이라는 게지?

천호의 나라 · 이려구의 왕자. 비를 다스릴 수 있다. 천 년의 세월을 살아왔으며 요염하면서 아름답고 신비로운 분위기를 풍긴다.

## Face Pattern

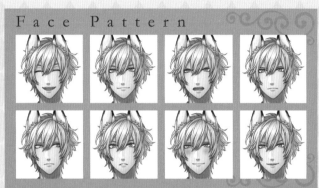

## Awake State

**KeyWord 1** ◆◆◆ 비를 몰고 다니는 사나이
'천호의 일족이 노래를 부르면 비가 온다'는 소문처럼, 치유의 힘을 가진 비를 다룰 수 있다. 그렇지만 사이가는 별명으로 불리는 것을 달가워하지 않는다.

**KeyWord 2** ◆◆◆ 이약
이려구의 기술을 사용해 정제된 약. 그중에는 어떤 독도 무력화할 수 있는 약도 있다고 한다. 세간에 지나치게 나돌아다니지 않도록 유통이 제한되고 있다.

## seen from other prince

 코우가
큭… 나보다 키가 조금 크다고 해서 머리를 쓰다듬질 않나, 귀엽다고 하질 않나… 용서할 수 없다! 그런데다 또 내 찹쌀떡을 마음대로 먹었겠다!

 포르마
뭐든지 해독시키는 약이란 걸 받았지만… 사키아조차 분석하기 어려워하고 있어. 정말 신비한 사람이었지. 다시 만나보고 싶군.

## Profile
속성 ◆ 젠틀　국가 ◆ 천호의 나라 · 이려구
키 ◆ 사람:187.5cm(귀 제외), 196cm(귀 포함) 짐승:195cm(귀 제외), 207.5cm(귀 포함)
체중 ◆ 85kg　나이 ◆ 1000세　생일 ◆ 1월 15일
버릇 ◆ 턱에 손을 올리기　취미 ◆ 압화
신조 ◆ 내일 후회해도 소용없다. 그저 오늘에 최선을 다할 뿐…
좋아함 ◆ 유부초밥　싫어함 ◆ 딱히 없음

**Staff Comment** 차분한 분위기의 복슬복슬 왕자(동생)이에요. 젠틀 속성이라 신사적이지만 기쁠 때는 꼬리를 흔드는 등의 큐트 요소도 갖추고 있습니다. 이런 큐트한 형제의 봉제 인형이 있다면… 정말 좋겠습니다! 【플래너 D.Y】

## 더치페이는 제대로 해야지!
## 쪼잔하단 소리를 듣지만, 상관없어.

약학자 길드·메디시나의 우두머리.
여기저기를 떠돌며 약을 팔고 다닌다.
돈을 매우 좋아하며 '세상은 돈이면 된다!'고 생각하고 있다.

# 다얀
### Dayang

CV ◆ 시라이 유스케

## Face Pattern

## Awake State

◆ 사고방식
돈 계산을 순식간에 할
수 있고, 득실 판단도
빠르다.

◆ 복장
피부가 약하기 때문에 햇빛
을 가리기 위한 숄과 품이 넉
넉한 로브를 착용하고 있다.

◆ 벨트백
벨트백에는 견적서,
청구서, 금고의 열쇠
등이 들어있다.

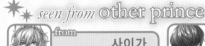
### KeyWord 1 ••• 사랑과 정은 거절할게
세상은 돈이면 된다고 생각하는 다얀의 말버릇. 그렇지만 사실은 동료를 아
낀다. 번 돈은 동료의 보수와 약의 개발로 돌리고 있다.

### KeyWord 2 ••• 약학자 길드
다얀이 우두머리를 맡은, 약을 개발하고 유통하는 단체. 다얀이 들어온 이
후 큰 조직으로 성장해 각국의 왕족과도 관계를 맺게 되었다.

## seen from other prince

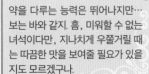

**from 사이가**
약을 다루는 능력은 뛰어나지만…
보는 바와 같지. 흠, 미워할 수 없는
녀석이다만, 지나치게 우쭐거릴 때
는 따끔한 맛을 보여줄 필요가 있을
지도 모르겠구나.

**from 사키아**
다얀… 항상 나한테 약을 가져와…
사진 않아…. 그렇지만 약에 대한
지식은 굉장해. 함께 연구하면 새로
운 발견이 있어….

## Profile

| | | | |
|---|---|---|---|
| 속성 ◆ 쿨 | 국가 ◆ 약학자 길드·메디시나의 우두머리 | | |
| 키 ◆ 167cm | 체중 ◆ 59kg | 나이 ◆ 15세 | 생일 ◆ 6월 18일 |
| 취미 ◆ 돈벌이 | | 버릇 ◆ 주판을 튕기는 동작 | |
| 신조 ◆ 사업 번창 | | | |
| 좋아함 ◆ 돈과 칩 | | | |
| 싫어함 ◆ 손해 보는 것 | | | |

**Staff Comment**
박식하고 장사를 잘하는 왕자. 공주님과 만나 돈 이외의 소중한 것을 깨달은 후에 보여주는 곧은 면모가 멋집니다!
어느 날 꿈속에 나와서 만면에 미소를 띤 채 '이용해주셔서 감사합니다~!'라고 말했는데, 그에게 뭘 샀는지 신경 쓰입니다.【플래너 D.Y】

# 페르라
## Perla

CV ♦ 이치키 미츠히로

**◆ 헤어스타일**
보슬보슬한 머리를 토르마리가 마음에 들어 해서, 삐친 머리카락을 정돈해 주곤 한다.

**◆ 복장**
시종이 준비해주는 옷은 고급이지만, 제대로 입지 않는다. 그럴 생각도 없다.

**◆ 술**
술을 마실 수는 있지만 별로 좋아하지는 않는다. 술주정뱅이를 귀찮아한다.

유감스러운 미인이라는 거… 누가 말한 거야?

보석의 나라 · 마르가리타의 왕자.
극도의 게으름뱅이.
아무렇게나 뻗친 머리도 전혀 신경 쓰지 않는다.
그가 흘리는 눈물은 진주로 바뀐다.

### Face Pattern

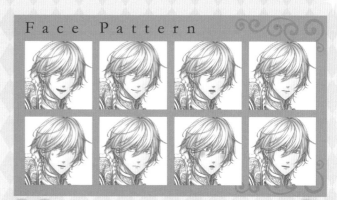

### Awake State

**KeyWord 1** ••• 유감스러운 미인
페르라의 별명. 어째서 저렇게나 아름답게 태어나 저런 성격이 되었는가… 그 미모를 애석해 하는 목소리가 잇따르고 있다.

**KeyWord 2** ••• 진주 일족의 눈물
왕족은 대대로 눈물로 행복의 진주를 만들어 나라를 번영시켜 왔다. 분노의 눈물은 데드펄이라 불리는 무시무시한 진주가 된다.

### ⭐ seen from other prince

 from 토르마리
아까워~! 저렇게나 사랑스러운 얼굴인데! 더 꾸미라고 해도 '귀찮아'라는 말밖에 안 하고! 정말!

 from 토토리
곧잘 먹을 것을 갖다주고 있습니다. 그는 저래 봬도 자신이 해야 할 일을 제대로 알고 있어요. 그렇기 때문에 고민하는 거겠지요.

## Profile

| | | | |
|---|---|---|---|
| 속성 ♦ 쿨 | 국가 ♦ 보석의 나라 · 마르가리타 | | |
| 키 ♦ 170cm | 체중 ♦ 64kg | 나이 ♦ 18세 | 생일 ♦ 6월 10일 |
| 취미 ♦ 수면 | | 버릇 ♦ 머리를 긁기 | |
| 신조 ♦ 잠이 보약이다 | | | |
| 좋아함 ♦ 잠 | | | |
| 싫어함 ♦ 아침 해 | | | |

**Staff Comment**
'순백'과 '고양이'라는 이미지를 기반으로 디자인한 왕자님입니다. 머리카락이 보슬거리고 삐치기 쉬워서, 뒷설정으로 토르마리가 그 삐친 머리를 정돈해주러 날아온다는 내용이 있습니다. 섬세한 이미지를 주고 싶어서 발은 유리 구두로 했습니다! 【아트 디렉터 M.O】

# 유노

### Juno

CV ◆ 미야시타 에이지

## 나는 유노, 신의 대변인이다.

물거품의 나라 · 아프로스의 왕자.
신의 대변자로서 살아가고 있다.
신이 그의 몸에 내려왔을 때 신탁을 고한다.

◆ **좋아하는 음식**
아주 매운 음식 등 색다른 요리를 좋아한다.

◆ **표정**
표정 변화가 별로 없어서 감정을 읽어내기 어렵다. 신을 대변할 때는 눈동자가 요염하게 빛난다.

◆ **몸**
매일 목욕을 하고 있다. 몸도 마음도 신에게 바치는 자로서, 쓸데없는 근육은 만들지 않는다.

### Face Pattern

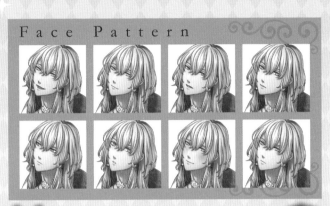

### Awake State

 **1** ◆◆◆ **선과 악의 신**

유노의 몸에는 선과 악 두 종류의 신이 잠들어 있다. 양쪽 다 인간을 바르게 이끌기 위해 필요하기 때문에, 어느 쪽을 섬길지 고민하며 괴로워하고 있다.

 **2** ◆◆◆ **신탁**

아프로스의 신은 유노의 몸을 통해 백성들에게 말을 전한다. 유노 자신은 신이 깃들었을 때의 일을 기억하지 못한다.

### ✦ seen from other prince

 **from** 클라운

신비한 사람이었지요. 계속 미소를 띠고 있을 뿐, 마음이 어디 있는지 알 수 없었습니다. 신을 웃게 할 수 있는가… 저도 좀 더 수행이 필요하겠네요.

**from** 나비

아프로스의 신앙은 유명합니다. 신의 목소리를 왕족이 직접 들을 수 있다고…. 작은 나라입니다만, 혼인식 때에는 전 세계의 왕족들이 모입니다.

### Profile

| | | | |
|---|---|---|---|
| 속성 ◆ 섹시 | 국가 ◆ 물거품의 나라 · 아프로스 | | |
| 키 ◆ 178cm | 체중 ◆ 65kg | 나이 ◆ 21세 | 생일 ◆ 3월 13일 |
| 취미 ◆ 향신료 수집 | | 버릇 ◆ 명상하기 | |
| 신조 ◆ 모든 것은 신의 뜻 | | | |
| 좋아함 ◆ 신성한 것, 신성한 사람 | | | |
| 싫어함 ◆ 사악한 기운, 사악한 사람 | | | |

**Staff Comment** 신의 목소리를 들을 수 있다는 무척 굉장한 설정을 가진 왕자님. 거기에 더해 선과 악, 두 신의 목소리를 듣습니다. 시나리오와 대사를 작성할 때 무척 고민했어요…. 멋지게 구분해서 연기해주신 덕분에 미스테리어스한 왕자가 탄생했습니다. 【시나리오 K】

# 베가
## Vega

CV ◆ 하타노 와타루

◆ 복장
방직업과 섬유업이 왕성하다. 베가의 복장은 갤러시아의 공업기술의 결정체. 국민들에게 선물 받는다.

◆ 피부
피부가 아름답다. 반신욕을 자주 하며 입욕 시간도 길다. 입욕 후에는 에센스와 미용 크림을 충분히 바른다.

◆ 운동
느릿해 보이지만 스포츠를 잘한다. 승마와 구기 운동 등을 좋아한다.

아, 손잡을까?
자! …부끄러워하지 않아도 되는데.

별의 나라・갤러시아 서쪽의 왕자. 아름답고 가련한 용모로 부드럽고 우아하게 행동하지만 가슴 깊이 품고 있는 의지는 확고하며 강하다. 분단된 나라 동쪽의 왕자 알타이르를 걱정하고 있다.

## Face Pattern

### Awake State

### KeyWord 1 ◆◆◆ 공업
베가의 나라는 공업이 발전했다. 공장이 들어서는 거리의 구획 정리를 할 때 배기 문제와 경관도 배려하고 있다. 공장 견학도 가능하다.

### KeyWord 2 ◆◆◆ 갤러시아 왕국
내란으로 인해 동서로 분단된 왕국. 1년에 단 한 번 교류의 장이 열린다. 다시 하나가 되려는 움직임이 강해졌지만, 여러 의견이 이를 막고 있다.

### ✦ seen from other prince

**from 알타이르**
심지가 굳은 씩씩한 녀석이야. 이때다 싶을 때의 결단력과 행동력이 존경스러워. 얼른 나라가 하나가 되어서… 베가와 함께 지키고 싶어.

**from 데네브**
베가도 알타이르도 서로 더 솔직해져야 한다고 생각해! 막상 만나면 좀처럼 대화하질 못하고, 원거리 연애를 하는 연인들 같다니까…, 성말이지.

## Profile

| | | | |
|---|---|---|---|
| 속성 ◆ 큐트 | 국가 ◆ 별의 나라・갤러시아 | | |
| 키 ◆ 166cm | 체중 ◆ 59kg | 나이 ◆ 19세 | 생일 ◆ 8월 19일 |
| 취미 ◆ 금 연주 | | 버릇 ◆ 상대의 눈을 똑바로 바라본다 | |
| 신조 ◆ 친구와의 약속을 지키고 싶다 | | | |
| 좋아함 ◆ 친구 | | | |
| 싫어함 ◆ 싸우는 것 | | | |

**Staff Comment**
겉모습은 미소녀, 속은 커리어우먼입니다(웃음)! 모두와 함께 뭘 하거나, 점을 보거나, 옷을 맞춰서 입는 걸 좋아한다는 이미지로 생각한 왕자지만 사실 삼인조 중에 가장 씩씩한 면모도!? 파면 팔수록 다양한 면모를 보여주는 왕자님입니다. 【메인 디자이너 m/g】

118

넌 겉보기에는 연약해 보이지만…
용감하구나.

별의 나라 · 갤러시아 동쪽의 왕자.
용감하고 총명하며 백성을 제일로 생각한다.
휘파람으로 독수리를 조종할 수 있다.
분단된 나라 서쪽의 왕자 베가를 걱정하고 있다.

# 알타이르
## Altair

CV ◆ 오노 유우키

◇ 복장
꾸미는 데는 관심이 없어서 있는 걸 적당히 입는다. 데네브에게 주의를 받을 때도 있다.

◇ 몸
농업과 낙농업이 왕성하다. 이를 돕느라 조금 손이 거칠어졌다. 단련된 강인한 몸을 갖고 있다.

◇ 기상
해가 뜨는 것과 동시에 일어난다. 매일 아침 우유를 마시는 것이 일과이다.

## Face Pattern

## Awake State

 KeyWord 1 ··· 농업
알타이르의 나라는 농업이 발전했다. 비옥한 대지에서 맛있는 농작물을 기른다. 그중에서도 갤러시아산 대파는 정말로 크고 영양가도 많다.

KeyWord 2 ··· 독수리
알타이르가 말하길 '독수리는 모두 내 친구'라고. 휘파람으로 자유자재로 조종할 수 있다. 독수리뿐만 아니라 다른 동물과도 마음이 통한다.

 *seen from* other prince

from 베가
아무 말도 하지 않아도 나를 이해해 줘. 알타이르가 곤경에 빠져 있을 때는 반드시 도와주고 싶어. 괴로워도 결코 입 밖으로 내뱉지는 않을 테니까.

from 데네브
너무 올곧아서 가끔 힘들어… 눈의 별을 보러 갔을 때는 정말 고생했어. 알타이르 덕분에 살았지만 말이야.

## Profile

| 속성 ◆ 젠틀 | 국가 ◆ 별의 나라 · 갤러시아 | | |
|---|---|---|---|
| 키 ◆ 184.5cm | 체중 ◆ 77kg | 나이 ◆ 20세 | 생일 ◆ 9월 10일 |
| 취미 ◆ 단련, 소 돌보기 | | 버릇 ◆ 목에 손을 가져다 대기 | |
| 신조 ◆ 약속은 반드시 지킨다 | | | |
| 좋아함 ◆ 친구, 백성 | | | |
| 싫어함 ◆ 배신, 비방, 무도한 행위 | | | |

 Staff Comment
정석적인 왕자님이었습니다만, 일본 발매 드라마CD에서는 멋지게 개성을 드러냈습니다.
왕자 스토리에서 다 그리지 못한 갤러시아 분단의 사정, 그리고 당시 3명의 상황은 언젠가 그릴 수 있으면 좋겠습니다.【프로듀서 M】

# 데네브
## Deneb

CV ◆ 이구치 유이치

**나 나쁜 사람 아니야.
경계하지 않아도 괜찮아~**

별의 나라 · 노던크로스의 왕자.
도자기 같은 섬세한 외모의 소유자로 머리가 상당히 좋다.
세상일에 초연한 듯 그의 본심은 알 수가 없다.
베가, 알타이르와 교류가 있다.

### 커뮤니케이션 ◆
분위기를 잘 파악한다. 상황에 따라 강한 딴죽을 걸 수 있다.

### 체격 ◆
취미인 가장을 위해 체형 유지에 신경 쓰고 있다. 촬영은 개인 카메라맨이 담당.

### 매력 포인트 ◆
동안이 무기. 넓적다리를 드러내놓고 있는 것도 그게 매력이란 걸 알고 하는 것이다.

## Face Pattern

## Awake State

### KeyWord 1 ··· 중개 역할
1년에 한 번밖에 만나지 못하는 베가와 알타이르 사이에서 연락책 역할을 하고 있다. 둘이 자유롭게 만날 수 있게 되는 것이 데네브의 소원.

### KeyWord 2 ··· 가장
데네브의 취미. 의상을 직접 만들고 있다. 천과 부속품은 단골 가게에서 사는 모양이다.

## seen from other prince

 from 베가

데네브한테는 걱정을 끼치고 있어···. 항상 알타이르와 나 사이를 중개해 줘···.

 from 알타이르

믿음직한 녀석이야. 머리도 좋고 갖가지 것들을 알고 있지. 눈의 별을 보러 갔을 때는 조금 상태가 이상했는데··· 왜 그랬던 걸까?

## Profile

| 속성 ◆ 쿨 | 국가 ◆ 별의 나라 · 노던크로스 | | |
|---|---|---|---|
| 키 ◆ 165cm | 체중 ◆ 61kg | 나이 ◆ 23세 | 생일 ◆ 9월 25일 |
| 취미 ◆ 숨바꼭질, 가장 | | 버릇 ◆ 장난치기 | |
| 신조 ◆ 인연을 소중하게 여기고 지키자 | | | |
| 좋아함 ◆ 사람에게 있는 의외의 면 | | | |
| 싫어함 ◆ 퇴화, 정체, 단조로움 | | | |

 Staff Comment | 넓적다리를 매력적으로 보여주고 싶어서 디자인할 때 다리 생각만 한 것 같은 기분이 듭니다. 실은 키가 크다든가, 형이라든가 하는 의외성이 가득한 왕자입니다. 수확제에서도 큐트인지 섹시인지 헷갈리는 두 가지 면모가 데네브답게 나타났다고 생각합니다. 【그래픽 디자이너 바비폰즈】

## 괴력 왕자 헤라클레스, 등장!
## 이하 생략!

별의 나라·올림포스의 왕자.
밝고 붙임성 좋은 성격이나 산을 파괴할 정도의 괴력을 지녔다.
계모가 목숨을 노리고 있다.
고슴도치 같은 생물 네메아와 언제나 함께 있다.

# 헤라클레스
## Hercules

CV ◆ 이토 켄타로

### 복장 ◆
캐주얼한 옷을 좋아하
며, 화려한 디자인을 선
호한다. 아이들한테 평
가가 좋다.

### ◆ 네메아
태어났을 때부터 네메
아와 계속 함께였다.
헤라클레스의 좋은 친
구이다.

### ◆ 히어로
아이들의 히어로가 되고
싶다고 생각하지만, 자
신의 괴력을 경계하는 섬
세함도 갖추고 있다.

### Face Pattern

### Awake State

 KeyWord 1 ··· **괴력 왕자**
커다란 멧돼지를 거뜬하게 들어 올릴 수 있을 정도의 괴력을 갖고 있다. 한
편 그 남아도는 힘이 다른 사람을 다치게 해버릴까 봐 경계하고 있다.

 KeyWord 2 ··· **헤라**
헤라클레스의 의붓어머니. 헤라클레스의 괴력이 나라를 멸망시킬 거라 두
려워하고 있다. 친모와는 태어난 지 얼마 안 되어 사별했다.

### ★ seen from other prince

**from 알타이르**
힘으로는 당해낼 수 없어. 평소에는
저렇게 밝은 녀석이지만… 내 앞에
서는 가끔 무척 쓸쓸해 보이는 표정
을 지어. 힘이 될 수 있으면 좋겠는
데….

**from 프로키온**
시리우스 형이랑 같이 논 적이 있
어! 어깨 위에 태워줬어~! 엄청 재
밌었어! 또 놀고 싶다~!

### Profile

| | | | |
|---|---|---|---|
| 속성 ◆ 큐트 | 국가 ◆ 별의 나라·올림포스 | | |
| 키 ◆ 191cm | 체중 ◆ 85kg | 나이 ◆ 미상 | 생일 ◆ 9월 27일 |
| 취미 ◆ 친구 만들기(목표는 100명) | | 버릇 ◆ 이름 외치기 | |
| 신조 ◆ 다정하며 힘센 사람이 되자 | | | |
| 좋아함 ◆ 네메아, 친구, 돌아가신 어머니 | | | |
| 싫어함 ◆ 우유 | | | |

 **Staff Comment**
마음씨 고운 괴력 왕자입니다. 나무랄 데가 없는 완벽 왕자이기도 합니다.
그중에서도 가장 좋아하는 건 눈매로, 상냥함이나 순진함 같은 점이 자연스레 배어 나오는 느낌이에요. 그나저나 네메아 기르고 싶네요. 미이~【플래너 D.Y】

121

# 라트리아
## Lateria

CV ◆ 타이 유우키

입가에 젤라토가 묻어 있어.
가만히 있어. 내가 닦아줄게.

빙과의 나라 · 아마레나의 왕자.
총명하고 우수하여 신하들로부터 절대적인 신뢰를 받고 있다.
심해에 있는 얼음 결정에 힘을 보내 아마레나의
대지를 지키고 있다. 저혈압이라서 아침마다 힘들어한다.

**머리카락 ◇**
아름다운 머리카락은 신중하게 손질되고 있다. 머리를 감고 트리트먼트를 하는 데 1시간이 걸린다.

**◇ 좋아하는 음식**
술을 즐긴다. 많이 마셔도 취하지 않으며 브랜디를 좋아한다. 마르탱, 제이, 알프레드와 교류가 있다.

**◇ 기상**
사실 아침에 힘들어한다. 일어난 직후에는 조금 심기가 불편하다. 유일(?)한 결점.

## Face Pattern

## Awake State

### KeyWord 1 ◆◆◆ 얼음 결정
빙과의 나라의 대지를 차갑게 하는, 심해에 있는 신비한 결정. 기도를 올리는 것으로 그 은혜를 누릴 수 있다.

### KeyWord 2 ◆◆◆ 젤라토
아마레나의 명물. 거리에 수많은 젤라토 가게가 있다. 최근에는 샤리오트, 솔리튜드와 공동으로 아이스크림을 개발하기도 한다.

### *seen from* other prince

 from 소르베쥬

아아, 나의 술친구이지! 언제나 서로의 나라를 자랑하며 밤새도록 마시고 있어! 끝부분은 별로 기억 못 하지만 말이야!

 from 쥬리

사실 라트리아한테는 곧잘 혼나지! 정확한 표준말을 쓰라고 말이여! 그리고 라트리아의 말은 어려워!

## Profile

| | | | |
|---|---|---|---|
| 속성 ◆ 젠틀 | 국가 ◆ 빙과의 나라 · 아마레나 | | |
| 키 ◆ 187.5cm | 체중 ◆ 76kg | 나이 ◆ 34세 | 생일 ◆ 8월 27일 |
| 취미 ◆ 독서, 국학, 밤 산책 | 버릇 ◆ 엄지손가락을 입술에 대기 | | |
| 신조 ◆ 어제보다 오늘, 오늘보다 내일, 내일보다 모레, 매일 변화하는 것이 중요함 | | | |
| 좋아함 ◆ 따뜻해 보이는 것이나 사람 | | | |
| 싫어함 ◆ 고독, 외로운 마음 | | | |

**Staff Comment** 긴 데다가 구불구불한 머리카락으로 작화 담당을 울게 하는 미중년. 이 머리카락은 이쪽에 오니까 여기는 이렇게 그림자를 넣고… 그러면서 몇 번이나 시행착오를 겪었죠. 한동안 머리카락에 시달렸습니다(땀). 【그래픽 디자이너 아라키 유우】

## 나에게는 신이 내려주신 외모와 재능이 있어! 어디서든 빛나는 것이 약속되어 있지.

빙과의 나라 · 솔리튜드의 왕자.
나르시시스트 같은 면이 있다. 평소 언동으로는
상상도 할 수 없을 만큼 섬세한 마음의 소유자이기도 하다.
술을 자주 즐긴다.

# 소르베쥬
## Sorbege

CV ◆ 마지마 준지

◆ **화법**
눈을 똑바로 바라보며 얘기
한다. 여성에게 친절하고 신
사적이다.

◆ **사고방식**
비판을 받으면 금방 침울
해진다. 정신 상태가 몸
상태에 영향을 주기 때문
에 금방 배탈이 난다.

◆ **소양**
왕자로서의 소양은 얼추 갖
추고 있지만, 자주 사소한
실수를 저지른다.

### Face Pattern

### Awake State

**KeyWord 1** ▸▸▸ **신과 시대의 사랑을 받는 총아**
잠에서 깨어난 소르베쥬는 자신을 그렇게 불렀다. 자신감이 있는 것처럼 보
이지만 실은 마음이 여리고 섬세하다.

**KeyWord 2** ▸▸▸ **아르망**
솔리튜드의 재상. 소르베쥬가 자고 있을 때 대신 정무를 보았다. 일 처리는
훌륭했으나 그로 인해 소르베쥬는 자신의 존재의의를 잃어버렸다.

### ★ seen from other prince

 **라트리아**
자주 술잔을 주고받지만… 좀 더 절
도를 지키며 술을 마셨으면 싶군. 우
는 그를 부축한 게 몇 번인지.

 **쥬리**
가끔 같이 술을 마시곤 하는데, 금
방 잠들어버려! 라트리아는 나한테
떠넘기고 얼른 돌아가버리고!

### Profile

| | | | |
|---|---|---|---|
| 속성 ◆ 섹시 | 국가 ◆ 빙과의 나라 · 솔리튜드 | | |
| 키 ◆ 186cm | 체중 ◆ 73kg | 나이 ◆ 27세 | 생일 ◆ 5월 10일 |
| 취미 ◆ 술잔 주고받기 | | 버릇 ◆ 머리를 쓸어넘기기 | |
| 신조 ◆ 내일 할 수 있는 일은 내일 한다 | | | |
| 좋아함 ◆ 술친구, 차가운 것 | | | |
| 싫어함 ◆ 차갑지 않은 단것 | | | |

**Staff Comment** 아이스크림의 왕자라서 눈 색을 민트로, 다리를 감고 있는 천을 아이스크림 느낌으로 디자인했습니다. 머리카락과 눈 등이 무척 예쁘게 완성되었고,
성격도 개성 있어서 여러 의미로 맛있는 왕자입니다(웃음)! 【그래픽 디자이너 아코】

# 쥬리
## Juri

CV ◆ 콘도 타카유키

니는 무슨 일이 있어도
내가 반드시 지킬 테니까 안심해라.

빙과의 나라 · 샤리야트의 왕자.
장난스러운 철부지 같아 보여도
여섯 동생들에게는 믿음직스러운 형이다.
한번 결심한 것은 반드시 해내는 강한 의지를 가지고 있다.

◆ 어조
왕자답지 않은 말투는 밖에
나가 장사를 펼친 아버지로
부터 물려받은 것.

◆ 빙수
적극적으로 다른 나
라에 빙수를 퍼트리
려 하고 있다. 최근
스노우필리아로부
터 빙수 시럽 주문
이 들어왔다.

◆ 팔
동생들을 가볍게 들
어 올리는 튼튼한
팔. 장남다운 장남.

## Face Pattern

## Awake State

### KeyWord 1 ◆◆◆ 대가족
여섯 형제의 장남인 쥬리는 남을 잘 돌보는 믿음직한 형이다. 동생들을 무
엇보다도 소중히 여기고 있다.

### KeyWord 2 ◆◆◆ 설인
샤리야트의 빙산에 살고 있다고 전해지는 설인. 예전에는 사람과 다툼이 있
었으나 지금은 성의 북쪽에 있는 산에서 조용히 산다고 한다.

## seen from other prince

**from 라트리아**
동생들을 챙겨주고 있어서인지 나
이에 비해 무척 견실한 청년이야.
단, 왕자로서 저 말투만큼은 어떻
게든 해야…

**from 소르베쥬**
유쾌하고 즐겁게 함께 마실 수 있는
사이야! 이 나에게 버금갈 정도의
애주가지. 눈을 뜨면 그의 성에서
동생들에게 둘러싸여 있는 일이 자
주 있는데… 인기인은 괴롭다니까.

## Profile
속성 ◆ 패션　국가 ◆ 빙과의 나라 · 샤리야트
키 ◆ 183cm　체중 ◆ 70kg　나이 ◆ 22세　생일 ◆ 7월 25일
취미 ◆ 형제와 함께 축제 놀이　버릇 ◆ 달콤한 것 핥기
신조 ◆ 권선징악
좋아함 ◆ 미지의 생물, 맛
싫어함 ◆ 평범하고 심심한 나날

**Staff Comment**
여름 하면 빙수~! 그리하여, 빙수의 왕자님이 탄생했습니다. 축제의 노점에서 먹는다는 이미지가 있어서 정이 두텁고,
말투가 조금 장난스러운 느낌이면 좋겠다고 생각하며 진행했습니다. 무척 개성적인 왕자님이지만 사랑스러워요. 【시나리오 K】

# 카에데
### Kaede

CV ✦ 사토 타쿠야

**후후… 자, 너는 얼마나 나를 즐겁게 해줄 수 있을까?**

사계의 나라 · 봉래의 가을 일족의 왕자.
그림, 조각, 건축 등 예술 분야에서 재능을 발휘하는 천재.
풍부한 감성으로 만들어내는 그의 작품은 수많은 사람을
매료시키고, 섬세한 일면도 지니고 있다.

## Face Pattern

## Awake State

**미각 ◇**
섬세한 미각을 갖고 있다. 겉모습도 아름다운 요리를 좋아한다. 정크 푸드는 매우 싫어한다.

**◇ 시력**
안경을 쓰지 않아도 괜찮을 정도긴 하지만, 시력이 약간 나쁘다.

**◇ 운동**
사실 운동을 못하지만 다른 사람들은 모르게 하고 있다. 특히 히카게에게만큼은 절대로…!

---

**KeyWord 1 ••• 예술가**
회화, 조각, 건축 등 '조형 예술' 계열에서 재능을 발휘하고 있다. 봉래의 가을 일족의 거리는 그가 직접 설계에 관여한 것이다.

**KeyWord 2 ••• 심술쟁이**
상대를 농락하는 재주가 있지만, 히카게에게는 무심코 발끈하고 화를 낸다. 그리고 오우카에게 혼나는 등 사계의 왕자 앞에서는 그의 편한 모습을 볼 수 있다.

## ✦ seen from other prince

 **from 오우카**
카에데와 둘이 있을 때는 조용하게 시간이 흘러가지만, 히카게가 들어오면 갑자기 시끌벅적해지지요. 후후… 저는 즐겁지요.

 **from 히카게**
마음에 안 들어! 툭하면 나한테 바보니, 얼간이니… 그렇지만 그 녀석의 작품은 정말 굉장해. 가끔 고민하는 게 있는 모양이지만….

## Profile

| | | | |
|---|---|---|---|
| 속성 ✦ 섹시 | 국가 ✦ 사계의 나라 · 봉래 | | |
| 키 ✦ 179cm | 체중 ✦ 69kg | 나이 ✦ 24세 | 생일 ✦ 11월 21일 |
| 취미 ✦ 홍차 수집 | | 버릇 ✦ 생각할 때 손을 턱에 댄다 | |
| 신조 ✦ 언제나 상상하고 창조하라 | | | |
| 좋아함 ✦ 놀리는 재미가 있는 사람, 단밤 | | | |
| 싫어함 ✦ 고독, 쓴 것 | | | |

**Staff Comment** 가을의 왕자님이니 예술가였으면 좋겠다는 생각에서 탄생한 왕자님입니다. 자신의 마음을 솔직하게 전하지 못하다 보니 좀처럼 입 밖으로 내뱉지는 않지만, 나라를 자신의 예술로 이끌어가고 싶어 하는, 나라를 아끼는 왕자님이기도 합니다! 【시나리오 C.M】

# 레제
## Leger

CV ◆ 호소야 요시마사

### 두뇌 ◆

박식하고 지능이 높고 우수하다. 예술에도 조예가 깊다. 하지만 예술의 나라·프레시안의 예술 감각만큼은 이해할 수 없다.

### ◆ 좋아하는 음식

커피를 좋아해서 매일 아침 마음에 든 브랜드의 커피를 마시고 있다. 원두에 신경을 쓴다.

### ◆ 성격

결벽이 있어 자신에게도 남에게도 엄격하다. 자신을 기준으로 삼기 때문에 다른 사람의 마음을 이해하지 못하기도 한다.

어째서일까? 네가 옆에 있으면 보여주지 않아도 될 자신까지 보여주고 말아.

의례의 나라·플루터의 왕자. 언행이 부드러우며 차별 없이 사람을 대한다. 왕자로서 완벽한 행동거지로 주위 사람들의 신뢰를 받고 있다. 동생과의 관계로 고민하고 있다.

## Face Pattern

## Awake State

### KeyWord 1 ▸▸▸ 품행 방정

망지로서 어릴 적부터 자신에게 언격했다. 상냥하고 부드러운 태도 뒤에는 노력을 게을리하는 자를 싫어하는 마음도 있다.

### KeyWord 2 ▸▸▸ 로이

레제의 동생. '완벽'한 형에 대한 콤플렉스를 안고 살아왔다. 그 마음이 뒤틀려, 지금은 레제가 말을 거는 것조차 싫어하게 되었다.

## ★ seen from other prince

from 이리아

딱 한 번··· 오래전에 어느 회합에서 뵌 적이 있습니다. 무척 예의 바르고 온화한 분이셨죠··· 서로 동생 자랑을 했던 기억이 납니다.

from 나비

의례의 나라는, 그 명칭대로 시기에 따라 수많은 의식이 있다고 해요. 그것들을 모두 거행하는 것이 왕자의 역할이죠··· 분명 엄격한 교육을 받아왔을 거예요.

## Profile

| 속성 ◆ 젠틀 | 국가 ◆ 의례의 나라·플루터 |
| --- | --- |
| 키 ◆ 186cm | 체중 ◆ 73kg　나이 ◆ 25세　생일 ◆ 9월 26일 |
| 취미 ◆ 면학 | 버릇 ◆ 대화 상대를 빤히 쳐다본다 |
| 신조 ◆ 과거는 운명, 미래는 가능성 | |
| 좋아함 ◆ 백성과 가족 | |
| 싫어함 ◆ 성장하지 못하는 사람 | |

### Staff Comment

'왕자 같은 외모로 부탁드립니다'라는 주문을 받았습니다만 막상 만들고 보니 웬걸, 어두운 면이 있는 왕자라서 깜짝 놀랐습니다(웃음). 왕자다운 부드러운 분위기와 사뭇 다른 어두운 갭이 그의 매력이라고 생각합니다. 앞머리는 마음대로 변합니다.【그래픽 디자이너 용사】

이 몸을 깨워준 것에 대한 보답으로
소원을 하나 들어주지.

홍경의 나라 · 플레어루쥬의 왕자. 불을 일으키는 능력이 있어
사람들의 두려움을 사고 있으며 가슴에 태양과 사자 문양의 문신이
있다. 지금은 막내라서 작은 영토를 통치하고 있지만 언젠가
플레어루쥬의 왕이 될 사람은 바로 자기라고 생각하고 있다.

# 아폴로
## Apollo

CV ◆ 오노 다이스케

◆ 심장
태어났을 때 아폴로의 힘을
두려워한 아버지에 의해 심
장에 쐐기를 박혔다. 불을
일으키면 심장이 죄어든다.

## Face Pattern

◆ 복장
무엇에 있어서든 판
단 기준은 왕으로서
어울리는가. 옷과 액
세서리뿐만 아니라
미래의 반려에게도
이를 요구한다.

## Awake State

◆ 능력
불을 일으키는 힘을
갖고 있다. 다만 힘
을 사용하면 고통이
따르기 때문에 보통
대검을 사용하는 경
우가 많다.

### KeyWord 1 ··· 태양과 사자 문양의 문신
아폴로의 가슴에 새겨져 있는 문신. 심장에 박힌 쐐기에 저항하는 듯이 고
결하고 용맹하게 그려져 있다.

### KeyWord 2 ··· 왕으로서
가족에게 외면받아 플레어루쥬의 변방에 있는 작은 영토를 받았다. 언젠가
다른 영토를 전부 지배하고 완전한 왕이 되리라 마음속으로 맹세했다.

## seen from other prince

 from 길버트

번영하고 있는 것 같지만… 외교를
할 때 아폴로 왕자로부터 느낀 것은
지금의 플레어루쥬 왕정에 대한 강
한 분노였다. 그건 도대체…

 from 게리

플레어루쥬와 클레어보어는 긴장
상태에 놓여 있지. 아직 나라에 있
던 시절에 만나본 적이 있는데… 모
든 것을 지배하려는 것 같은 그 눈
동자가 잊히지 않아.

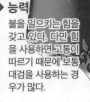

## Profile

| | | | | |
|---|---|---|---|---|
| 속성 ◆ 패션 | 국가 ◆ 홍경의 나라 · 플레어루쥬 | | | |
| 키 ◆ 186cm | 체중 ◆ 77kg | 나이 ◆ 23세 | | 생일 ◆ 6월 8일 |
| 취미 ◆ 저녁에 술 마시기 | | 버릇 ◆ 망토를 펄럭이기 | | |
| 신조 ◆ 어떤 일을 하는 데 있어서 절대 망설이지 않는다. 망설임 때문에 희생이 생긴다. | | | | |
| 좋아함 ◆ 화려하고 위엄 있는 사람, 사물 | | | | |
| 싫어함 ◆ 위엄 없이 값싸게 구는 사람, 사물 | | | | |

 Staff Comment 첫 CM 방영 기념 왕자라서 상당한 시행착오를 거쳤습니다. 왕자는 언젠가 왕이 된다는 원점으로 돌아가 그 강인하고 고결한 마음을
멋지게 그려내고 싶다고 생각하며 개발을 진행했습니다. 최강의 왕자님입니다. 【프로듀서 M】

# 틴플러
## Tinpla

CV ◆ 미야타 코우키

저에게는 마음이 없습니다…. 그러니 상처도 받지 않습니다. 분명 그럴 터인데…

무지개의 나라 · 오즈의 왕자.
몸의 절반이 기계로 되어 있는 사이보그.
나라를 지키는 무기로서의 삶을 살고 있다.
자신에게는 마음이 없다고 생각하고 있다.

### 기억 ◇
기억 용량이 거대하고, 데이터의 입출력 속도도 빠르다. 방대한 데이터 속에서 필요한 정보를 검색한다.

### 몸 ◇
몸의 파츠 등은 모두 오즈월드가 디자인한 것이다. 등 뒤에 무기가 격납되어 있다.

### ◇ 강함
오즈에서 가장 강한 왕자. 가끔 레오니가 겁을 먹는다.

## Face Pattern

## ⋯⋯ Awake State ⋯⋯

### KeyWord 1 ⋯ 무기
오즈월드로부터 부여받은 사명은 '나라를 지키는 것'. 무기로서밖에 이를 실천할 수 없다고 판단한 그는 싸울 때 자신의 상처를 돌보지 않는다.

### KeyWord 2 ⋯ 오작동
없어졌을 터인 틴플러의 마음은 때때로 주인공과 동료의 말에 반응해 진동과 발열을 일으킨다. 그는 이를 오작동이라고 부르며, 고개를 갸웃거린다.

### ✦ seen from other prince ⋯⋯

 from 오즈월드
살짝 미움받는 것 같단 말이지…. 왜 그를 개조했냐고? 그건 비밀. 하지만 나는 그의 소중한 것은 건드리지 않았어.

 from 리야
저런 녀석이지만 의외로 말이 통한달까. 발명 같은 걸 할 때 모르는 부분이 있으면 금방 대답해주고! 다음에 둘이서 오즈월드한테 공격이라도 해볼까….

## Profile

| 속성 ◆ 쿨 | 국가 ◆ 무지개의 나라 · 오즈 | | |
|---|---|---|---|
| 키 ◆ 165cm | 체중 ◆ 102kg | 나이 ◆ 22세 | 생일 ◆ 4월 17일 |
| 취미 ◆ 입체 퍼즐 게임 | | 버릇 ◆ 기계와 맨몸 사이를 만진다 | |
| 신조 ◆ 제대로 인간이 되고 싶다 | | | |
| 좋아함 ◆ 다정한 사람 | | | |
| 싫어함 ◆ 불합리한 것 | | | |

**Staff Comment** 「꿈왕국」의 유일한 사이보그 왕자. 작은 얼굴, 고드름처럼 늘어난 길고 가는 목, 미스테리어스한 얼굴 속의 맑은 눈자자, 복잡한 기계장치 구조의 몸, 어느 점에서든 저를 매료하기에 부족함이 없는 왕자입니다. 【고객지원 Y.W】

# 오즈월드
## Oswald

CV ◆ 코니시 카츠유키

## 좋네, 내 취향인데?

무지개의 나라 · 오즈의 왕자.
훌륭한 기술력으로 오즈를 강한 나라로 발전시켰다.
사람들은 오즈를 마법사라고 생각하지만
사실은 엔지니어일 뿐이다.

◆ 안경
수상쩍은 안경은 장식
용. 머리카락은 심한
곱슬머리.

전구 ◆
모자 속의 전구는 놀라거
나 좋은 생각이 떠올랐을
때면 자동으로 빛난다.

◆ 복장
마법사는 아니지만 여러
모로 고민해서 마법사 같
은 옷을 입고 있다.

### Face Pattern

### Awake State

### KeyWord 1 ••• 에메랄드 도시

오즈의 나라의 옛 명칭. 마법사들이 모여 살았다. 우연히 방문했던 오즈월
드는 자신의 탁월한 기술을 마법으로 오인당하여 왕자로 추대되었다.

### KeyWord 2 ••• 오즈의 마법

오즈월드의 과학 기술을 모두 '마법'이라 믿어 의심치 않는다. 오즈월드는 내
키지 않아 하면서도, 마법에 대항하는 기술을 개발하는 데 힘쓰고 있다.

### seen from other prince

from 토토

수상한 냄새가 나. 왜 내가 왕자를
해야 하는 거야? '왕자를 하면 주인
을 찾을 수 있을 거야!'라고 했지만
… 아직 못 찾았고.

from 레오니

얼른 나한테 용기를 줘! 나에게 용
기만 있으면…! 전에 '용기의 돌'이
라는 걸 받은 적이 있지만… 뭔가
아니란 말이지. 뭐, 깨뜨려버렸지
만…

## Profile

| 속성 ◆ 젠틀 | | 국가 ◆ 무지개의 나라 · 오즈 | |
|---|---|---|---|
| 키 ◆ 188.5cm | 체중 ◆ 70kg | 나이 ◆ 35세 | 생일 ◆ 5월 16일 |
| 취미 ◆ 납땜 | | 버릇 ◆ 눈 사이를 문지르기 | |
| 신조 ◆ 거짓 지식을 두려워하라 | | | |
| 좋아함 ◆ 예상대로인 아름다운 실험 결과 | | | |
| 싫어함 ◆ 예상외의 실험 결과 | | | |

Staff Comment | 오즈가 모티브여서, '마법사는 아니지. 그럼 대체 뭘까?' 하고 생각하다가 엔지니어, 그것도 아저씨 캐릭터가 되었습니다. 자신의 기술에 프라이드를 가지고 있고,
장난기도 있습니다. 특이하지만 분명 다정할 거예요. 【시나리오 K】

# 레오니
## Leonie

CV ✦ 테라시마 타쿠마

### 용기… 어디서 잃어버린 걸까?
### 잘 받았던 것 같은데….

무지개의 나라·오즈의 왕자. 강한 것을 동경한다. 오즈월드에게 용기를 받았지만 이후에 잃어버렸다고 생각한다. 자신이 겁이 많은 것은 용기를 잃어버렸기 때문이며 용기만 되찾으면 강해질 수 있다고 생각하고 있다.

**비명 ◇**
일부 사람들로부터 멋진 비명을 지른다는 평판을 받는다. 월도 한번쯤 영화 출연 요청을 하고 싶다고 생각하고 있다.

**손재주 ◇**
손재주가 뛰어나 수예를 잘한다. 섬세한 물건을 만들어 다른 왕자에게 선물하곤 한다.

**다리 ◇**
도망치는 건 빠르다. 다만 가끔 너무나 무서운 나머지 힘이 안 들어가 도망치지 못한다.

## Face Pattern

···· Awake State ····

### KeyWord 1 ··· 용기
레오니가 바라 마지않는 것. 용기가 있다면 뭐든지 할 수 있다고 생각하고 있다. 물론 오즈월드는 레오니 안에 잠들어 있는 용기를 알고 있다.

### KeyWord 2 ··· 인형 병사
레오니가 잠들어 있을 때 오즈월드가 성으로 보냈다. 수상한 자를 쫓아내도록 프로그래밍 되어 있지만, 레오니에게까지 덤벼들었다.

## Profile

| | | | |
|---|---|---|---|
| 속성 ✦ 큐트 | 국가 ✦ 무지개의 나라·오즈 | | |
| 키 ✦ 169cm | 체중 ✦ 60kg | 나이 ✦ 22세 | 생일 ✦ 12월 18일 |
| 취미 ✦ 수예 | 버릇 ✦ 양손을 앞으로 모으기 | | |
| 신조 ✦ 용기만 있다면 뭐든지 할 수 있다(지금은 없다) | | | |
| 좋아함 ✦ 스위치 | | | |
| 싫어함 ✦ 생고기 | | | |

## seen from other prince

 from 틴플러
용기란 마음의 일부. 그러므로 저는 레오니에게 힘이 되어줄 수 없습니다. 그렇지만 그는 저에게 웃어줍니다. 그리고 존경한다고 합니다… 어째서일까요.

 from 고슈
딱 하고 손가락을 튕기기만 해도 깜짝 놀라니까… 문득문득 놀려주고 싶어진단 말이지. 깜짝 상자를 열었을 때는 내 쪽이 놀랐다니까?

 **Staff Comment** 설정은 매우 떠올리기 쉬웠지만, 개성을 주기 위해 취미로 수예를 하게 해봤습니다. 아직 그 에피소드는 내지 않았지만, 오즈월드의 기술에 지지 않을 만큼 섬세한 작품을 만들어낼 거예요! [프로듀서 M]

## 오늘은 뭘 해서 놀라게 해줄까…
## 아, 좋은 생각이 났어!

무지개의 나라 · 오즈의 왕자. 일류 마법사로, 마법을 이용해 자주 장난을 친다. 어른들을 놀리며 즐기는 건방진 성격이지만 마법으로 아이들을 즐겁게 해주는 다정한 면도 있다. 동쪽에 있는 형이 자신을 너무 신경 써주는 걸 귀찮게 여기고 있다. 마법사로서의 형은 존경하고 있다.

# 고슈
### Gauche

CV◆ 호리에 유이

### Face Pattern

### Awake State

**머리 장식◇**
위치 때문에 귀걸이로 보이지만, 사실 머리 장식이다.

늘 가지고 다니는 빗자루는 무척 빠른 속도로 난다. 이름은 '슈발베'.
**빗자루◇**

**◇ 신발**
얼른 성장하고 싶은 의지의 발로인지, 자신의 발 사이즈보다 큰 걸 신고 있다.

### KeyWord 1 ··· 체크
바람의 마법을 사용해 주인공의 치맛자락을 펄럭이게 한다. 섹시한 게 좋다고 하지만, 장난을 즐길 뿐 실제로는 아무래도 상관없다.

### KeyWord 2 ··· 서쪽의 마법사
고슈의 별명. 실제로 강력한 마력을 갖고 있다. 나라의 아이들을 기쁘게 해주기 위해 마법을 사용하는 일이 많으며, 어른들도 이를 보며 흐뭇해한다.

### seen from other prince

 **from 드루아트**
천재인 데다 귀엽기까지 한, 자랑스러운 동생이야!! 형은 떨어져서 사는 고슈가 걱정돼서 매일매일 견딜 수가 없어! 그래, 오늘도 고슈가 있는 곳으로 출발이다!

 **from 오즈월드**
사춘기인가? 형을 약간 귀찮게 여기고 있는 모양이야. 사이좋게 지냈으면 좋겠는데 말이지! 다음에는 형제 둘 모두에게 뭔가 부탁해볼까나.

### Profile
속성◆ 섹시 　국가◆ 무지개의 나라 · 오즈
키◆ 157.5cm 　체중◆ 48kg 　나이◆ 14세 　생일◆ 5월 18일
취미◆ 수족관으로 물고기 보러 가기 　버릇◆ 다리를 꼬고 앉기
신조◆ 재밌는 장난 치기
좋아함◆ 비스킷(우유에 적셔 먹기)
싫어함◆ 피망

**Staff Comment** '매우 깜찍한 연하 왕자님에게 농락당하고 싶어!'라고 생각하면서 캐릭터 설정을 만들었습니다. 가끔 보여주는 부끄러워하는 표정에서 나이에 맞는 분위기를 느낄 수 있는 아이입니다. 솔직하지 못하지만 사실은 형을 존경하는 무척 사랑스러운 아이예요. 【시나리오 C.M】

# 토토
## Toto

CV ◆ 니시다 마사카즈

### ◆ 인식표 ◆
인식표에는 주소가 적혀 있다. 어딘가로 휙휙 가 버리곤 해서 오즈월드가 달아놨다.

### ◆ 목걸이
목걸이에는 토토라는 이름이 들어가 있으며, 기억을 잃기 전부터 지니고 있었다.

### ◆ 마음
마음속은 항상 주인님에 대한 생각으로 가득하다. 주인님 외의 사람은 쓰레기 취급.

## 제발 절 키워주세요!

무지개의 나라 · 오즈의 왕자. 주인이 되어줄 사람을 계속 찾아다니고 있다. 착하게 굴면 칭찬해주고 착하게 굴지 못하면 많이 꾸짖어주길 원한다.

### Face Pattern

### Awake State

### KeyWord 1 ••• 주인님
토토가 찾아다니고 있는 주인님. 잔뜩 칭찬해주고, 잔뜩 쓰다듬어주고, 잔뜩 꾸짖어줬으면 한다.

### KeyWord 2 ••• 기억상실
토토는 '주인님을 찾고 있다'는 것 외의 기억을 잃어버린 상태. 유일한 기억이기 때문인지, 주인님에 대한 집착이 어마어마하다.

### seen from other prince

 from 오즈월드

나도 그가 왜 기억을 잃어버렸는지는 알지 못해. 왕자로 임명한 이유? 그라면 할 수 있으리라 생각했기 때문이지. 아니 정말이야.

 from 레오니

막 짖어…! 그리고 나를 볼 때 쓰레기를 보는 듯한 눈을 하는 것 같아…! 무서워서 말 걸기가 힘들어….

## Profile

| | | | |
|---|---|---|---|
| 속성 ◆ 젠틀 | 국가 ◆ 무지개의 나라 · 오즈 | | |
| 키 ◆ 187cm | 체중 ◆ 82kg | 나이 ◆ 20세 | 생일 ◆ 10월 10일 |
| 취미 ◆ 주인님에 관해 망상하기 | | 버릇 ◆ 사람 손끝의 냄새를 맡는다 | |
| 신조 ◆ 주인님이 전부 | | | |
| 좋아함 ◆ 주인님이 되어주는 사람 | | | |
| 싫어함 ◆ 주인님 외의 사람 | | | |

### Staff Comment
주인공에게 집착하는 이상한 왕자! 취향을 듬뿍 담아 디자인한 왕자입니다. 원작의 이미지와는 다르지만, 검은 대형견이 모델입니다. 좋은 체격이 매력적이게 구성했습니다. 사실 꼬리도 생각해뒀지만 아직 보여드릴 기회가 없네요. 【메인 디자이너 m/g】

쇼핑하러 가자. 아… 지갑 잃어버렸어….
뭐야, 그 눈은!

무지개의 나라·오즈의 왕자.
일류 마법사. 약간 고집스러운 성격이라 주위로부터 오해를 받기
쉬우나 실은 다정한 면도 있다. 소중히 여길 수 있는 여성을 계속
찾고 있다. 서쪽에 있는 동생을 매우 아끼고 있다.

# 드루아트
## Droite

CV ◆ 노지마 켄지

기억 ◆
건망증이 심하다. 칠칠찮
다고 할 수도 있다. 자주
지갑을 깜빡해서 고슈가
한숨짓곤 한다.

체형 ◆
체형 관리에 신경 쓰
고 있으며, 단련된 근
육을 보여주고 싶어
한다.

마력 ◆
우수한 마법사. 마력도
강하다. 화려하고 거대한
마법이 특기로, 섬세한
조정은 잘 못한다.

## Face Pattern

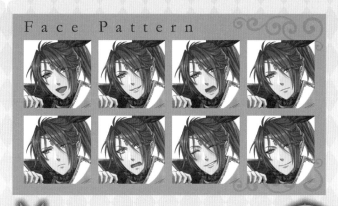

## Awake State

**KeyWord 1** ◆◆◆ 루비색 구두
어머니로부터 '소중한 사람이 생기면 선물하렴'이란 말을 들은 어린 드루아
트가 마법으로 만들어낸 구두. 오즈월드에 의해 가게에 내놓아져 있었다.

**KeyWord 2** ◆◆◆ 동쪽의 마법사
드루아트의 별명. 그 이름에 걸맞게 마력은 오즈 내에서도 최고봉이다. 그
렇지만 언젠가 고슈가 자신을 넘으리라 생각하고 있다.

## ★ seen from other prince

 from 고슈

매일매일 질리지도 않고 내가 있는
곳에 와서 사진을 찍어…! 뭐야? 한
가해!? 나는 바쁘다고! 바보 형~!

 from 토토

시끄러운 사람. 좀 조용히 있어 줬
으면 해. 그리고 옷이 이상해…. 왜
저렇게 드러내고 다니지? 이해할
수가 없어….

## Profile

| 속성 ◆ 큐트 | | 국가 ◆ 무지개의 나라·오즈 | |
|---|---|---|---|
| 키 ◆ 183cm | 체중 ◆ 67kg | 나이 ◆ 19세 | 생일 ◆ 8월 16일 |
| 취미 ◆ 빗자루를 타고 밤하늘 산책 | | 버릇 ◆ 발소리 내기 | |
| 신조 ◆ 좋은 신발을 신자 | | | |
| 좋아함 ◆ 고기 | | | |
| 싫어함 ◆ 야채 | | | |

 **Staff Comment** 처음부터 끝까지 '제'가 가득 담긴 캐릭터입니다. 도중에 몇 번이나 디자인을 변경했습니다만, 저 머리 모양과 배(웃음)는 끝까지 고집해서 고치지 않았습니다.
어디서나 타박당하고 놀림당하는, 많은 사랑을 받는 캐릭터가 되어 행복합니다! 【그래픽 디자이너 아라키 유우】

# 더글라스
## Douglas

CV ◆ 스와베 쥰이치

**좋아하는 음식** ◆
술을 좋아하며, 모두와 함께 즐겁게 마시는 걸 좋아한다. 기분이 좋으면 노래하기 시작한다.

◆ **상처**
얼굴에 난 상처는 롯소와의 싸움에서 얻었다. 배에 있는 오래된 상처는 어릴 적 바다에 빠졌을 때 해적에 의해 생긴 것이다.

그렇지,
## 함께 보물을 찾으러 가는 건 어때?

해적의 나라 · 앵큘러의 왕자.
바다의 치안을 지키는 해적으로서 배를 타고 바다를 돌고 있다. 보기와 달리 매우 신사적이고 여성의 에스코트에도 익숙하다. 보니타라는 원숭이를 데리고 다닌다.

◆ **병**
병에 들어 있는 것은 코라이유에게서 받은 산호이다. 아름다워서 액세서리로 지니고 다닌다.

## Face Pattern

## Awake State

### KeyWord 1 ··· 세인트 가브리엘 호
더글라스가 선장으로 있는, 앵큘러의 바다를 가르는 배. 요새도시와노 같은 크기를 자랑한다. 바다의 치안을 지키기 위하여 꼼꼼하게 정비하고 있다.

### KeyWord 2 ··· 행방불명된 아버지
선장이었던 더글라스의 아버지는 해양 사고로 행방불명되었다. 힘들어하는 어머니를 위해, 더글라스는 아버지의 행방에 대한 단서를 찾고 있다.

### ★ seen from other prince

**from 오리온**
저 녀석이 물에 빠졌을 때 구한 시점에서 내 운이 다했나… 그 이후로 사사건건 간섭해온다. 흥… 신경 끄라고 하는데 말이야. 하지만 바다를 지키게 하는 일에는 적임자다.

**from 롯소**
옛날부터 아는 지긋지긋한 사이다! 제길! 언제나 내 방해만 하고…! 언젠가 반드시 결착을 지어주겠어. 절대로 지지 않을 테지만!

## Profile

| | | | |
|---|---|---|---|
| 속성 ◆ 섹시 | 국가 ◆ 해적의 나라 · 앵큘러의 왕자 | | |
| 키 ◆ 184cm | 체중 ◆ 75kg (보니타 2kg) | 나이 ◆ 29세 | 생일 ◆ 9월 16일 |
| 취미 ◆ 나이프 던지기 | | 버릇 ◆ 아랫입술을 깨문다 | |
| 신조 ◆ 불요불굴 | | | |
| 좋아함 ◆ 자기 배, 아름다운 사람 | | | |
| 싫어함 ◆ 폭풍우 치는 밤 | | | |

**Staff Comment** 섹시한 해적이란 콘셉트의 왕자 러프를 보았을 때 느낀 흥분이 잊혀지지 않습니다. 성우 분이 원숭이에게 '보니타'란 이름을 붙여주신 것도 멋진 에피소드입니다. 롯소나 오리온과 함께 있을 때의 장난스러운 모습도 꼭 확인해주세요! 【플래너 K.M】

# 사라사
### Sarasa

**인간의 다리는 굉장하구나….**
**걷고 헤엄칠 수 있어… 그리고 아름다워.**

인어의 나라 · 로렐라이의 왕자.
말수가 적고 무뚝뚝해 보이지만 호기심은 왕성하다.
인간은 나쁜 존재라고 배웠지만, 흥미를 가지고 있다.
그가 처음으로 대화를 나눈 인간은 앵큘러의 더글라스였다.

CV ◆ 스즈키 유토

## Face Pattern

◆ **노랫소리**
인어 일족 특유의 아름다운 노랫소리를 가졌다. 그 노랫소리는 들은 자의 마음을 사로잡는 힘을 가졌다고 한다.

◆ **손**
사람에게 가까이 가거나, 무엇이든 바로 손으로 만져보는 등 위기감이 부족하다.

### Awake State

◆ **비늘**
바다에서 헤엄칠 때에 반짝반짝 빛나는 비늘. 놀랄 만큼 비싼 가격에 거래된다.

### KeyWord 1 ••• 해저의 마녀
심해에 사는 신비한 힘을 지닌 마녀. 인어를 인간으로 만들 수 있지만 로렐라이에서는 꺼려지는 존재이다.

### KeyWord 2 ••• 박해
배신당하거나 구경거리로 팔리는 등 인어에게 있어서 인간은 두려운 존재였다. 특히나 로렐라이 일족은 인간을 몹시 싫어한다.

## seen from other prince

 from **더글라스**
수면 위로 얼굴을 내밀고 있는 모습을 보았을 때는 놀랐어. 그때 이후로 친구가 되었지. 사라사의 나라 사정상 대놓고 만나지는 못하지만 언젠가는 화해할 날이 올 거야.

 from **코라이유**
사라사의 노랫소리는 말이지, 정말로 아름다워~! 인간이 듣고서 푹 빠질 정도야. 둘이서 자주 인간 이야기를 해.

## Profile

| | | | |
|---|---|---|---|
| 속성 ◆ 쿨 | 국가 ◆ 인어의 나라 · 로렐라이 | | |
| 키 ◆ 175cm | 체중 ◆ 62kg | 나이 ◆ 22세 | 생일 ◆ 9월 22일 |
| 취미 ◆ 해상 관찰 | | 버릇 ◆ 눈 깜박임을 잊는다 | |
| 신조 ◆ 언젠가 가능한 일은 오늘도 가능하다 | | | |
| 좋아함 ◆ 노래 부르기 | | | |
| 싫어함 ◆ 배에서 흘러나오는 오염된 물 | | | |

**Staff Comment** 인간에게 흥미가 있지만 익숙하지 않은 탓에 친해지는 법을 잘 모르는 그. 그런 그에게 '더글라스 이외의 인간 친구를 만들어주고 싶어'란 마음을 이벤트 시나리오(마린사이드 스토리)에 슬쩍 담았습니다. 【시나리오 N.S】

# 코라이유

## Corail

CV ◆ 카구라 히로유키

### 어라, 키스하면 안 되는 거였어?

산호의 나라·코랄리아의 왕자.
밝고 순수한 성격. 그 순수함에 때때로 짓궂은 모습을 보이기도
하지만 본인은 별로 자각이 없다. 왕자로서의 책임감이 강하며
산호와 물고기들을 지켜야 한다고 생각하고 있다.

◆ **지느러미**
아름다운 지느러미. 얕은
바다에서는 쏟아지는 햇빛
이 비쳐 반짝반짝 빛난다.

◆ **성별**
여자아이로 오해받기도
하지만 본인은 전혀 신경
쓰지 않는다.

◆ **복장**
옷은 움직이기(헤엄치기) 편
한가를 중시하여 선택한다.
아예 없는 편이 좋다고 생각
할 때도 있다.

### Face Pattern

### Awake State

**KeyWord 1** ◆◆◆ 접촉

대화하는 상대에게 꼬옥 달라붙는다. 본인에게는 자각이 없다. 코라이유의
그런 행동에 자기도 모르게 두근거리는 사람이 많다고 한다.

**KeyWord 2** ◆◆◆ 산호 지킴이

아름다운 산호를 지키고 더욱 널리 퍼뜨리는 것이 코라이유의 소원이다. 돈
을 위해 바다를 어지럽히는 자들을 절대로 용서하지 않는다.

### ★ seen from other prince

 from **오리온**

아직 애다. 산호를 지키겠다고 기세
가 대단하지만 저래서는 위험할 뿐
이지. 사라사는 멍하게 있을 때가
많고… 정말이지 그 두 사람은 손이
많이 가

 from **사라사**

친구야. 자주 인간에 대한 대화를
나눠. 코라이유의 일족은 인간과도
친해…. 어째서일까? 코라이유가
부러워….

## Profile

| 속성 ◆ 큐트 | 국가 ◆ 산호의 나라 · 코랄리아 |
|---|---|
| 키 ◆ 161cm | 체중 ◆ 56kg | 나이 ◆ 18세 | 생일 ◆ 3월 5일 |
| 취미 ◆ 수중 사진 촬영 | 버릇 ◆ 걸핏하면 사과한다 |
| 신조 ◆ 해줄 수 없는 일이란 없다 | |
| 좋아함 ◆ 자기에게 다정하게 대해주는 사람들 | |
| 싫어함 ◆ 아름다운 것을 독점하려는 심보 | |

**Staff Comment**
바다의 왕자라 노출을 심하게 하고 싶어서 아슬아슬한 지점까지 도전해보았습니다. 머리나 눈 색이 예쁘게 나와서 마음에 듭니다.
머리는 오리온이 땋아준다고 생각합니다! 【그래픽 디자이너 바비폰즈】

옛날처럼 대단한 것을 찾아서
반짝이는 마음으로 여행을 하고 싶어….

무지개의 나라·오즈의 왕자.
거칠어 보이는 외모나 말투와 달리 누군가를 돌봐주고
챙겨주길 좋아하는 성격이다.
옛날에 오즈월드에게서 지혜를 받았다.

# 리야
## Leeya

CV ◆ 콘도 타카시

### Face Pattern

### Awake State

◆ 두뇌
두뇌는 우수하지만 네이밍 센스는 미묘하다. 다른 왕자들에게 쌀쌀한 눈빛을 받곤 한다.

◆ 완력
완력이 좋다고 한다. 본인이 말하길 '두뇌만 있는 게 아니야! 싸움도 잘한다고!'.

◆ 복장
마른 체격이 콤플렉스다. 폭이 넓은 옷을 골라서 입는다.

**KeyWord 1** ◆◆◆ 지성
리야가 오즈월드에게 받았다고 여겨지는 것. 수많은 발명품을 탄생시켰다. 그 대담한 발상은 성을 통째로 허수아비로 만들어버릴 정도이다.

**KeyWord 2** ◆◆◆ 까마귀
리야의 천적. 지성을 손에 넣기 전까지는 울며 겨자 먹기로 참고 있었지만, 지금은 대등하게 싸운다. 까마귀의 왕은 아직도 그를 업신여기고 있다.

### seen from other prince

 from **틴플러**
…친구입니다. 옛날에 함께 여행했습니다. 그도 저 같은 기계를 만들지만, 저와 그것들은 다르다며 웃습니다. 어떻게 다른 걸까요….

 from **토토**
이 사람도 시끄러워. 머리가 좋은지 어떤지 모르겠지만 나를 개 취급하지 말아줬으면 좋겠어. 나를 개라고 해도 좋은 건 주인님뿐!

### Profile

| 속성 ◆ 패션 | 국가 ◆ 무지개의 나라·오즈 | | |
|---|---|---|---|
| 키 ◆ 186cm | 체중 ◆ 80.5kg | 나이 ◆ 22세 | 생일 ◆ 7월 7일 |
| 취미 ◆ 요리 | | 버릇 ◆ 망상 | |
| 신조 ◆ 천재의 특징 중 하나는 범재가 깔아 놓은 길을 따라 사고하지 않는 것이다 | | | |
| 좋아함 ◆ 책이 가득 꽂혀 있는 책장 | | | |
| 싫어함 ◆ 전원 풍경 | | | |

**Staff Comment** 겉모습은 시골의 불량배지만 실은 IQ가 상당히 높다는 갭을 매력으로 삼은 캐릭터입니다. 키는 크지만 허리는 가늘고 연약해 보인다는 점과 웃을 때 보이는 송곳니가 마음에 듭니다. 태양 각성 시의 안경이 매우 어울려서 더욱 좋아졌습니다. 【아트 디렉터 M.O】

# 칼라일
## Carlyle

CV ◆ 쿠로다 타카야

**왕관 제작** ◆
왕관을 만드는 동안은 아무도 만나지 않는다.

◆ **향수**
애용하는 향수는 꽃요정의 나라에서 주문하고 있다.

◆ **손**
손끝이 야무지다. 쌀알 크기의 물건에도 깔끔하게 글씨를 쓸 수 있다.

···제가 사랑에 빠지게 해주세요.

왕관 장인의 나라 · 코로나의 왕자.
겉으로는 부드러운 언행을 보이지만 그 속은 알 수 없다.
우수한 예술가인 그의 작품에는 비싼 값이 붙는다.

### Face Pattern

### Awake State

**KeyWord 1** ◆◆◆ **나비 왕관**
대대로 꿈왕을 위한 왕관을 만들었지만, 천재인 칼라일은 그것만으로는 만족하지 못했다. 나비 왕관은 그의 변덕으로 만들어진 최고의 작품이다.

**KeyWord 2** ◆◆◆ **고양이**
칼라일의 작품은 비싸기 때문에 주변에는 언제나 아첨하는 이들이 있었다. 사람들에게 질린 그가 마음을 허락한 것은 한 마리의 길고양이였다.

### seen from other prince

**from 귀도**
후후··· 나에 대해 캐묻지 않으니까 같이 있기 편해♪ 여러 가지로 배려 받고 있어서 그의 부탁은 거절할 수가 없어.

**from 프리츠**
속을 알 수 없는 녀석이다. 하지만 저 녀석의 작품의 가치는 진짜지. 글로리아 왕가의 사람으로서··· 아니, 나의 자존심을 걸고 반드시 녀석의 작품을 손에 넣고 말겠어.

## Profile
속성 ◆ 젠틀     국가 ◆ 왕관 장인의 나라 · 코로나
키 ◆ 179cm     체중 ◆ 67kg     나이 ◆ 30세     생일 ◆ 3월 17일
취미 ◆ 세계 여행          버릇 ◆ 눈을 바라본다
신조 ◆ 세상을 바꿀 생각이 없는 자는 창조할 자격도 없다
좋아함 ◆ 재미있는 것
싫어함 ◆ 청소

**Staff Comment** '꿈왕의 왕관을 만드는 일족'이란 특징을 가진 왕자님입니다. 꿈같은 달콤한 연회를 맛보게 해드리고 싶다는 컨셉에서 태어난 칼라일은 사실 어느 영화의 어느 마법사에게서 아이디어를 얻었습니다. 【프로듀서 M】

원하는 것은 전부 손에 넣고 싶다.
명예나 권력과 엮여있다면 더욱 그렇지.

위엄의 나라·글로리아의 왕자.
프라이드가 높으며, 자신이 원하는 대로
일이 진행되어야만 직성이 풀리는 성격이다.

# 프 리 츠
## Frites

CV ✦ 유사 코지

◆ 안경
안경은 보석의 나라에 있는
고급 브랜드를 사용한다.

## Face Pattern

## Awake State

◆ 복장
입고 있는 더블렛은 글로
리아 왕가에 대대로 전해
져오는 옷이다. 이를 자
랑스럽게 여기고 있다.

◆ 잠옷
밤에 잠을 잘 때도 잠옷
단추를 끝까지 확실하게
채운다.

**KeyWord 1** ••• 지배
엄한 집안에서 어릴 적부터 사람이든 물건이든 모든 것을 지배하도록 교육
받았다. 원하는 것을 손에 넣기까지 걸리는 시간도 엄격히 따진다.

**KeyWord 2** ••• 동물
유일하게 자신이 지배할 수 없는 존재. 어렸을 적부터 정말로 동물들이 따
르지 않는다. 남몰래 고민 중이다.

## seen from other prince

 from 칼라일
프리츠도 제 작품을 원하는 사람 중
하나이죠···. 프리츠처럼 순수하게
욕망을 드러내면 도리어 훈련하게
느껴집니다. 후후···

 from 아자리
그래! 연회에서 만났지! 계속 무서
운 표정을 짓고 있는데··· 분명 배가
고팠던 거겠지! 고기를 나눠줄 걸
그랬어.

## Profile

| | | | |
|---|---|---|---|
| 속성 ✦ 섹시 | 국가 ✦ 위엄의 나라·글로리아 | | |
| 키 ✦ 191cm | 체중 ✦ 77kg | 나이 ✦ 25세 | 생일 ✦ 8월 30일 |
| 취미 ✦ 보석 수집 | | 버릇 ✦ 곧바로 단정 짓는다 | |
| 신조 ✦ 모든 것을 지배한다 | | | |
| 좋아함 ✦ 아첨 | | | |
| 싫어함 ✦ 동물(아무도 따르지 않는다) | | | |

**Staff Comment** 안경+장발+사디스트+쿨 취향을 가득 담았습니다! 머리의 나비 장식이 아름답게 반사되는 점이 마음에 듭니다.
밟고 싶다는 생각이 드는 사디스트 느낌을 노렸지만 4컷 만화에서 안경이 부서지는 불쌍한 캐릭터가 되었네요(웃음).【그래픽 디자이너 아코】

# 아자리

### Azalee

CV ◆ 야마야 요시타카

**나에게 불가능한 일은 없어.**
**왜냐고? 그런 적이 한 번도 없었거든.**

금사의 나라·살류샤의 왕자.
자유분방하며 모든 것을 자기 좋을 대로 해석하는
긍정적인 성격을 갖고 있다.
기회만 있으면 양을 보내는 습관이 있다.

◆ **액세서리**
귀에 단 액세서리는 양털(친구의 양털). 모든 양들에게는 이름을 붙여주었다.

◆ **자는 곳**
여행에 익숙해서 어디서든 잘 수 있다. 마이웨이.

◆ **시종**
시종인 칼림이 무엇이든 해주기 때문에 기본적으로 아무것도 하지않는다.

## Face Pattern

## Awake State

**KeyWord 1** ◆◆◆ **칼림**
아자리의 시종. 언제나 아자리의 곁에서 무엇이든 해준다. 아자리에게 충성을 맹세했다.

**KeyWord 2** ◆◆◆ **금모래**
아자리의 나라는 진귀한 금모래를 채취할 수 있는 것으로 유명하다. 굉장히 비싼 가격이 붙는다.

### seen from other prince

 from **프리츠**
무례한 놈이다. 초대받지도 않았는데 연회에 오고, 이 나를 양 떼에 휩쓸리게 하다니… 용서할 수 없다…

 from **칼라일**
드림이터 사건 때에는 신세를 졌습니다. 그 이후로 코로나에 머무르고 계시는 것 같은데… 신비한 분입니다.

## Profile

| | | | | |
|---|---|---|---|---|
| 속성 ◆ 패션 | 국가 ◆ 금사의 나라 · 살류샤 | | | |
| 키 ◆ 180cm | 체중 ◆ 70kg | 나이 ◆ 20세 | 생일 ◆ 4월 9일 | |
| 취미 ◆ 양 돌보기 | | 버릇 ◆ 걸핏하면 칼림을 부른다 | | |
| 신조 ◆ 나에게 불가능한 일이란 없다 | | | | |
| 좋아함 ◆ 아름다운 것, 아름다운 성품 | | | | |
| 싫어함 ◆ 품위와 예의를 지키지 않는 사람 | | | | |

**Staff Comment**
허리에 찬 단도는 호신용이 아니라 데리고 있는 양들의 털을 깎기 위해 지니고 있는 것입니다. 전투 중에 시종의 이름을 부르는 게 귀여워서 단번에 좋아졌습니다. 교환할 것과 양만 있으면 무엇이든 된다고 생각하는 점이 사랑스럽습니다. 【그래픽 디자이너 바비폰즈】

# 칼리번
## Caliburn

CV ◆ 타마루 아츠시

### 모시러 왔습니다, 공주님.

무기의 나라·아발론의 왕자. 형 프리트웬과 함께 몬스터를 토벌하고 있다. 힘과 지혜를 두루 갖추고 있으며 이런 능력을 바탕으로 병사들을 이끌고 있다. 말수가 적고 의심이 많아 아버지와 형 이외의 타인은 잘 신용하지 않는다.

### Face Pattern

### Awake State

◇ **표정**
표정 변화는 적지만 형이나 가족 등 친한 사람 앞에서는 웃는 얼굴을 보인다.

◇ **단련**
매일 단련에 열중하며 몬스터를 토벌하고 있다. 여성에게 인기 있지만 신경 써 본 적이 없다.

◇ **액세서리**
벨트에 매달린 액세서리는 형제끼리 무사를 키원하며 서로 선물한 것이다.

**KeyWord 1** ⋯ 검을 가진 자
아발론 왕가에 전해지는 검을 계승한 칼리번의 다른 이름. 형인 프리트웬과 함께할 때 '최강'으로 유명하다.

**KeyWord 2** ⋯ 몬스티트
거대한 동식물이 번영하는 신비한 대륙. 이 땅에 전해 내려오는 가이아 전승을 믿는 왕가는 스스로 무기를 연마하여 힘차게 살아왔다.

### seen from other prince

 from **프리트웬**
자랑스러운 동생이야. 차분한 분위기를 가졌어. …키는 내가 지지만 힘으로는 지지 않아 앞으로도 둘이서 아발론을 지키고 싶어.

 from **지크**
아발론에서 뵈었습니다. 사나운 몬스터에게 과감히 맞서는 모습은 무척 용맹스러웠지요. 검도 보여주셔서… 흥분했습니다.

### Profile

| | | | |
|---|---|---|---|
| 속성 ◆ 섹시 | 국가 ◆ 무기의 나라·아발론 | | |
| 키 ◆ 184.5cm | 체중 ◆ 74kg | 나이 ◆ 22세 | 생일 ◆ 7월 8일 |
| 취미 ◆ 검 손질하기 | | 버릇 ◆ 다른 사람의 생각을 예측한다 | |
| 신조 ◆ 안이하게 타인을 믿지 말 것 | | | |
| 좋아함 ◆ 계획대로 진행되는 원정 | | | |
| 싫어함 ◆ 계획대로 되지 않는 원정 | | | |

 **Staff Comment** | 형 쪽이 더 작고, 동생 쪽이 정통파라는 테마에서 시작합니다. 여러 가지 일에서 형보다 먼저 어른이 된 동생이 좋겠다고 생각해 캐릭터를 만들었습니다. 하지만 아직 어른이 되지 못한 부분도 있습니다! [시나리오 K]

# 프리트웬

## Prytwen

CV ◆ 타쿠미 야스아키

왕자로서, 이 방패로… 백성들도 나라도
모두 지킬 거야. 물론… 너, 너도!

무기의 나라 · 아발론의 왕자.
동생 칼리번과 함께 병사를 모아 몬스터를 토벌하고 있다.
성실하며 정의감이 강하고 주위의 신뢰도 두텁다.
공무가 완벽한 한편 연애에는 매우 둔하다.

◆ 힘

단순히 힘을 비교한다면
칼리번보다 세다.

큰 방패를 다루기에는
몸이 작다는 것을 염려
해 처음에는 검을 추천
받았다. 하지만 방패를
선택했다.

◆ 방패

◆ 다리

칼리번은 순발력이
뛰어니지만 프리드
웬은 지구력이 뛰어
나다. 장거리 달리
기가 특기다.

### Face Pattern

### Awake State

**KeyWord 1** ⋯ 방패를 가진 자

아발론 왕가에 전해지는 방패를 계승한 프리트웬의 다른 이름. 검을 가진
자인 칼리번과 비교해서 누가 더 센지 몰래 수군대는 사람들이 있다.

**KeyWord 2** ⋯ 키

칼리번과 함께 있으면 처음 보는 사람은 언제나 동생으로 착각한다. 그다지
신경 쓰지 않지만, 아무래도 좋아하는 사람 앞에서는 무게 잡고 싶다.

### seen from other prince

 칼리번

평소에는 든든한데… 좋아하는 사
람 앞에서는 굉장히 허둥대길래 얼
마 전에 '힘내'라고 말했더니… 나
중에 혼났어. 어째서일까?

 카를로

무지 큰 방패를 가볍게 휘두르길
래 정말 펑키한 녀석이라고 생각
했어! 내 밴드의 퍼포먼스를 부탁
하고 싶어!

## Profile

속성 ◆ 큐트  국가 ◆ 무기의 나라 · 아발론

키 ◆ 167cm  체중 ◆ 59kg  나이 ◆ 25세  생일 ◆ 6월 27일

취미 ◆ 동물과 놀기  버릇 ◆ 지킬 상대를 끌어안는다

신조 ◆ 단 한 사람이라도 상처 입게 두지 않아

좋아함 ◆ 작고 귀여운 것

싫어함 ◆ 토마토 주스

**Staff Comment** 러프를 본 순간 '좋아!' 하고 첫눈에 반한 왕자입니다. 여자에게 면역이 없어서 허둥대지만(귀여워요) 싸울 때는 멋지게 나라를 이끄는 왕자…!
그 갭에 또 당했습니다… 생긋 웃는 얼굴이 마음에 듭니다!【그래픽 디자이너 돈】

## 봄이 되면 꼭 다시 만나러 와줬으면 좋겠어.

수인의 나라 · 아베르디아의 왕자.
겨울이 다가오면 동면 준비를 시작한다. 겉으로는 편하고
여유 있게 자라온 것 같아 보이지만 사실은 아버지 대신
남동생과 여동생을 돌보면서 고생을 많이 겪었다.

### 베울
### Beul

CV ◆ 스가누마 히사요시

**식욕 ◇**
동면하기 전에는 잔
뜩 먹어서 비축해
둔다. 사실 평소에
도 잔뜩 먹는다.

**복장 ◇**
안에 입은 옷은 초승달
무늬 디자인이다. 무늬
가 있는 옷을 좋아한다.
부츠는 베이리의 추천.

**◇ 힘**
일격에 연어의 숨통을
끊어놓는 등, 힘이 무척
세다.

### Face Pattern

### Awake State

**KeyWord 1** ···◆ 동면
추위에 약한 아베르디아 일족은 겨울 동안 지하에서 동면을 한다. 매우 대
규모로 준비하며, 놀랄 만큼 많은 양의 식료품을 마련한다.

**KeyWord 2** ···◆ 프라이팬
베울은 잠에서 막 깼을 때 상태가 무척 나빠 인격까지 바뀔 정도이다. 그런
베울을 정상으로 되돌리기 위한 동생들의 비밀 도구. 큰 소리가 난다.

### seen from other prince

 **from** 베이리
신기한 녀석이야. 우연히 만나고 얼
마 지나지 않았는데도 어떤 얘기든
할 수 있고… 그 이후로 여러모로
신경 써주고 있어. 걱정만 끼치고
있네…

 **from** 빔
오랜 친구야. 동면 전에 곧잘 준비
를 도우러 가곤 하지…. 마음 써주
는 건지 별로 깊이 파고들려 하진
않지만, 다정한 녀석이야.

### Profile

| | | |
|---|---|---|
| 속성 ◆ 섹시 | 국가 ◆ 수인의 나라 · 아베르디아 | |
| 키 ◆ 194.5cm(귀 포함) | | |
| 체중 ◆ 87kg | 나이 ◆ 25세 | 생일 ◆ 6월 21일 |
| 버릇 ◆ 대화 상대와 시선을 맞춘다 | 취미 ◆ DIY | |
| 신조 ◆ 물고기는 뼈까지! 남김없이 먹어야 해! | | |
| 좋아함 ◆ 맛있는 제철 생선 | 싫어함 ◆ 물건을 아끼지 않는 사람이나 그런 행동 | |

**Staff Comment** 커다란 몸에 상냥한 웃음을 짓고 있지만, 날카로운 어금니와 손톱은 흉폭한 곰 그 자체. 여기서 그의 개성을 표현할 수 있으면 좋겠다고 생각하며 디자인했습니다.
여유 있어 보이는 분위기를 내기 위해 그의 옷에는 되도록 금속을 사용하지 않고 자연 친화적인 인상을 주도록 주의했습니다. 【아트 디렉터 M.O】

# 그레이엄
## Graham

CV ◆ 아사누마 신타로

무슨 일이 있어도…
내가 너를 지켜줄 테니까…

문단의 나라·미스테리엄의 왕자. 수많은 상을 받은 미스터리 작가로 100년에 한 번 나올 천재라 불리고 있다. 미스터리 소설을 써서인지 이 세상에 자신이 풀지 못하는 수수께끼는 없다고 생각한다. 하지만 예상외의 사건에 약한 것 같다.

**할아버지 ◆**
장난기 많은 할아버지의 감언이설에 넘어가 무심코 같이 장난을 치곤 한다.

**◆ 연애**
연애 경험이 부족하다. 연애 이야기를 써달라고 하면 점잔을 빼다가 거절한다.

### Face Pattern

### Awake State

**마감 ◆**
마감일을 어긴 적이 없다. '마감일 전에 다 쓰는 게 당연하다'고 거리낌 없이 말한다.

**KeyWord 1 ◆◆◆ 천재 미스터리 작가**
자타가 공인하는 천재. 수많은 문학상을 받았다. 하지만 낯을 가리거나 중요한 부분에서 볼품없어지는 등 나이에 맞는 면모도 있다.

**KeyWord 2 ◆◆◆ 미스터리 투어**
주인공이 미스테리엄을 방문했을 때 그레이엄과 그의 할아버지가 기획했던 소설 체험 투어. 실패로 끝나 그레이엄은 상당히 우울해했다.

### seen from other prince

 from **후지메**

아아, 물론 알고 있습니다. 천재지요? 분명 저와는 다르게 젊은 나이에 다양한 연애 경험을 갖고 있겠지요…. 부러울 따름입니다.

 from **미야**

그레이엄의 팬이야! 원래 활자는 싫어했는데, 그런 나도 끝까지 단숨에 읽을 수 있고… 이리아한테도 추천했는데 재밌게 읽더라고!

### Profile

| | | | |
|---|---|---|---|
| 속성 ◆ 쿨 | 국가 ◆ 문단의 나라·미스테리엄 | | |
| 키 ◆ 175cm | 체중 ◆ 65kg | 나이 ◆ 19세 | 생일 ◆ 10월 21일 |
| 취미 ◆ 밀실 트릭 소재 생각하기 | 버릇 ◆ 머리카락 만지작거리기(탐정 같다고 생각한다) | | |
| 신조 ◆ 원고는 마감 사흘 전에 끝내는 것이 당연 | | | |
| 좋아함 ◆ 커피 젤리(커피는 못 마심) | | | |
| 싫어함 ◆ 다리가 많이 달린 벌레 | | | |

**Staff Comment** 분명히 머리 손질에 공들이고 있을 거란 얘기가 나온, 반지르르한 머리카락 작화에 신경 썼습니다. 하여간 겉모습은 '좋은 집안의 도련님'인 데다 건방지고 천재이고 안경…(웃음). 그렇지만 사실은 응석꾸러기라는 뒷설정에 두근! 【그래픽 디자이너 아라키 유우】

어디선가 읽은 적이 있습니다. 오므라이스에는
토마토소스로 하트가 그려져 있다고요.

문단의 나라 · 동운의 왕자. 수많은 연애소설을
세상에 선보인 유명한 연애소설가. 창작 의욕이 강하며
집필을 위해 타인의 연애담을 듣거나 연애 이벤트를 관찰하기도
한다. 언행은 부드러우나 은근히 고집스러운 면도 있다.

# 후지메
## Fujime

CV ◆ 이노우에 고우

### Face Pattern

### Awake State

염주 ◇
어느 영험하다는 곳에서
산 염주. 마음에 들어 하
고 있다.

◇ 허리
직업상 오래 앉아 있어
야 한다. 가끔 허리를 아
파한다.

◆ 마감
마감일은 글쓰기
를 끝낸 순간이라
고 단언하는 당당
함이 있다.

### KeyWord 1 ··· 연애 취재

연애소설가지만 연애를 해본 적이 없는 후지메는, 보통 다른 사람을 취재
하여 소설의 아이디어를 얻고 있다.

### KeyWord 2 ··· 부인

부부의 생활을 함께 체험하게 된 주인공을, 후지메는 기쁘다는 듯이 이렇
게 부른다. 오므라이스에 하트 마크를 요구하기도 하며 즐겼던 모양이다.

### seen from other prince

from 그레이엄

아아, 물론 알고 있어. 섬세한 문장
으로 깊이 있는 연애를 묘사한다고
… 분명 여러 실제 경험을 기반으로
하는 것이겠지. 부럽군….

from 키스

내가 좋아하는 작가다. 문장이 무
척 아름답고 서정적이지…. 후지메
의 작품은 모두 내 책장에 갖춰져
있어.

### Profile

| | | | |
|---|---|---|---|
| 속성 ◆ 젠틀 | 국가 ◆ 문단의 나라 · 동운 | | |
| 키 ◆ 188cm | 체중 ◆ 72kg | 나이 ◆ 27세 | 생일 ◆ 6월 23일 |
| 취미 ◆ 다른 사람 연애 얘기 듣기 | | 버릇 ◆ 펜을 쥐는 곳의 굳은살을 만지작거리기 | |
| 신조 ◆ 내가 탈고한 날이 마감일 | | | |
| 좋아함 ◆ 홍매국 과자 | | | |
| 싫어함 ◆ 담당 편집자 | | | |

Staff Comment
순문학을 쓸 것 같은 문호 분위기 왕자님으로, 근대 문호의 이미지를 『꿈왕국』답게 보여준다는 느낌이라고나 할까요.
연애 이야기를 매우 좋아한다는 설정이 조금 의외라 귀엽다고 생각합니다. 【시나리오 K】

# 슈텔

## Ster

CV ◆ 미도리카와 히카루

별도 눈도 꽃도… 그 무엇도 영원하지 않아.
하지만 너를 보고 있으면…

유성의 나라·메테오벨의 왕자.
사람의 소원을 이루어주는 힘을 갖고 있다. 소원을 이룬 만큼
그의 별모래시계의 별이 떨어져 간다. 무뚝뚝한 말투 때문에
차가워 보이지만 사실은 다정한 마음을 지니고 있다.

◆ **미각**
사실은 맛에 둔감하다. 별사탕은 맛 때문이 아니라 형태가 별이기에 좋아한다.

◆ **복장**
패션에 대해서도 잘 모르기 때문에 준비된 옷을 그대로 입는다.

◆ **세상 물정**
별의 나라 왕자들과도 거의 만나지 않는다. 세상 물정에 어둡다.

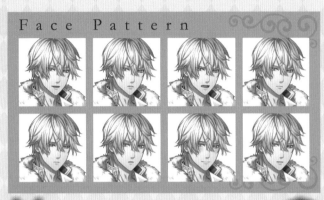

### Face Pattern

### Awake State

### KeyWord 1 ◆◆◆ 별모래시계
별모래의 양은 왕족의 수명을 나타내며, 소원을 이루어준 만큼 떨어진다.
오래 사는 일족이지만 슈텔은 몸이 약하고 별모래의 양도 매우 적었다.

### KeyWord 2 ◆◆◆ 별타기
메테오벨은 크고 작은 다양한 별들로 구성된 나라이다. 별똥별에 올라타서
다른 별들에 내릴 수 있다.

### seen from other prince

 from 스피카
유성의 나라의 왕자… 별들이 이야기해서 알고 있어. 굉장히 다정한 사람이라고 해. 언젠가 만나보고 싶네.

 from 나비
메테오벨은 꿈세계에서도 매우 신비한 나라입니다. 왕족은 모두 오래 살며, 사람들의 소원을 들어주는 힘을 가지고 있다고 하죠. 어디에 있는지는 저도 모릅니다.

### Profile

| | | | |
|---|---|---|---|
| 속성 ◆ 쿨 | 국가 ◆ 유성의 나라·메테오벨 | | |
| 키 ◆ 172.5cm | 체중 ◆ 65kg | 나이 ◆ 23세 | 생일 ◆ 6월 29일 |
| 취미 ◆ 별하늘 산책 | 버릇 ◆ 별모래시계를 쥔다 | | |
| 신조 ◆ 후회하지 않게 살자 | | | |
| 좋아함 ◆ 별사탕 | | | |
| 싫어함 ◆ 가스등(인공적인 빛) | | | |

 **Staff Comment**
CM 방송 기념 제2탄 왕자라 아폴로와는 확 다른 인상을 주고 싶어서 덧없는 분위기로 갔습니다. 그가 살아가는 의미, 진정한 행복… 짧은 스토리지만 그런 걸 느껴주시면 기쁠 겁니다. 【프로듀서 M】

# 웨디

### Vedy

CV ◆ 후루카와 마코토

너하고 다른 녀석이 얘기하는 거 싫어….

죄과의 나라 · 보탈리아의 왕자.
'질투' 때문에 죄를 지은 사람을 수용하는 감옥을 관리하고 있다.
솔직하고 뭐든지 열심히 노력하는 성격. 여러 '질투'를 경험해
왔으나, 사랑에 관한 질투만은 경험해본 적이 없어서 모른다.

## Face Pattern

## Awake State

◇ 뿔
뿔은 두 개 있었지만 하
나는 어릴 적에 사고로
부러져버렸다. 바스티가
가지고 있다.

◆ 농구
농구를 좋아한다. 도약
하는 힘이 좋아서 슛도
잘한다. 드리블은 조금
서투르다.

꼬리를 만지면 약간
근질근질하지만 거
의 감촉이 없다.
◆ 꼬리

### KeyWord 1 ◆◆◆ 질투

어릴 적부터 다른 사람의 질투를 느끼며 커온 웨디는 강한 질투의 마력을 지
니고 있다. 자제할 수 있지만, 사랑에 관련된 질투만은 경험해본 적이 없다.

### KeyWord 2 ◆◆◆ 스트리트 농구

틈만 나면 친구들과 스트리트 농구를 즐긴다. 팀 리더로 활약하며 덩크슛도
특기이다.

### seen from other prince

from 그라드

from 바스티

…어쩐지 굉장히 배가 고팠는데
그 이후는 기억이 안 나… 정신을
차려보니 너덜너덜해진 웨디가 나
를 걱정스럽게 보고 있었어. 웨디는
아무 말도 하지 않았지만…

웨디는 부러진 뿔을 버리려고 했지
만 애초에 그건 내 거야. 그렇게 말
했더니 왜인지 이상한 얼굴로 나를
바라봤지… 어째서? 정말이지, 소
중히 하라고.

## Profile

| | | | | |
|---|---|---|---|---|
| 속성 ◆ 패션 | | 국가 ◆ 죄과의 나라 · 보탈리아 | | |
| 키 ◆ 172cm | 체중 ◆ 62kg | 나이 ◆ 19세 | 생일 ◆ 11월 6일 | |
| 취미 ◆ 콧노래 연습 | | 버릇 ◆ 부끄러우면 귀를 만진다 | | |
| 신조 ◆ 원하는 것은 반드시 얻는다 | | | | |
| 좋아함 ◆ 새빨간 노을 | | | | |
| 싫어함 ◆ 노력하지 않고 투덜대는 녀석 | | | | |

### Staff Comment

죄과의 나라 왕자들은 모두 7개의 대죄와 관련 있는 동물이 모티브로 설정되어 있는데요, 웨디는 그중 '바다뱀' 입니다.
그리고 질투를 나타내는 디자인으로 수갑을 많이 넣었습니다. 조금 불쌍한 점이 귀엽죠요. 【아트 디렉터 M.O】

# 그라드
## Grad

CV ◆ 후카마치 토시나리

냄새 같은 건 신경 안 써.
그냥 먹을 뿐이야.

죄과의 나라·보탈리아의 왕자. '폭식' 때문에 죄를 지은 사람을 수용하는 감옥을 관리하고 있다. 오직 먹는 것에만 흥미를 가지며 사랑에도 흥미가 없다. 과묵한 성격에 나른한 분위기를 지니고 있다. 자기 맘대로 하기 위해 억지를 쓰기도 한다.

◆ 복장
좋아하는 브랜드(헝그리 패닉)가 있다.

◆ 체격
아무리 많이 먹어도 배가 차지 않고 살도 찌지 않는다.

꼬리를 만져도 아무렇지 않지만, 반사적으로 뿌리쳐버린다.
◆ 꼬리

Face Pattern

Awake State

KeyWord 1 ◆◆◆ 폭식

그라드의 일족은 대대로 '폭식' 때문에 죄지은 사람들을 수용하는 감옥을 관리한다. 그라드 자신도 굉장한 폭식가이다. 언제나 과자를 먹는다.

KeyWord 2 ◆◆◆ 부모님의 걱정

그라드의 부모님은 식욕만 커지고 다른 일에 흥미를 느끼지 않는 그라드를 걱정한다. '슬슬 다음 국왕으로서 연애를 해줬으면' 하는 바람이다.

## seen from other prince

 from 웨디

언제나 배고파하면서 자기 멋대로 사는 녀석. 이상한 가면에 조종당했을 때는 어떻게 해야 하나 싶었어. 나쁜 녀석은 아니니까… 원래라면 절대로 그런 짓은 하시 않아.

 from 디온

좌과의 나라에는 자주 가는데, 내가 가져가는 선물을 기대하는 모양이야. 내가 시끄럽지 않아서 좋다는데… 서로 똑같이 생각하는군.

## Profile

| 속성 ◆ 큐트 | 국가 ◆ 죄과의 나라·보탈리아 | | |
|---|---|---|---|
| 키 ◆ 180cm | 체중 ◆ 72kg | 나이 ◆ 23세 | 생일 ◆ 2월 15일 |
| 취미 ◆ 시식 코너 순회 | | 버릇 ◆ 음식을 생각하며 멍하게 있기 | |
| 신조 ◆ 쌀알 한 톨도 남기지 마라 | | | |
| 좋아함 ◆ 식사 | | | |
| 싫어함 ◆ 공복 | | | |

Staff Comment

'잔뜩 먹는 네가 좋아!'라는 생각이 드는 왕자를 키워드로 잡고 생각했습니다. 폭식이 테마라 옷에는 이빨 장식을 붙여봤는데, 눈치채셨나요?
주근깨와 톱니 모양의 이빨이 매력 포인트입니다. 【메인 디자이너 m/g】

왜 그래? 무슨 일이라도 있어?
그럴 땐 나한테 상담해.

심판의 나라·알비트로의 왕자. 루시안의 쌍둥이 형제.
책임감이 강해 일을 확실히 처리하지만 방 정리는 잘하지 못한다.
옛날에 있었던 어떤 사건을 계기로 형 루시안과 서먹해졌다.

# 미카엘라
## Micaela

CV ◆ 시마자키 노부나가

**헤어스타일 ◆**
머리를 왼쪽으로 넘기는 버릇이 있어서 어떻게 정리해도 이 머리 모양이 된다.

**◆ 실뜨기**
실뜨기를 잘하지만 수수한 취미라서 주변 사람들은 별로 관심을 가지지 않는다.

**◆ 복장**
하얀 옷인데 무심코 음식을 흘려버리곤 해 카밀로가 한숨을 쉰다.

## Face Pattern

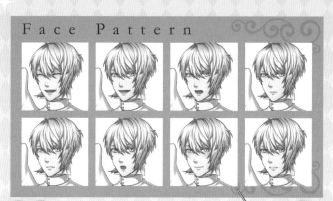

## Awake State

### KeyWord 1 ··· 루시안
미카엘라의 쌍둥이 형. 미카엘라와 아디엘을 대신해 금지구역에 떨어진 루시안에게 죄책감을 느끼며 지금도 마음 아파한다.

### KeyWord 2 ··· 정리
밖에서는 깔끔하지만, 사생활 면에서는 긴장이 풀리는지 조금 칠칠치 못하다. 방이 더러워서 카밀로가 자주 청소해주러 온다.

## seen from other prince

**from 카밀로**
왜 이렇게 칠칠치 못한지… 모두의 앞에서는 깔끔한데 말이다. 슬슬 또 정리해주러 가지 않으면 발 둘 곳이 없어지겠지.

**from 루시안**
…내가 없어도 미카엘라라면 훌륭히 나라를 다스릴 수 있겠지. 지금 나의 존재는… 그 녀석에게 방해밖에 안 돼.

## Profile

| 속성 ◆ 큐트 | 국가 ◆ 심판의 나라·알비트로 |
|---|---|

| 키 ◆ 179.8cm | 체중 ◆ 70kg | 나이 ◆ 25세 | 생일 ◆ 10월 16일 |
|---|---|---|---|

| 취미 ◆ 방에서 차 마시기 | 버릇 ◆ 크게 숨을 들이마신다 |
|---|---|

신조 ◆ 친절을 이길 무기는 없다

좋아함 ◆ 자기 방에서 지내는 시간

싫어함 ◆ 루시안을 싫어하는 사람

**Staff Comment** 책임감이 강한 노력가이면서 일종의 위태로운 면도 가진 왕자님. 특히 달 각성에는 그 일면이 강하게 드러나 있지요. 루시안과 함께 무거운 테마라 집필하기 상당히 어려웠습니다. 【시나리오 N.S】

# 루시안
## Lucien

CV ◆ 오카모토 노부히코

**나 따위는 안 일어나도 괜찮았어.
쓸데없는 짓을 했어….**

심판의 나라·알비트로의 왕자. 미카엘라의 쌍둥이 형제.
옛날에 있었던 어떤 사건으로 날개가 까맣게 되어 버렸다.
말재주가 없고 차가워 보이는 탓에 주변의 오해를 사기 쉽다.
그러나 자신이 괴로워도 주변이 행복하면 충분하다고 생각한다.

**◆ 두뇌**
두뇌가 명석해서 예전에는
장래가 촉망되었다.

**◆ 헤어스타일**
머리를 오른쪽으로
넘기는 버릇이 있
다. 미카엘라와 반
대다.

**◆ 펜던트**
어릴적에 미카엘라
에게 받은 펜던트를
소중히 하고 있다.

## Face Pattern

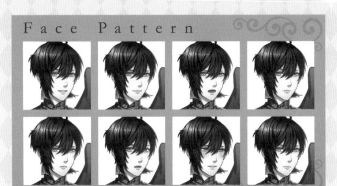

## Awake State

**KeyWord 1** ••• 검은 날개

검은 날개는 불길하다고 어거저 사림들이 기피한다. 검은 날개를 가진 이들
은 다른 사람의 눈을 피하고자 나라의 변두리에서 조용히 살고 있다.

**KeyWord 2** ••• 금지구역

알비트로의 변두리에 있는 열병의 기운이 가득한 숲. 열병의 기운에 닿으면
날개가 검게 물들어 버린다.

### seen from other prince

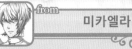 

**from 미카엘라**

루시안… 정말로, 뭐라 하면 좋을
까. 누구보다도 다정하고, 누구보
다도 나라를 생각하는 건 형인데.
나는…

**from 아디엘**

금지구역에 떨어질 뻔한 나를 구해
준 은혜를 갚을 때까지 절대로 곁에
서 떨어지지 않을 거야…. 미카엘라
와의 사이도 반드시 내가 옛날로 돌
려놓겠어.

## Profile

| | | | |
|---|---|---|---|
| 속성 ◆ 쿨 | 국가 ◆ 심판의 나라·알비트로 | | |
| 키 ◆ 178cm | 체중 ◆ 70kg | 나이 ◆ 25세 | 생일 ◆ 10월 16일 |
| 취미 ◆ 새에게 먹이 주기 | | 버릇 ◆ 부끄러울 때 손으로 입을 가린다 | |
| 신조 ◆ 사람은 이해할 수 없는 것을 비웃는다 | | | |
| 좋아함 ◆ 물놀이, 목욕 | | | |
| 싫어함 ◆ 사람을 상처 입히는 사람, 그런 행동 | | | |

**Staff Comment**
타락한 천사를 테마로 하는 왕자님. 사실은 외모에서 설정이 정해진 왕자님입니다.
그의 검은 날개에는 주변 사람이 행복하다면 자기희생도 무릅쓰는 다정함이 드러나 있습니다. 【시나리오 C.M】

# 아디엘

## Adiel

왜, 왜? 루시안 얘기해줄까?
그러니까, 일단 멋있어.

심판의 나라 · 알비트로의 왕자.
루시안, 미카엘라와 소꿉친구 사이.
솔직하고 올곧은 성격. 과거 루시안한테 도움을 받은 것을
잊지 않고 계속 고마워하고 있다.

CV ✦ 토요나가 토시유키

### Face Pattern

### Awake State

◇ 복장
헐거운 옷을 좋아하고 정장
은 거북하다.

◇ 완력
완력이 세고 감이 예리
하다. 하지만 조금 덜
렁거리는 면이 있다.

◇ 운동
운동을 잘한다. 죄과의
나라에 가서 한 농구가
즐거웠다.

### KeyWord 1 ✦✦✦ 은혜

어릴 적에 자신과 미카엘라를 구하려다 루시안의 날개가 검게 물들고 말았
다. 루시안에게 죄책감과 깊은 은혜를 느껴 헌신하기로 마음먹었다.

### KeyWord 2 ✦✦✦ 무서운 얼굴

조금 말투가 거칠기 때문인지 자주 아이를 울린다. 장난꾸러기인 아이에게
는 자신을 겹쳐보는 듯, 특히 엄하게 주의를 준다.

### seen from other prince

 from 카밀로

옛날에는 손쓸 방도가 없을 만큼 날
뛰었지만, 최근에는 완전히 얌전해
졌다. 그 점은 기특하지만··· 루시안
에 대한 일이 마음을 무겁게 짓누르
고 있겠지.

 from 루시안

···됐어. 나에게 더는 간섭하지 마.
너는 네가 살고 싶은 대로 살아야
해. 나와 함께 있으면··· 아디엘의
인생이 망가져버려.

### Profile

| | | | |
|---|---|---|---|
| 속성 ✦ 패션 | 국가 ✦ 심판의 나라 · 알비트로 | | |
| 키 ✦ 174.5cm | 체중 ✦ 67kg | 나이 ✦ 23세 | 생일 ✦ 1월 17일 |
| 취미 ✦ 루시안의 성에 가기 | | 버릇 ✦ 부끄러울 때 머리를 긁적인다 | |
| 신조 ✦ 은혜를 잊는 자, 사람이라 부를 수 있는가 | | | |
| 좋아함 ✦ 루시안 곁에 있기 | | | |
| 싫어함 ✦ 루시안의 적은 내 적 | | | |

### Staff Comment

루시안과 미카엘라를 구상한 후에 '이 둘 사이에 활발한 애가 있으면 좋겠다'는 생각이 들어 생겨난 게 아디엘입니다!
루시안에 관한 일이면 주변이 보이지 않게 되어서, 분하지만 어쩐지 내버려둘 수 없는 치사한 왕자입니다(웃음). 【시나리오 C.M】

# 카밀로
### Camilo

CV ◆ 츠다 켄지로

심판의 나라는 질서의 근본을 책임진다.
규칙은 절대로 굽혀서는 안 되는 것이다.

심판의 나라·알비트로의 왕자. 심판을 받는 피고인을 관리, 호송하는 일을 하고 있다. 활을 잘 다룬다. 매우 성실한 성격으로 자신의 일에 대해서도 남들보다 더 진지하게 생각한다. 고지식하게 살아와서인지 여자를 대하는 데 서툴다.

◆ 덧니
덧니가 매력 포인트. 본인은 모르지만 다들 귀여워한다.

◆ 팔
강한 완력으로 큰 활을 당길 수 있는 팔. 그리고 굉장히 손재주가 좋다. 집안일도 잘한다.

◆ 좋아하는 음식
달콤한 빵을 좋아한다. 특히 좋아하는 것은 그림빵. 미카엘라에게 간식으로 들고 간다.

## Face Pattern

## Awake State

### KeyWord 1 ◆◆◆ 카밀로의 역할
재판에 회부된 피고인을 호송, 관리하는 깃이 카밀로의 역할이다. 그 역할에 긍지와 책임감을 느끼고 있으며 자신에게 엄격하다.

### KeyWord 2 ◆◆◆ 고지식
공무에 전념해온 카밀로는 여성에 대해서는 매우 소극적이다. 키스할 때도 상대의 허락을 받는다.

### ★ seen from other prince

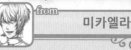 from 미카엘라

언제나 방을 치워주거나 머리나 옷 매무새를 다듬어주는 등 신세를 지고 있어. 맨날 한숨만 쉬게 만들어 버려. 그런데 카밀로는 말이지, 굉장히 순정남이야. 후후…

 from 덜퍼

참 성실하지. 땡땡이치면 혼나니까 나는 카밀로 앞에는 별로 안 가. 아아, 하지만 여자애랑 함께 있으면 반대로 카밀로가 가까이 오지 않네.

## Profile

| 속성 ◆ 젠틀 | 국가 ◆ 심판의 나라·알비트로 | | |
|---|---|---|---|
| 키 ◆ 194.5cm | 체중 ◆ 81kg | 나이 ◆ 29세 | 생일 ◆ 5월 9일 |
| 취미 ◆ 구기계열 스포츠 | 버릇 ◆ 자신의 귀를 만진다 | | |
| 신조 ◆ 참되고 성실하게 | | | |
| 좋아함 ◆ 스포츠, 달콤한 빵 | | | |
| 싫어함 ◆ 술 | | | |

**Staff Comment** 심판의 나라 왕자님은 천사를 모티브로 합니다만, 우아한 느낌이 아닌 늠름한 왕자도 넣고 싶어서 카밀로에게 그 요소를 가득 담았습니다. 여성에게 익숙하지 않지만 성실하고 가정적입니다. 나중에 육아도 잘할 것 같아요.【시나리오 K】

여자애는 귀여워서 좋네.
마음이 정화되는 것 같아. 그래서 좋아.

심판의 나라·알비트로의 왕자. 특기인 노래로 군대의 사기를
높이거나 사람의 마음을 온화하게 만드는 일을 하고 있다.
아름다운 노랫소리와 수려한 외모로 수많은 여성을 매료시키나
협동심이 부족해서 떠나가는 사람도 많다.

# 덜퍼
## Dulfer
CV ◆ 사와시로 치하루

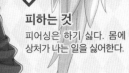

## Face Pattern

### Awake State

◆ 피하는 것
피어싱은 하기 싫다. 몸에
상처가 나는 일을 싫어한다.

◆ 체형
체형 관리에 신경 쓴다.
보여주고 싶다고도 생
각한다.

◆ 능력
불꽃을 다루는 능력이
뛰어나다. 화나면 약간
힘을 폭주시킨다.

### KeyWord 1 ··· 천상의 목소리
덜퍼의 노랫소리는 듣는 사람을 매료시키는 힘을 가진다. 하지만 다른 사람
과 협조하려는 마음이 없어서 내킬 때 독창하는 게 대부분이다.

### KeyWord 2 ··· 분노의 업화
거의 화내는 일이 없지만, 분노로 자신을 잊으면 어투가 달라지며 모든 것
을 태우는 불꽃을 만들어낸다.

## ★ seen from other prince

 from 아디엘

자유로워서 부러울 따름이야. 하지
만 나에게 협력해주기도 해. 콘서트
를 열어서 루시안과 미카엘라를 부
른다거나.

 from 카밀로

자주 밖에서 선잠 자는 모습을 본
다. 무례한 녀석이야. 그뿐만이 아
니라 여자에 둘러싸여서는… 주
의시키고 싶지만 가까이 가기 어
렵다….

## Profile
속성 ◆ 섹시    국가 ◆ 심판의 나라·알비트로
키 ◆ 193.5cm  체중 ◆ 78kg    나이 ◆ 28세    생일 ◆ 1월 31일
취미 ◆ 구름을 보며 낮잠 자기        버릇 ◆ 손으로 턱을 괸다
신조 ◆ 가는 사람 잡지 않고 오는 사람 막지 않기(단 남자는 거절)
좋아함 ◆ 여성
싫어함 ◆ 억지로 달라붙는 사람

 Staff Comment   사실은 베토벤과 모차르트에게서 힌트를 얻어 이 특징적인 머리 모양이 탄생했습니다. 그리고 드루아트와 어깨를 나란히 하는 비치는 의상에 도전.
부드러운 외견에서는 상상도 할 수 없는 격정을 가진 사람입니다.【그래픽 디자이너 유부초밥】

# 텔
## Tell

CV ◆ 세키 토모카즈

괜찮으니까 그냥 자연스럽게 있는 그대로
있으면 돼. 잘 찍는 건 내 일이고.

영화의 나라·케나르의 왕자. 매우 성실한 성격이다.
유명한 영화감독으로 호러 영화 외에는 무엇이든 찍을 수 있다.
다큐멘터리 영화에 특히 능숙하다.
공포를 싫어하여 동생 월에게 늘 놀림받고 있다.

**안경** ◆
월과 같은 브랜드의 안경을
쓴다. 차에 치여도 부서지지
않을 정도로 단단하다.

◆ **소지품**
언제나 각본, 서류,
카메라, 그리고 위약
을 가지고 다닌다.

◆
**수면과 식욕**
3일쯤은 자지 않아도 어
떻게든 버티지만, 4일쯤
부터는 위험하다. 그리고
적게 먹는다.

### Face Pattern

### Awake State

### KeyWord 1 ···▸ 로맨스

텔이 찍은 로맨스 영화는 항상 좋은 평가를 받는다. 그렇지만 본인의 연애
경험은 적기 때문에, 그 공적은 노력과 재능으로 만들어신 것이나.

### KeyWord 2 ···▸ 겁쟁이

엄청난 겁쟁이이다. 그래서 옛날부터 월의 희생양이 되었고, 지금도 월과
만날 때는 조금 우울해진다.

### seen from other prince

**from** 월

크큭! 형의 무서워하는 얼굴은 어쩌
면 세계 최고일지도~ 이런 사람이
형이라니 난 참 행복해!

**from** 제럴드

요전에 신작의 주연으로 발탁되었
어요! 열성적이시고 어드바이스도
정확하고… 영화도 흥행했고 과연
텔 비튼 감독입니다!

## Profile

| | | | | |
|---|---|---|---|---|
| 속성 ◆ 젠틀 | 국가 ◆ 영화의 나라·케나르 | | | |
| 키 ◆ 179cm | 체중 ◆ 69kg | 나이 ◆ 30세 | 생일 ◆ 9월 21일 | |
| 취미 ◆ 촬영 장소 물색을 겸한 산책 | | 버릇 ◆ 손가락 튕기기 | | |
| 신조 ◆ 현실과 영화는 다르다 | | | | |
| 좋아함 ◆ 영화 만들기 | | | | |
| 싫어함 ◆ 동생이 만든 영화 | | | | |

**Staff Comment**
월의 스토리 일부에도 이름이 등장하는 텔. 월과 둘이 함께 있을 때 빛날 만한 설정을 생각해서 이렇게 되었습니다.
연애에 대해 잘 모르지만 로맨스 영화는 찍을 수 있다니 후지메와 통하는 점이 있을지도 모르겠네요. 【프로듀서 M】

# 로이에

Roie

CV ◆ 미키 신이치로

**아무튼… 사랑이 어떻다느니 하는 감정적인 이야기는 나랑 안 맞아.**

기록의 나라 · 레콜드의 왕자. 세계의 역사를 기록하는 일을 한다. 지적 욕구가 강하며 정보 수집을 위해서는 수단을 가리지 않는다. 트로이메아의 역사는 그 어디에도 기록되어 있지 않아 트로이메아의 공주에게도 큰 흥미를 갖고 있다.

◆ **두뇌**

두뇌를 쓰는 보드게임을 잘한다. 로이에를 이길 수 있는 사람은 거의 없다.

◆ **지팡이**

열쇠를 모티브로 한 지팡이. 기록의 석판과 연결되어 있다. 꽤 무겁다.

◆ **기호품**

홍차, 와인은 각각 홍차의 나라, 와인의 나라로부터 최고급품을 주문한다.

## Face Pattern

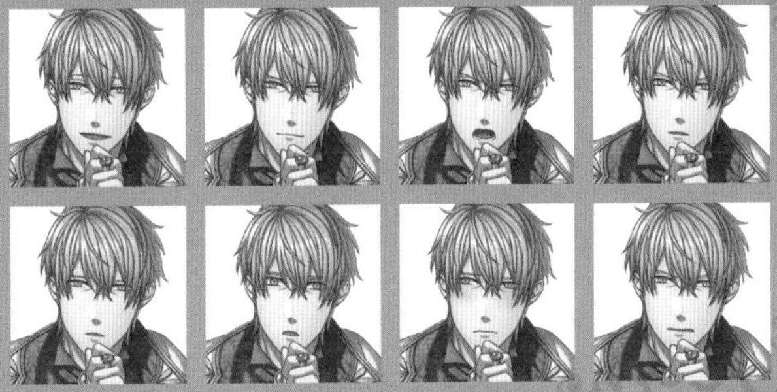

## Awake State

**KeyWord 1 ◆◆◆ 역사의 수호자**

로이에는 꿈세계의 '역사'를 담당하고 있다. 신비한 석판에 역사가 자동으로 기록된다. 단 트로이메아의 역사에 대한 기록은 남아 있지 않다.

**KeyWord 2 ◆◆◆ 연애**

여성과 엮이는 것을 달가워하지 않는다. 감정적이 되는 것을 좋아하지 않는 그에게 연애는 이해할 수 없는 것이다.

## seen from other prince

from **폴커**

엮일 일이 자주 있지. 일에 관해 조언을 듣는 일도 많고… 존경스러워. 원활한 커뮤니케이션 방법에 대해서는 가르쳐주지 않았지만.

from **루그랑쥬**

역사와 계보는 끊으려야 끊을 수 없는 관계니까, 로이에와는 자주 같이 일해! '논리적'이라는 게 뭔지는 역시 잘 모르겠지만.

## Profile

| | |
|---|---|
| 속성 ◆ 섹시 | 국가 ◆ 기록의 나라 · 레콜드 |
| 키 ◆ 180cm　체중 ◆ 68kg | 나이 ◆ 36세　생일 ◆ 8월 7일 |
| 취미 ◆ 암기, 의론 | 버릇 ◆ 빨대를 씹는다 |
| 신조 ◆ 이론지상주의 | |
| 좋아함 ◆ 이론적으로 진행되는 것 | |
| 싫어함 ◆ 향초, 향수 | |

**Staff Comment** | 기록의 나라에서도 중요한 역할을 하는 어른스러운 왕자. 여성이 껄끄럽다고 분명하게 말하기 때문에, 공주님들의 반응이 무서워서 등장시킬 때는 진심으로 걱정했습니다. 인텔리 어른이면서 제멋대로라는 난공불락 느낌이 마음에 듭니다. 【시나리오 K】

# 폴커
### Volker

CV ◆ 스기야마 노리아키

**토끼에 대해서 알아?**
**무척이나 작고 귀여운 동물이야.**

기록의 나라·레콜드의 왕자. 세계의 마법에 대한 기록을 담당한다. 일에 관해서라면 스스로에게는 물론 주변에게도 엄격하지만 그 외에는 매우 다정한, 이중적인 모습을 보여준다. 흰 토끼를 키우고 있지만 다른 사람에게 별로 말하고 다니지 않는다.

◆ **안경**
동안인 게 신경 쓰여서 안경을 쓰고 있다. 시력은 좋다.

◆ **복장**
로이에로부터 좋은 옷을 입는 편이 단정해 보인다는 말을 들어서, 비싼 옷을 입는다.

◆ **손**
루비가 물거나 할퀴어서 생긴 손의 상처가 보일까 봐 숨기고 있다.

## Face Pattern

## Awake State

**KeyWord 1** ◆◆◆ **루비**
폴커가 기르는 토끼. 엄한 그와 토끼라는 조합을 상상하기가 어려운지, 그가 토끼를 안고 걸어가는 모습을 본 사람들은 '망령'이라고 한다.

**KeyWord 2** ◆◆◆ **충실한 공적, 사적 시간**
커뮤니케이션이 서툰 폴커는 휴일의 약속이 메워지지 않는 것을 고민한다. 어떤 시간이든 충실하게 사용하는 사람이 되고 싶어 속을 태우고 있다.

### seen from other prince

 from **비오**
폴커는 어린데도 엄청 우수해! 그렇지만 뭔가 고민이 있는 모양이야. 로이에 씨랑 업무 외 시간이 어쩌고 하는 소리를 들었어.

 from **로이에**
실로 훌륭한 왕자야. 모든 것을 논리적으로 생각할 줄 알고, 윗사람에 대한 예의도 갖추고 있지. 나이 때문에 시샘을 받는 일도 있겠지만 말이야.

## Profile

| | | | |
|---|---|---|---|
| 속성 ◆ 젠틀 | 국가 ◆ 기록의 나라·레콜드 | | |
| 키 ◆ 187cm | 체중 ◆ 71kg | 나이 ◆ 19세 | 생일 ◆ 2월 5일 |
| 취미 ◆ 토끼 돌보기 | | 버릇 ◆ 팔짱을 끼기 | |
| 신조 ◆ 공사 모두 충실하게 | | | |
| 좋아함 ◆ 순서가 확실한 안건 | | | |
| 싫어함 ◆ 업무 연락에 소홀한 사람 | | | |

**Staff Comment**
'이런 사람 있지~' 하고 공감하게 되는 폴커. 실제 인물을 모델로 캐릭터를 짰습니다. 평소에는 냉엄한 워커홀릭인데 토끼를 키우며 사랑을 쏟고 있다는 갭을 즐겨주시면 좋겠습니다. 【프로듀서 M】

## 테오도르
### Theodor

CV ◆ 토키 슌이치

**무언가, 좀 더 여성이 재미있어할 만한 이야기를 하고 싶었습니다만…**

기록의 나라 · 레콜드의 왕자.
세계의 대중문화에 관한 기록을 담당하고 있다.
매우 성실한 성격이다. 박학다식하지만
말재주가 없으며 본인도 이를 신경 쓰고 있다.

◇ 대전 게임
인터넷으로 드라이(라는 건 모름)와 대전 게임을 해본 적이 있다. 참패했다.

◇ 단말
아바타도 표시되는 손목시계형 단말을 아주 좋아한다. 마법 과학의 나라 · 다텐의 제품.

◇ 기상
아침에 일어나기 힘들어서 자명종을 3개 설치하고, 단말의 알람도 설정해둔다.

### Face Pattern

### Awake State

**KeyWord 1** ··· 만물박사
정보 수집에 여념이 없는 테오도르는 레콜드의 만물박사이다. 말을 하기 시작하면 멈추질 못하기 때문에 곧잘 폴커에게 주의를 받는다.

**KeyWord 2** ··· 아바타
테오도르의 손목시계형 단말에 표시되는 동물의 3D 홀로그램 아바타는 여러 일정을 알려준다. 최신기술을 무척 좋아한다.

### ★ seen from other prince

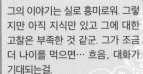

from **로이에**
그의 이야기는 실로 흥미로워. 그렇지만 아직 지식만 있고 그에 대한 고찰은 부족한 것 같군. 그가 조금 더 나이를 먹으면… 흐음, 대화가 기대되는걸.

from **폴커**
말수가 많지…. 그리고 보고서에 쓸데없는 서술이 너무 많아…! 지식이 풍부한 건 좋지만, 요점을 간결하게 정리해줬으면 해.

### Profile

| | | | |
|---|---|---|---|
| 속성 ◆ 쿨 | 국가 ◆ 기록의 나라 · 레콜드 | | |
| 키 ◆ 182cm | 체중 ◆ 66.5kg | 나이 ◆ 26세 | 생일 ◆ 10월 20일 |
| 취미 ◆ 신문, 잡지, 인터넷 체크 | | 버릇 ◆ 신문은 3면의 기사부터 읽는다 | |
| 신조 ◆ 지식은 활용하는 것 | | | |
| 좋아함 ◆ 매니악한 업계 전문지 | | | |
| 싫어함 ◆ 관심이 없으면서 관심 있는 척하는 태도 | | | |

**Staff Comment**
어느 인기 카페를 통해 뽑힌 '한 손에는 아이스 커피를 들고 한 손으로는 노트북을 따닥따닥 두드리고 있을 것 같은 수준 높은 왕자'라는 테마로 만들어졌을 터인데… 정신을 차리고 보니 전자기기 오타쿠가 되어 있었습니다. 그렇지만 그래서 마음에 듭니다. 【플래너 T.N】

# 비오
## Vio

CV ◆ 하야시 유

나는 계속 꿈을 전하고 싶어.
모두가 도전하고 싶다는 마음이 생기도록.

기록의 나라 · 레콜드의 왕자. 다양한 세계 최고 기록을 관리한다.
매우 활발하고 열정적인 성격의 소유자. 자신도 세계 제일을
목표로 매일 기록에 도전하고 있다. 독특한 센스를 지니고 있으며
그가 착용하고 있는 특이한 옷은 프레시안에서 유행 중이라고 한다.

◆ 스톨

스톨에 붙어 있는 캐릭터
는 예술의 나라 · 프레시안
의 마스코트 캐릭터이다.

◆ 복장

무늬가 들어가 있는
옷을 매우 좋아한다.
그래서 무늬가 들어
간 옷끼리 적당히 짜
맞춘 차림새가 된다.

◆ 운동

운동신경은 발군이지만, 앉
아서 하는 공부는 잘 못한
다. 하지만 이과계 과목은
뛰어나다.

### Face Pattern

### Awake State

**KeyWord 1** ◆◆◆ 세계 제일

밀 헤도 2등에 머무르는 비오의 비원. 수많은 기록에 계속 도전하고 있으
며, 이를 위한 트레이닝도 빠뜨리지 않는다.

**KeyWord 2** ◆◆◆ 옷 센스

본인은 의식하지 못하지만 옷에 관한 센스가 기발하다. 주위에서도 별로 개
의치 않지만, 테오도르와 루그랑쥬는 지적한다.

### seen from other prince

**from 루그랑쥬**

1등은 아니라 해도, 지금 그대로도
아주 멋지다고 생각하는데 말이지.
그걸로는 안된다고 하더라고. 1등
도 좋지만 옷 센스도 신경 쓰는 편
이 좋다고 생각하는데…

**from 테오도르**

너무 뜨겁다 싶을 때도 있지만… 내
얘기를 눈을 빛내며 들어줘. '잡학
의 1등인가'라고 경쟁심을 불태우
면서 독서를 시작했었지만… 계속
하진 못했나 봐.

## Profile

| | | | |
|---|---|---|---|
| 속성 ◆ 패션 | 국가 ◆ 기록의 나라 · 레콜드 | | |
| 키 ◆ 172.5cm | 체중 ◆ 65kg | 나이 ◆ 22세 | 생일 ◆ 1월 2일 |
| 취미 ◆ 트레이닝 | | 버릇 ◆ 일어나면 근육 트레이닝을 한다 | |
| 신조 ◆ 세계 제일의 왕이 되는 것 | | | |
| 좋아함 ◆ 세상의 모든 기록에 도전하는 것 | | | |
| 싫어함 ◆ 포기하는 것 | | | |

**Staff Comment**

'세계 제일에 대한 기록을 취급하는, 1위에 집착하는 왕자'는 어떤 아이일까 하는 생각에서 도달한 열혈남 캐릭터였습니다.
기운차고 밝고 도전정신이 넘치지만, 잔재주만 많고 만년 2등… 그의 도전을 부디 지켜봐주세요 【시나리오 Y.Y】

누군가의 행복에 대한 알림을 받으면 엄청 기뻐!
마음이 따뜻해져!

기록의 나라·레콜드의 왕자. 세계의 계보 기록을 담당한다.
밝고 다정한 성격이다. 계보에서 읽어낼 수 있는
사람의 행복에 눈물짓는 섬세한 면도 있다.
우는 것을 지적받으면 허세를 부린다.

# 루그랑쥬
## Legrange

CV ◆ 카와니시 켄고

마음에 드는 깃털로 펜
을 만들었다. 사실 심
판의 나라의 루시안이
떨어뜨린 것이다.

◆ 펜

◆ 두뇌
공부는 별로 좋아하지
않았다. 시험을 볼 때
면 깜빡 실수를 해서
점수가 깎인다.

## Face Pattern

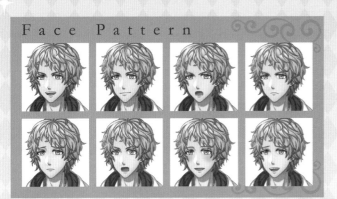

## Awake State

◆ 티슈
자주 울기 때문에
티슈를 갖고 다닌
다. 부드러운 미용
티슈이다.

### KeyWord 1 ◆◆◆ 계보
루그랑쥬가 관리하는 계보에는 매일 새로운 삶이 기록된다. 출생 등 행복한
기록만 있는 게 아니라, 죽음 등도 기록의 대상이다.

### KeyWord 2 ◆◆◆ 브로치
루그랑쥬의 가슴에 달린 녹색 생물 브로치는 비오에게 받은 물건. 어떻게
할까 고민하다가 비오의 천진한 미소에 져서 몸에 달았다.

## seen from other prince

 from 테오도르
…싫어하지 않아. 오히려 좋아하지.
하지만… 내가 빌려준 단말을 망가
뜨리거나 잃어버리는 것만큼은 그
만했으면 해. 제발 부탁이니까…

 from 비오
같이 있으면 즐거워! 이러니저러니
항상 나를 응원해주고! 그래서 감사
의 마음을 담아 브로치를 선물했어!

## Profile

속성 ◆ 큐트 　　국가 ◆ 기록의 나라·레콜드
키 ◆ 175cm 　 체중 ◆ 65kg 　 나이 ◆ 23세 　 생일 ◆ 10월 8일
취미 ◆ 수다 　　　　　　　　 버릇 ◆ 앞머리를 만지기
신조 ◆ 늘 모든 사람들의 행복을 빌기
좋아함 ◆ 마을에 있는 유명한 가게의 애플파이
싫어함 ◆ 거친 티슈

### Staff Comment
계보를 관리하면서 사람의 행복과 불행을 미리 알아버리는 그는 도대체 어떤 생각을 품고 있을까? 이를 생각하면서 시나리오를 작성했습니다.
그가 눈물이 많다는 것을 고려해서, 디자이너가 심혈을 기울여 만든 표정도 있으니 부디 봐주세요!【시나리오 C.M】

# 히노토
## Hinoto

CV ◆ 우메하라 유이치로

**멋쟁이 ◆**

멋쟁이이고 화려한 걸 좋아한다. 옷과 액세서리 등은 다른 사람 눈을 의식해서 결정한다.

**쇼핑 ◆**

쇼핑을 할 때는 한꺼번에 다 사들인다. 샀지만 별로 마음에 들지 않는 옷과 액세서리는 카노에에게 준다.

**기질 ◆**

양의 탈을 쓴 늑대. 여자를 매우 좋아하며 적극적으로 다가간다. 혼자는 외롭다.

## Profile

| | | | |
|---|---|---|---|
| 속성 ◆ 젠틀 | 국가 ◆ 달력의 나라 · 구요 | | |
| 키 ◆ 187.5cm | 체중 ◆ 75kg | 나이 ◆ 25세 | 생일 ◆ 7월 14일 |
| 취미 ◆ 쇼핑 | | 버릇 ◆ 머리카락을 만지작거리기 | |
| 신조 ◆ 여성에겐 다정하고 상냥하게 | | | |
| 좋아함 ◆ 여자에게 상냥하게 대해지는 것 | | | |
| 싫어함 ◆ 채소 | | | |

있지, 나랑 사귀어볼 생각 없어?

달력의 나라 · 구요의 왕자. 미의 일족. 북 연주가 특기이다. 머리가 좋고 계산이 빠른 성격. 남자들에게는 생각나는 대로 직설적으로 말하지만 여자 앞에서는 어쩐지 다정해진다.

## Face Pattern

## Awake State

**KeyWord 1 ••• 양과 늑대**

남성에게는 싸늘하지만, 여성에게는 매우 신사직이다. 그 헐렁거리에 숨겨져 있는 진정한 그의 모습은 외로움을 타는 늑대.

**KeyWord 2 ••• 기원 의식**

구요에서는 해마다 한 번, 중앙에 있는 신악전을 지키는 가문을 바꾼다. 열두 개의 왕가 중 선택된 가문이 행하는 봉납 의식을 기원 의식이라고 부른다.

## seen from other prince

 from **카노토**

히노토 형은 여러 가지 것들을 가르쳐줘. 여자에 대한 것도 가르쳐주고. 그렇지만 가끔… 카노에 형이 '진지하게 받아들이지 마'라고 해. 왜일까?

 from **카노에**

난감한 녀석이야…. 설렁설렁 나돌아다니면서 여자랑만 같이 있고 다만 기원 의식에서 보여준 춤은 훌륭했지. 저걸 이어받는다고 생각하니 긴장됐어.

**Staff Comment** 양… 이라는 말을 입에 담은 순간 '양의 탈을 쓴 늑대라는 단어가 떠올라, 그것밖에 생각할 수 없게 되어버렸습니다. 남성에게는 차갑고 여성에게만 상냥하지만, 카노에와 카노토 등… 주위의 동료들은 소중히 여기고 있습니다.【시나리오 K】

# 카노토
## Kanoto

너 착해….
좀 더 이야기하고 싶어. 기운 나.

달력의 나라 · 구요의 왕자. 유의 일족. 특기는 피리 연주.
성안에만 머물며 곱게 자랐기 때문에
지금까지 여성을 만나본 적이 한 번도 없다.
세상 물정에 어두워 무엇이든 쉽게 믿는 순진한 성격이다.

CV ◆ 우에무라 유우토

어휘력 ◇
계속 성에만 있었기 때
문에 조금 어휘력이 부
족하다. 마음을 전하기
위해 공부 중이다.

옷 ◇
옷은 히노토가 골
라준다. 본인에게
는 별다른 취향이
없다.

◇ 체격
의외로 체격이 튼실
하다. 피리와 춤은 아
버지에게서 배웠다.

## Face Pattern

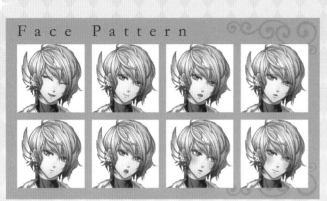

## Awake State

 KeyWord 1 ··· 여자
어머니 외의 여성과 만나본 적이 없는 카노토는, 여성에 관한 지식은 히노
토에게 들은 것이 대부분이다. 그의 말에 따르면 '모든 곳이 부드럽다'고.

 KeyWord 2 ··· 순수
별로 사람을 접해본 적이 없지만, 낯을 가리지는 않는다. 그렇기는커녕 최
선을 다해 상대에게 자신의 마음을 솔직하게 전하려고 한다.

## seen from other prince

from 히노토
세상 물정을 몰라. 그래서 여러 가
지 가르쳐줘야 하지. 내 뒤를 쫄랑
쫄랑 따라오는 건 귀여워. 여자애였
으면 좋았을 텐데….

from 카노에
슬슬 카노토도 바깥세상을 알아야
한다고 생각하지만… 아무래도 나
도 약해진단 말이지. 히노토가 괜한
바람을 불어넣지 않게 특히 주의해
야겠어….

## Profile

| | | | |
|---|---|---|---|
| 속성 ◆ 큐트 | 국가 ◆ 달력의 나라 · 구요 | | |
| 키 ◆ 181cm | 체중 ◆ 66.7kg | 나이 ◆ 17세 | 생일 ◆ 10월 23일 |
| 취미 ◆ 바깥 경치 보기 | | 버릇 ◆ 웅크리고 앉기 | |
| 신조 ◆ 자유롭게 살고 싶다 | | | |
| 좋아함 ◆ 신전의 샘물 | | | |
| 싫어함 ◆ 쓴 것 | | | |

Staff Comment ┃ 온실 속에서 자란 왕자님이란 이미지로, '이런 애가 옷자락을 잡아끌고 뒤에서 따라오면 귀엽겠지~' 싶은 애를 그리려고 했습니다.
눈동자는 빤~히 쳐다보는 맹금류를 생각하며 디자인했습니다. 몸은 의외로 어엿한 남자입니다. 【아트 디렉터 M.O】

# 카노에
## Kanoe

CV ◆ 후지와라 유키

필사적으로 연습하고 있다거나… 노력하고
있다거나 그런 말을 일부러 하면 쑥스럽잖아.

달력의 나라 · 구요의 왕자. 신의 일족. 특기는 연무.
무뚝뚝해서 겁내는 사람이 많지만
실은 다정한 성격이다. 책임감이 강하며 노력가이다.

◆ 상식

상식적이다. 히노토가
폭주하는 걸 막거나
카노토를 돌봐주거나
하곤 한다.

◆ 무대화장

연무 때는 정신 통
일도 할 겸 직접 무
대화장을 한다.

◆ 체격

아침에 누구보다도
빨리 일어나 빼먹지
않고 단련한다. 몸매
가 탄탄하다.

## Face Pattern

## Awake State

**KeyWord 1** ••• 연무

카노에의 특기인 용맹스러운 연무. 팀이 둥글게 춤을 추는 모습은 그야말
로 압권이다. 어느 쪽에서 봐도 잘 어우러지도록 궁리하고 있다.

**KeyWord 2** ••• 말주변

자기 생각을 정직하게 똑바로 전하는 걸 약간 어려워하는 카노에는 종종 그
로 인해 오해를 살 때가 있다. 하지만 히노토 앞에서는 솔직해진다.

## *seen from* other prince

 from 히노토

지나칠 정도로 성실해. 저래서는 여
자한테 인기 없다고 생각하는데…
그렇게 말하니까 혼내고 뭐, 같이
있으면 편해. 신경 안 써도 되고.

 from 카노토

카노에 형은 멋져. 나한테 춤을 가
르쳐 줘. 어떻게 하면 나, 카노에 형
처럼 될 수 있어? 하고 물었더니…
근육 트레이닝, 하면 된다.

## Profile

| | | | |
|---|---|---|---|
| 속성 ◆ 쿨 | 국가 ◆ 달력의 나라 · 구요 | | |
| 키 ◆ 190.5cm | 체중 ◆ 78kg | 나이 ◆ 25세 | 생일 ◆ 8월 25일 |
| 취미 ◆ 몸을 움직이는 것, 연습 | | 버릇 ◆ 손목(의 관절)을 꺾기 | |
| 신조 ◆ 일의전심 | | | |
| 좋아함 ◆ 맛이 진한 음식 | | | |
| 싫어함 ◆ 술(잘 못마심) | | | |

 **Staff Comment**

'십이지가 테마이고, 속성이 쿨인 원숭이가 있으면 재미있지 않을까?'라는 생각에서 시작된 왕자님.
무뚝뚝하고 담담하게 신념을 관철하고 동료를 사랑하는 멋진 캐릭터가 되었습니다. 실은 술이 약하다는 점이 귀여움 포인트입니다. 【시나리오 Y.Y】

어째서?
## 왜 내 마음을 받아주지 않는 거야?

광휘의 나라 · 신세아의 왕자. 음험한 성격이다.
단정한 외모와 붙임성 좋은 미소를 무기로 삼아 나라를 다스린다.
그가 그렇게 된 것에는 어떤 이유가…

# 밀리온
## Million

CV ◆ 키무라 료헤이

### Face Pattern

### Awake State

◆ 입
고양이 입. 거울 앞에서 매일 미소를 체크한다.

◆ 겉모습
옷, 액세서리, 머리 모양 등에 신경 써서 겉모습의 인상을 조절한다.

◆ 리폼
옷을 리폼하는 게 취미이다. 옛날의 영향이지만 지금도 취미로 하고 있다.

KeyWord 1 ••• 연기
가혹한 환경에서 사람에게 알랑거리며 꿋꿋이 살아와 만나는 사람에 따라 태도가 다르다. 특히 국민 앞에서는 완벽한 왕자 모습을 유지한다.

KeyWord 2 ••• 차가운 비
부모님에게 속고, 궁핍한 처지에 내몰려 있던 밀리온에게 쏟아지던 차가운 비. 지금도 비를 맞으면 그때의 기억이 떠오른다.

*seen from* other prince

 from 에드몬트
슬럼가 문제에 관해 얘기했던 적이 있어. 무척 참고가 되는 대화였지만… 그의 표정에서 조금 위화감이 느껴진 건 기분 탓이었을까…?

 from 나비
광휘의 나라… 지금은 풍요로운 나라지만, 한때는 심각한 상황이었다고 들었습니다. 이를 다시 부흥시킨 밀리온 왕자는 세계적으로도 무척 유명한 왕자예요.

## Profile

| | | | |
|---|---|---|---|
| 속성 ◆ 큐트 | 국가 ◆ 광휘의 나라 · 신세아 | | |
| 키 ◆ 179cm | 체중 ◆ 64kg | 나이 ◆ 22세 | 생일 ◆ 1월 24일 |
| 취미 ◆ 옷 리폼 | | 버릇 ◆ 입을 삐죽 내민다 | |
| 신조 ◆ 늘 사람들의 시선을 의식한다 | | | |
| 좋아함 ◆ 딸기맛 과자, 음료 | | | |
| 싫어함 ◆ 자기를 모르는 사람 | | | |

Staff Comment
깜찍하고 귀여운 외견과 어울리지 않는 현실주의적이고 차가운 면모에 깜짝 놀란 분도 많을까요. 그 점에 놀라면서도 빠져들어, 마지막에는 멋있어 보이기만 하는 왕자입니다. 태양 각성의 고양이는 볼 때마다 힐링됩니다. [그래픽 디자이너 유부초밥]

# 코우가

## Koga

CV ◆ 쿠기미야 리에

무어냐. 혹여 나를
귀엽다고 생각한 게냐⋯?

천호의 나라 · 이려구의 왕자. 사이가의 형으로,
비를 내리는 등의 힘을 지녔다. 장수하는 일족이므로
이천 살도 넘었다고 한다. 어린 외모를 신경 쓰고 있으며
귀엽다고 하면 화를 낸다. 동생 사이가에게는 늘 놀림을 받고 있다.

◆ 겉모습
여러 사람들이 자꾸 귀여
워해서 귀엽다는 말을 금
지했다. 그런데도 듣는다.
분하다.

신장 ◆
형인데 동생 쪽이 더 크게
자라버린 것을 분하게 여
기고 있다. 짐승의 모습이
되면 더욱더 작아진다.

◆ 좋아하는 음식
팥소를 잔뜩 넣은 찹쌀떡
을 매우 좋아한다. 외교
담당인 사이가로부터 각
지의 달콤한 음식을 선물
로 받는다.

## Face Pattern

## Awake State

### KeyWord 1 ⋯ 장수

코우가의 연령은 2000세를 넘었다. 오랜 세월에 걸쳐 나라를 다스려 왔지
만, 성격과 좋아하는 음식은 예전과 그다지 달라지지 않은 모양이다.

### KeyWord 2 ⋯ 기도

코우가와 사이가는 기도를 올려서 해독 등의 효능을 얻을 수 있다. 매우 큰
체력과 정신력이 필요하므로 기도 후에는 사람의 모습을 유지하기 어렵다.

## seen from other prince

 from 사이가

그래, 형님은 참으로 사랑스러우시
지. 화난 얼굴이 보고 싶어서 형님
의 찹쌀떡을 멋대로 먹기도 한단다.
물론 힘은 나보다도 현격히 위지만
말이다.

 from 다얀

약 관련 일로 가끔 이려구에 가는데
⋯ 처음에 수상쩍다는 듯한 눈으로
쳐다보길래 선물로 찹쌀떡을 들고
갔더니⋯ 태도가 부드러워졌어.

## Profile

속성 ◆ 젠틀    국가 ◆ 천호의 나라 · 이려구

키 ◆ 사람: 151cm(귀 제외), 160cm(귀 포함) 짐승: 107.5cm(귀 제외), 121.5cm(귀 포함)

체중 ◆ 45kg    나이 ◆ 2000세    생일 ◆ 11월 11일

버릇 ◆ 사이가의 꼬리를 문지른다    취미 ◆ 조각, 목각

신조 ◆ 내일은 내일의 바람이 분다

좋아함 ◆ 팥고물    싫어함 ◆ 귀엽다는 소리 듣는 것

**Staff Comment** 코우가 · 사이가 형제의 귀여움과 아름다움에 진심으로 반했습니다. 이 둘의 그림에서는 특히 부드러운 털의 윤기, 흘러넘치는 요염함, 긴 세월을 보낸
표정의 깊이를 전부 나타낼 수 있도록 주의하고 있습니다. 그렇지만 어딘가 천진하고 어리숙한 성격이라는 갭이 사랑스러워요 【그래픽 디자이너 아라키 유우】

# 바스티

Vashti

CV◆ 오키아유 료타로

**나는 탐욕스럽거든.**
**세계 하나쯤은 보살필 자신 있어.**

죄과의 나라 · 보탈리아의 왕자. '탐욕' 때문에 죄를 지은 사람을 수용하는 감옥을 관리하고 있다. 세상의 모든 것을 다 자기 것이라고 생각하는 억지스러운 성격.
자기 것은 매우 소중히 여기기 때문에 펜 한 자루라도 아낀다.

Face Pattern

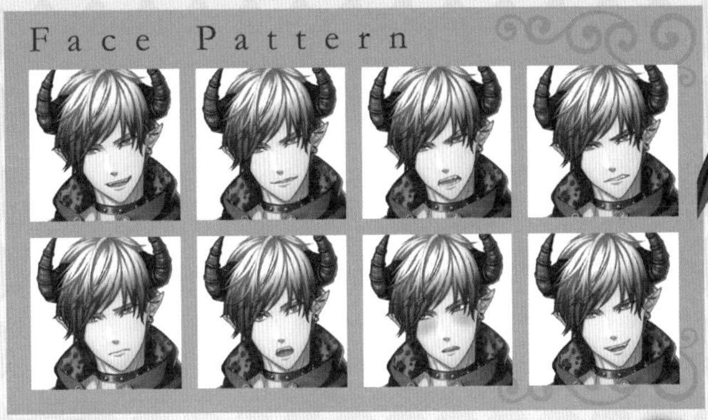

Awake State

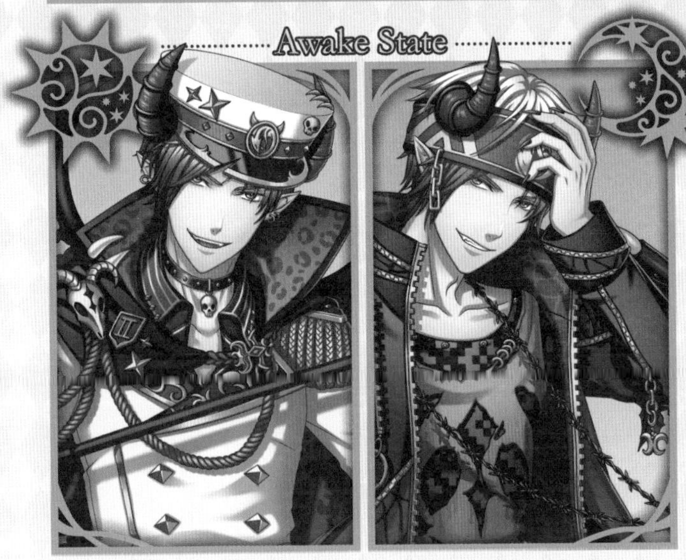

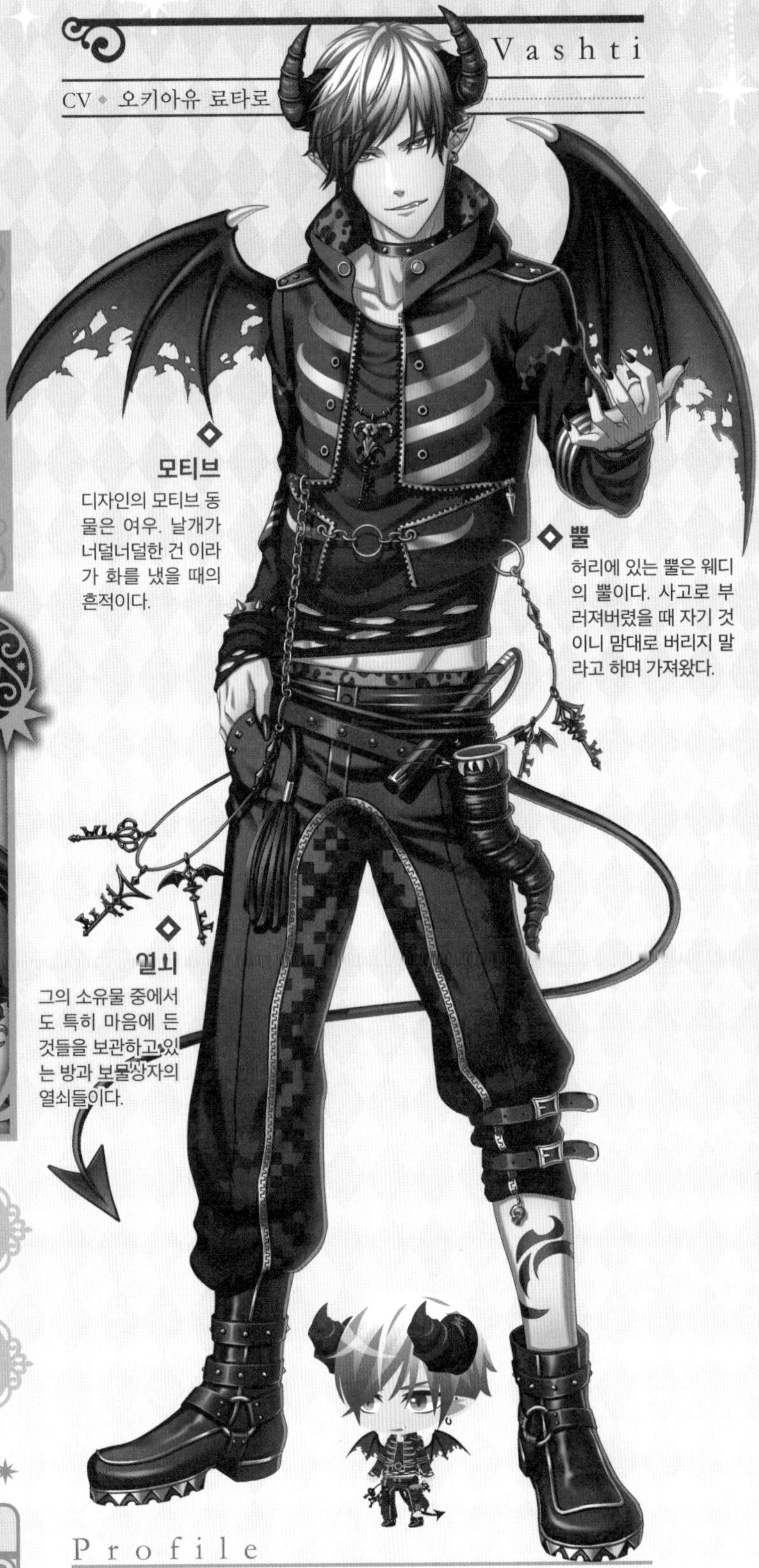

◇ **모티브**
디자인의 모티브 동물은 여우. 날개가 너덜너덜한 건 이라가 화를 냈을 때의 흔적이다.

◇ **뿔**
허리에 있는 뿔은 웨디의 뿔이다. 사고로 부러져버렸을 때 자기 것이니 맘대로 버리지 말라고 하며 가져왔다.

◇ **열쇠**
그의 소유물 중에서도 특히 마음에 든 것들을 보관하고 있는 방과 보물상자의 열쇠들이다.

KeyWord 1 ··· **탐욕**

이 세상의 모든 것은 자기 것이라고 큰소리치며, 다른 사람의 것도 자기 것으로 취급한다. 다만 자기 것에 대한 애정은 강하다. 요컨대, 다정하다.

KeyWord 2 ··· **바스티의 표시**

자기 것에는 어떤 방법으로든 이름과 표시를 붙여두고 싶어 한다. 액세서리와 책만이 아니라, 과자 봉지 같은 것에도 표시를 새긴다.

*seen from* other prince

from **이라**

이것도 내 것이라면서 내 후드를 잡아당겨서… 무심코 화를 냈어. 잘 기억나진 않지만… 바스티의 날개, 너덜너덜해졌지….

from **웨디**

사고로 뿔이 부러졌었어. 어쩔 수 없으니까 버리려고 했는데, 갑자기 낚아채더니… '내 것'이라고 하더라고. 어쩐지 이상한 기분이야….

Profile

| | | | |
|---|---|---|---|
| 속성◆ 패션 | 국가◆ 죄과의 나라 · 보탈리아 | | |
| 키◆ 184cm | 체중◆ 75kg | 나이◆ 29세 | 생일◆ 11월 1일 |
| 취미◆ 보물을 보며 즐기는 것 | 버릇◆ 자신의 것에 이름과 표시를 붙여두기 | | |
| 신조◆ 내 것은 내 것 이 세상 모든 것은 내 것 | | | |
| 좋아함◆ 자기가 가진 모든 것 | | | |
| 싫어함◆ 없음 | | | |

Staff Comment

네 것은 내 것, 내 것은 내 것! 완전히 제멋대로지만, 그만큼 되돌아오는 사랑이 커서 마음이 넓으면 무척 설레겠다고 사람들과 대화하면서 생각했습니다. 외양이 그야말로 패션인 왕자, 이런 상사가 있으면 고생할 것 같아요….【시나리오 K】

# 아케디아
## Acedia

CV ◆ 야마모토 카즈토미

이제 숨 쉬는 것도 귀찮아….
그런 말까지 하진 않지만…

죄과의 나라 · 보탈리아의 왕자. '나태' 때문에 죄를 지은 사람을 수용하는 감옥을 관리하고 있다. 필요한 것은 모두 침대에서 손이 닿는 범위에 놓아둘 정도로 게으르다. 업무는 침대 위에서 부하에게 지시를 내려 처리하고 있다.

◆ **모티브**
디자인의 모티브 동물은 소. 눈 밑의 다크서클은 태어났을 때부터 있었다. 아무리 자도 사라지지 않는다.

◆ **나태**
항상 침대 안에서 모든 걸 끝낼 수 있으면 좋겠다고 생각한다. 서서히 그 환경을 구비하고 있다.

슬리퍼를 마음에 들어한다. 어디에 가든 신고 간다. 슬리퍼를 신은 채밖에 나가려다가 제지당했다.
◆ **슬리퍼**

## Face Pattern

## Awake State

KeyWord 1 ◆◆◆ **귀찮아**
모든 것이 귀찮다. 감정을 드러내는 것조차 귀찮다. 침대 옆에 있는 벨을 울리면 시종이 와서 그의 시중을 들어준다.

KeyWord 2 ◆◆◆ **나무늘보**
하루에 20시간이나 잠을 자는 나무늘보는, 아케디아의 동경의 대상. 밖에 나가지 않기 때문에 실제로 본 적은 아직 없다.

### ★ seen from other prince

 from 라스
저건 일부러가 아닌 거지? 침대에서 나가기 싫어~ 같은 소리 하면서 여자애들한테 귀여움 받으려는 거 아니야?

 from 바스티
물론 아케디아도 내 것이지만… 거의 못 만나. 잘 지내고 있는 건가? 애초에 살아있는 걸까. 걱정이군.

## Profile

| 속성 ◆ 큐트 | 국가 ◆ 죄과의 나라 · 보탈리아 | | |
|---|---|---|---|
| 키 ◆ 169cm | 체중 ◆ 63kg | 나이 ◆ 22세 | 생일 ◆ 8월 1일 |
| 취미 ◆ 침대에서 뒹굴뒹굴 | | 버릇 ◆ 엎드려서 자기 | |
| 신조 ◆ 일하면 지는 것이다 | | | |
| 좋아함 ◆ 자는 동안, 의식이 없는 동안 | | | |
| 싫어함 ◆ 복석노 없이 풀어야 하는 수학 문세집 | | | |

**Staff Comment** 7개의 대죄 중 '나태'를 모티브로 한 귀차니스트 왕자님. 이야기를 읽으면서 그의 일거수일투족에 엄청나게 공감했습니다. 침대 위에만 있으면서 생활할 수 있는 방이 최고라고 생각하는 건 그와 저뿐만이 아닐 터… 【시나리오 N.S】

# 라스
## L a s

방심하면 안 돼.
사랑은 갑작스럽게 찾아오는 거니까….

죄과의 나라·보탈리아의 왕자. '색욕'으로 죄를 지은 사람을
수용하는 감옥을 관리하고 있다. 기본적으로 다정한 성격이며
수많은 여성들이 그에게 매력을 느끼고 다가온다. 다가오는 이를
거부하지는 않지만, 사람을 진심으로 사랑할 자신은 없다.

CV ◆ 타카하시 히로키

◆ 모티브
디자인의 모티브 동물은
흑토끼. 몸을 보여주고
싶어서 노출이 많다.

◆ 몸
언제 누가 봐도 완벽했
으면 좋겠다는 이유로
몸을 충분히 단련하고
있다. 그리고 손끝까지
손질받는다.

◆ 향기
가까이 다가가면 좋은
냄새가 난다. 그 달콤한
향기는 여성도 남성도
매혹한다.

## Face Pattern

## Awake State

### KeyWord 1 ••• 색욕
라스의 일족에 잠들어 있는 색욕의 업은 가끔 제어할 수 없을 정도로 강한
힘을 가진다. 그의 어머니는 그 힘에 사로잡혀, 마음의 상처를 입었다.

### KeyWord 2 ••• 죄과의 꽃밭
보탈리아에 있는, 보이는 곳 전부가 꽃밭인 곳. 죄인들을 정화하듯 아름답
게 만발해 있는 꽃은, 라스의 마음을 애달프게 뒤흔든다.

## seen from other prince

 from **이라**
라스는 괜히 노출이 많아서 난 별로
좋아하지 않아. 그러고도 간수야?
아무리 주의를 줘도 귀를 안 기울이
고… 아아, 짜증 나…!

 from **아케디아**
라스도 곧잘 이런저런 것들에 대해
'귀찮다'고 해. 하지만 여자를 보면
할 마음이 생긴다고 하더라고 전혀
이해가 안 가… 아아, 귀찮아.

## Profile

| | | | |
|---|---|---|---|
| 속성 ◆ 섹시 | 국가 ◆ 죄과의 나라·보탈리아 | | |
| 키 ◆ 181cm | 체중 ◆ 71kg | 나이 ◆ 27세 | 생일 ◆ 4월 9일 |
| 취미 ◆ 연애 | | 버릇 ◆ 좋다 싶으면 바로 꼬신다 | |
| 신조 ◆ 와서 보고 만져 봐 | | | |
| 좋아함 ◆ 사람의 체온 | | | |
| 싫어함 ◆ 자유롭게 연애할 수 없는 환경 | | | |

**Staff Comment**
분명 색욕의 왕자님은 모두가 무척 기대하고 있을 게 틀림없다고 생각하며 정신 바짝 차리고 썼습니다. 욕망으로 직결되는 섹시입니다.
크리에이티브 팀에서 보내온 디자인을 보고는 '더 섹시하게!' 하고 엄청 욕심을 부려서 수고를 끼쳤습니다. 【시나리오 K】

# 이라
### Ira

CV ✦ 테라시마 준타

하지만… 정말 조심해야 해.
화난 내가 무슨 짓을 할지는 나도 모르니까.

죄과의 나라 · 보탈리아의 왕자.
'분노' 때문에 죄를 지은 사람을 수용하는 감옥을 관리하고 있다.
평소에는 온화하나 세 번 화나게 만들면 격노한다.
화가 나면 말투가 공손해진다.

◇ 후드
후드는 뿔이 나오는 오리지널 브랜드. 마음에 들지만 가끔 뿔이 잘 들어가지지않아서 짜증이 난다.

◆ 감정
필사적으로 자신의 감정을 조절하는 연습을 했다. 자신의 한심함에 화가 난 적도 있다.

◇ 모티브
디자인의 모티브 동물은 늑대. 노출을 좋아하지 않는다. 장갑도 꼭 끼고 있다.

## Face Pattern

## Awake State

### KeyWord 1 ··· 세 번째 이라님
세찬 분노의 감정을 갖고 있는 이라는, 두 번째까지는 분노를 제어할 수 있지만 세 번째가 되면 화가 나서 제정신을 잃는다. 말투도 무서워진다.

### KeyWord 2 ··· 갱생
보탈리아에 유배된 수형자들은 죄를 갚으면서 공부하거나 일하는 훈련을 하고 있다. 이라도 그들에게 강의를 하러 갈 때가 있지만, 내용은 거의 잡담이다.

## seen from other prince

 from 아케디아
옷을 제대로 입으라든가, 밥을 잘 먹으라든가… 잔소리를 해. 귀찮아. 그보다 저렇게 화를 내는데 안 피곤한가? 대단하다.

 from 라스
이라는 나를 별로 좋게 생각하지 않나 봐. 하지만 자신 안에 잠들어 있는 죄 많은 감정을 주체하지 못하는 건… 서로 같지 않아?

## Profile

| 속성 ✦ 젠틀 | 국가 ✦ 죄과의 나라 · 보탈리아 | | |
|---|---|---|---|
| 키 ✦ 175cm | 체중 ✦ 65kg | 나이 ✦ 23세 | 생일 ✦ 6월 28일 |
| 취미 ✦ 차분하게 차를 마시며 독서 | | 버릇 ✦ 손톱을 깨물기 | |
| 신조 ✦ 세 번까지는 참자 | | | |
| 좋아함 ✦ 생크림이 잔뜩 든 코코아 | | | |
| 싫어함 ✦ 짜증 나는 일 | | | |

Staff Comment | '세 번째 이라님'이라는 단어가 머릿속에서 떨어지지 않게 된 분도 있지 않을까요? 제작 중에는 3단계 변화를 하는 그를 상상했습니다. 이라님을 분노시키는 원인도 될 것 같은, 뿔이 나오는 구멍이 있는 후드에 심혈을 기울였어요.【그래픽 디자이너 유부초밥】

# 콜로레
## Colorer

**지금 막 새 케이크가 완성됐는데**
**괜찮으면 같이 먹을래?**

초콜릿의 나라·쇼콜라베리의 왕자. 느긋한 성격 때문에
무언가에 집중하면 시간 가는 줄 모를 때가 많다.
초콜릿 과자 만드는 것을 좋아하며 종종 레시피를 연구한다.
애견 수플레와 사이가 좋다. 자주 베리 밭으로 산책을 간다.

CV ◆ 스즈키 치히로

**◇ 적안증**
적안증이라서 쉽게 얼굴이 빨개진다. 부끄러울 때만이 아니라 조금 흥분하거나 운동을 할 때도 빨개진다.

**◆ 손재주**
손재주가 좋고 멋쟁이이다. 헤어스타일을 세팅해주는 것도 좋아한다. 리카와 크레토의 헤어스타일을 세팅해주기도 한다.

## Face Pattern

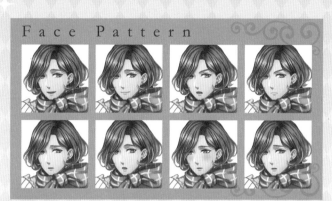

## Awake State

**◆ 복장**
갈아입기 편한 넉넉하고 헐렁한 옷을 좋아한다. 부드러운 실루엣이 된다는 점도 마음에 들어 하는 포인트이다.

### KeyWord 1 ···◆ 마이페이스
레시피를 떠올리는가 싶다가도 갑자기 애견과 놀기 시작하는 등, 엄청 마이페이스다. 그렇지만 본인에게는 아무런 악의도 없고, 미워할 수가 없다.

### KeyWord 2 ···◆ 수플레
콜로레의 애견. 포동포동하고 폭신해서 그런 이름이 붙었다. '단짝'이라고 부를 정도로 사이가 좋다. 수플레도 마이페이스인 주인을 잘 이해하고 있다.

### ✦ seen from other prince

 **from 크레토**
초콜렛 만들기에 대해 즐겁게 대화를 나누곤 해. 서로 레시피를 보여주면서 이러쿵저러쿵 논의하기도 하고… 콜로레는 생각에 잠기는 시간이 길단 말이지. 하핫.

 **from 리카**
마이페이스인 건 그렇다 치지만, 내 머리 만지지 말라고 말해두지만 키는 내가 조금 더 크니까 말이지.

## Profile

| | |
|---|---|
| 속성 ◆ 섹시 | 국가 ◆ 초콜릿의 나라·쇼콜라베리 |
| 키 ◆ 185.5cm  체중 ◆ 75kg | 나이 ◆ 26세  생일 ◆ 2월 13일 |
| 취미 ◆ 독서, 요리 | 버릇 ◆ 귓불을 만지기 |
| 신조 ◆ 모두에게 상냥하게 | |
| 좋아함 ◆ 코코아와 홍차 | |
| 싫어함 ◆ 검고 반들반들한 벌레 | |

# 롯소

## Rosso

CN ◆ 모리타 마사카즈

**그렇지, 무릎베개해줘.
가끔은 사람의 체온이 그립단 말이야.**

해적의 나라 · 앵큘러의 왕자. 밝고 장난기 있는 성격이며 동료를 아낀다. 그가 타는 배는 너덜너덜해서 마치 유령선처럼 보인다. 주위 사람들에게 유령선의 왕자라 불리고 있으나, 그런 배를 계속 타는 데는 이유가 있는데…

### 피부 ◆
태양 아래에는 별로 나가지 않아 피부가 하얘졌다. 찢어진 옷을 마음에 들어 하지만, 유령이라고 착각당하는 원인 중 하나.

### ◇ 총
무기로는 총을 사용한다. 총 자체에도 공들인 문양이 섬세하게 장식되어 있다. 무척 소중히 여긴다.

### 능력
폭풍우를 만나 많은 동료를 잃었다. 그때 입은 정신적 상처가 원인이 되어, 안개를 부르는 신비한 힘을 손에넣었다.

## Face Pattern

## Awake State

**KeyWord 1 ••• 유령선 바레나롯사**
롯소가 타는 배. 원래는 훌륭한 배였지만 계속 정비를 하지 않아 지금은 너덜너덜해졌다. 이는 죽은 동료들을 잊지 않기 위함이다.

**KeyWord 2 ••• 천둥**
큰 폭풍을 만나 바레나롯사가 심하게 부서지고 많은 동료를 잃었다. 지금도 천둥소리가 울려 퍼지면 그때의 사고가 떠올라 몸이 후들거린다.

### ★ seen from other prince ★

**from 더글라스**
예전부터 소란스럽게 다투고 있어. 내 얼굴의 상처는 롯소가 낸 거야. 배가 난파했다고 들었을 때는 놀랐지만… 그 녀석만큼은 죽을 리가 없지.

**from 오리온**
시끄러워서 당해낼 수가 없어. 더글라스와의 쓸데없는 다툼에 나를 끌어들이는 건 제발 그만해줘.

## Profile

| | | | |
|---|---|---|---|
| 속성 ◆ 패션 | 국가 ◆ 해적의 나라 · 앵큘러 | | |
| 키 ◆ 178cm | 체중 ◆ 72kg | 나이 ◆ 27세 | 생일 ◆ 5월 21일 |
| 취미 ◆ 고래 관찰 | 버릇 ◆ 발로 무언가를 차거나 문을 열거나 한다 | | |
| 신조 ◆ 바다에 살고 바다에서 죽는다 | | | |
| 좋아함 ◆ 자기 배, 동료들 | | | |
| 싫어함 ◆ 천둥 | | | |

**Staff Comment** 드넓은 앵큘러의 바다에는 분명 더글라스의 라이벌이면서 오리온과도 관련성이 있는 왕자님이 있을 거야… 라는 생각에서 태어났습니다. 타고 있는 배가 유령선이란 소리를 듣지만, 아무쪼록 진실은 당신의 눈으로 확인해주세요! 【시나리오 Y.Y】

당신은 정말 상냥하고…
아름다운 분이군요.

꽃요정의 나라 · 비라스틴의 꽃무릇 일족의 왕자.
독을 가진 꽃의 일족 출신이라 주위의 시선이
그다지 곱지 않다. 이해하고는 있지만
어떻게든 바꾸고 싶다는 생각을 갖고 있다.

# 아키토
## Akito

CV ◆ 코야스 타케히토

**피부** ◆
한쪽만 기른 머리카락은 사실 소원을 담은 것이다. '사랑받는 꽃이 된다'라는 소원이 담겨 있다.

### Face Pattern

### Awake State

**향수병** ◆
허리에 달고 있는 것은 향수병이다. 비라스틴의 왕자들은 모두 갖고 있으며 아키토도 예외가 아니다.

◆ **무기**
야광꽃이라는 특수부대에 소속되어 있다. 자신이 가진 독을 무기로 사용한다. 장갑에는 독침이 숨겨져 있다.

## KeyWord 1 ··· 야광꽃
독을 가진 꽃의 왕자들로 조직되어 있는 특수부대. 주요 임무는 비라스틴 방위이지만, 한편으로는 독을 이용해 다른 나라로부터 자금 조달도 하고 있다.

## KeyWord 2 ··· 꽃무릇 일족
아키토의 일족. 독을 가지고 있어 다른 일족으로부터 경원시 되고 있지만, 아키토의 소원이기도 한 '사랑받는 꽃이 된다'를 목표로 노력하고 있다.

### seen from other prince

 from 리온
처음에는 조금 말 걸기 어렵다고 생각했어. 왜냐하면 나를 보는 그의 눈빛이 왠지 슬퍼 보였으니까… 물어보면 가르쳐줄까.

 from 제르바
야광꽃… 무척 무거운 책임이니까, 하다못해 대화 상대라도 될 수 있으면 좋겠지만… 나한테는 별로 그런 얘기를 해주지 않아. 믿음직스럽지 못한 걸까….

### Profile

| 속성 ◆ 패션 | 국가 ◆ 꽃요정의 나라 · 비라스틴 | | |
|---|---|---|---|
| 키 ◆ 178.5cm | 체중 ◆ 67kg | 나이 ◆ 22세 | 생일 ◆ 6월 16일 |
| 취미 ◆ 종이 오리기 공예 | 버릇 ◆ 눈을 감는다 | | |
| 신조 ◆ 행복하기 때문에 고통을 느낀다 | | | |
| 좋아함 ◆ 예쁜 꽃, 어느 쪽이나 물으면 고양이 파 | | | |
| 싫어함 ◆ 야광꽃에 관한 일 | | | |

**Staff Comment** 꽃의 왕자님이면서 네펜데스와는 다른 방향의 개성을 갖고 있으려면… 하고 고민하다가, 꽃무릇을 모티브로 해보자고 제안했습니다. 사랑받고 싶다는 말을 되풀이하는 외로운 왕자니까, 사랑해주시면 기쁘겠습니다.【시나리오 K】

# 섬여랑
## Sumyeorang
CV ◆ 김신우

**제가 어찌 공주님처럼
고귀한 분께 말을 놓겠습니까?**

단하국 신월부의 왕자. 반듯하고 성실한 성격. 그의 어머니가
신월부에 통합된 이민족 출신인지라 왕실은 물론 백성들한테서도
멸시를 받고 있다. 하지만 언젠가는 모두에게 제대로
인정받을 수 있을 거라 믿으며 열심히 노력하고 있다.

**체형◆**
키가 크고 탄탄한 체격.
꾸준한 무예 훈련으로
다져져 있다.

**낭도◆**
무예가 발달한 단하국에
서 낭도로 활약하는 것은
매우 명예로운 일이다.

**옥패◆**
초승달 모양의 옥패는
소속과 신분을 나타내
는 것으로 신월부 왕실
의 상징물이다.

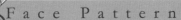
## Face Pattern

### Awake State

**KeyWord 1 ◆◆◆ 출신**
섬여랑은 이민족 출신의 어머니에게서 태어났다는 이유로 혈통을 중요시
하는 신월부에서 박대를 받고 있다.

**KeyWord 2 ◆◆◆ 요괴**
단하국의 외곽 지역에 위치한 신월부에는 정체를 알 수 없는 요괴가 자주
출몰한다.

### seen from other prince

 **from** | **수하**
신월부 왕자답게 무예 실력이 아주
뛰어나십니다. 서툰 일도 늘 숨어
서 노력하시고… 존경스러운 분이
에요.

 **from** | **연호**
보통 저 정도로 실력을 갖추려면 십
년은 넘게 고생해야 되는데 늘 자신
없어한다니까. 언제 한번 기합을 넣
어 줘야지.

## Profile
| | | | |
|---|---|---|---|
| 속성 ◆ 패션 | 국가 ◆ 단하국 | | |
| 키 ◆ 185cm | 체중 ◆ 72kg | 나이 ◆ 19세 | 생일 ◆ 11월 5일 |
| 취미 ◆ 무예 연습 | 버릇 ◆ 매사에 앞장서려 함 | | |
| 신조 ◆ 노력은 배신하지 않는다 | | | |
| 좋아함 ◆ 칭찬, 누군가 이야기에 귀 기울여주는 것 | | | |
| 싫어함 ◆ 아무것도 싫어하지 않으려고 노력 중 | | | |

**Staff Comment** 섬여랑 왕자의 초기 설정에서 '주인공이 품에 안겼을 때 아프지 않아야 되다'는 항목이 있었습니다. 덕분에 가슴 갑주가 빠졌는데,
섬여랑이라면 그 정도는 가볍게 커버할 수 있겠지요.

## 독은 넣지 않았으니
## 안심하고 드십시오.

단하국 청림부의 왕자. 냉정하고 차가운 성격. 과묵하며
자기 속마음을 쉽게 드러내지 않는다. 보기와 달리 요리에 능하며
남을 살뜰하게 챙기는 섬세한 면도 있다. 반역자로 쫓기는 중인
그에겐 비밀이 있다는데…

# 이설
## Yiseol

CV ◆ 류승곤

**과묵 ◆**
말수가 적어 오해를 받기
도 한다. 실은 속마음을
잘 드러내지 않을 뿐.

### Face Pattern

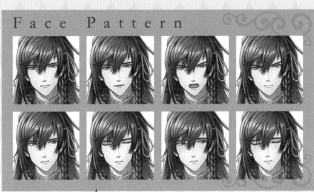

### Awake State

**복장 ◆**
제복 형태의 복장에서
카리스마가 드러난다.
춥고 척박한 청림부 특
성상 따뜻한 소재를 사
용했다.

**◆ 옥패**
청림부의 상징인 호랑이
모양의 옥패를 지니고 있
다. 언제나 흠 없이 완벽한
이설의 별칭은 '청림부의
새끼 호랑이'.

### KeyWord 1 ⋯⋯ 당쟁
이설은 권력 싸움으로 조용할 날이 없는 청림부에서 나고 자랐다. 현왕이
즉위할 때도 한바탕 피바람이 불었다고 한다.

### KeyWord 2 ⋯⋯ 청림부의 저주
청림부의 왕이 되는 자, 왕이 되려는 자는 호랑이로 변해 인간으로 돌아올
수 없다는 이야기가 전해지고 있다.

### seen from other prince

 from **수하**

말 못 할 사정이 있으신 것 같아 보
고 있으면 늘 조마조마합니다. 그래
도 요리할 때만은 편안해 보이셔서
다행이에요.

 from **섬여랑**

지난 무예 경연에서는 우승을 두고
접전을 벌였던 기억이 납니다. 다방
면에 소양을 두루 갖추셔서 본받고
싶은 분이에요.

### Profile

| | | | |
|---|---|---|---|
| 속성 ◆ 쿨 | 국가 ◆ 단하국 | | |
| 키 ◆ 182cm | 체중 ◆ 74kg | 나이 ◆ 23세 | 생일 ◆ 2월 8일 |

취미 ◆ 요리(언제부터인가 남이 해주는 요리는 먹지 않음)
버릇 ◆ 잘 때 무기를 옆에 두고 잠  신조 ◆ 자신조차 믿지 말아라
좋아함 ◆ 혼자 있기
싫어함 ◆ 시끄러운 것, 얘기하기 싫은데 계속 말 거는 것

**Staff Comment**
차가워 보이지만 경계를 허문 상대에게는 올곧게 진심을 내비치는 왕자님입니다. 각성에 따라 지위가 크게 변하므로 그 부분을 최대한 살려 옷 문양이나
장식을 구상했습니다. 어느 쪽이든 자신이 내린 결단을 믿고 한 걸음씩 나아가리라는 생각이 드네요.

# 수하
## Sooha

CV ◆ 박노식

◆ 우렁이

비가 오면 모습을 보이지 않는 수하. 실은 비가 오면 우렁이로 변하는 저주에 걸려 있다.

◆ 요리

수하의 또 다른 취미. 요리하는 것보다 맛있게 먹어주는 모습을 보는 게 더 즐겁다고 한다.

◆ 누나

감라부의 왕위는 대대로 왕녀들이 이어받으므로 현재는 수하의 누나가 대리청정을 맡고 있다.

**저랑 같이 보면 되지요.**

단하국 감라부의 왕자. 얌전하고 수줍음이 많은 섬세한 성격. 가사에 능하며 그의 요리 솜씨와 바느질 솜씨는 감라부에서 으뜸이라고 한다. 비 오는 날이면 어딘가로 사라져버린다. 들리는 소문에 의하면 그는 어떤 저주에 걸렸다고 한다.

## Face Pattern

## Awake State

**KeyWord 1 ··· 비**

비만 오면 우렁이로 변하기 때문에 백성들은 수하가 비를 불러온다고 오해하고 있다.

**KeyWord 2 ··· 동화**

수하는 동화책처럼 진실한 사랑을 만나면 저주가 풀릴 것이라 생각하고 있다.

## ☆ seen from other prince

 from 연호

처음엔 그렇게 낯을 가리더니 지금은 반가워하면서 간식을 내준다니까. …맛있어서 살찔 것 같아.

 from 이설

저에게 요리를 가르쳐 주셨습니다. 서툴러서 많이 헤맸습니다만, 끈기 있게 지도해주시더군요.

## Profile

| 속성 ◆ 섹시 | 국가 ◆ 단하국 | | |
|---|---|---|---|
| 키 ◆ 175cm | 체중 ◆ 61kg | 나이 ◆ 26세 | 생일 ◆ 9월 14일 |
| 취미 ◆ 꽃꽂이 | | 버릇 ◆ 항상 손을 모으고 다소곳이 앉음 | |
| 신조 ◆ 사랑이란 헌신하는 것 | | | |
| 좋아함 ◆ 누군가 요리를 맛있게 먹어주는 것 | | | |
| 싫어함 ◆ 지저분한 방 | | | |

**Staff Comment** 수줍음도 정도 많은 왕자님입니다. 태양 각성은 순진하고 잔잔한 사랑 이야기이지만 달 각성에서 드러나는 어두운 면도 수하 왕자님의 매력이라고 생각합니다.

난 백성들이 모두 행복하게
살 수 있는 세상을 만들고 싶어.

단하국 은익부의 왕자. 어릴 때부터 천재 소리를 들으며
주위의 기대를 한 몸에 받아왔다. 어린 나이임에도 불구하고
적극적으로 나랏일에 관여하고 있다.
매일 빼곡히 짜여진 일정을 소화하며 바삐 지내고 있다.

# 연호
## Yeonho
CV ◆ 이경태

## Face Pattern

## Awake State

### KeyWord 1 ••• 순이
어릴 때 연호가 구해준 사슴. 왕궁에서 잠시 함께 살았지만 갇혀 지낸 탓에
병이 나 숲으로 돌려보냈다.

### KeyWord 2 ••• 수완가
연호가 제안한 투자 전략을 통해 척박한 땅이었던 은익부는 단하국의 경제
중심지로 자리매김했다.

## seen from other prince

 from 섬여랑

경연 때가 아니면 만나기 어려운 분
인데요. 지난번엔 눈 밑이 새까매져
서 오셨더라고요…. 잠은 잘 주무시
나 걱정이 돼요.

 from 이설

지난번 은익부에 잠시 들렀을 때 부
탁을 받아 궁술 수련을 도와주었습니
다. 그 정도면 훌륭하다고 해도 결코
활을 놓지 않더군요. 역시 노력이 따
르기에 무엇이든 잘 하는 것이겠지요.

**협상가 ◆**
까다로운 외교 활동도
완벽하게 달성한다.

**◆ 안경**
이른 아침부터 밤 늦게까지
책을 읽는 연호의 필수품.

**◆ 현실주의자**
모든 것은 철저히 사실에 따
라 결정하는 연호. 단하국에
전해 내려오는 저주도 믿지
않는다.

## Profile

| | | | |
|---|---|---|---|
| 속성 ◆ 큐트 | 국가 ◆ 단하국 | | |
| 키 ◆ 140cm | 체중 ◆ 40kg | 나이 ◆ 14세 | 생일 ◆ 5월 5일 |
| 취미 ◆ 독서 | | 버릇 ◆ 눈가를 꾹꾹 누르는 것 | |
| 신조 ◆ 가는 게 있어야 오는 게 있는 법 | | | |
| 좋아함 ◆ 돈벌이 | | | |
| 싫어함 ◆ 빚지는 것 | | | |

Staff Comment
까칠하고 평상시 표정도 부루퉁한 편이지만 너무 날카롭게 보이지 않도록 동물을 좋아한다는 점이나 그 나이대의 앳된 모습을 함께 표현했습니다.
한국 왕자 중 나이가 가장 어린데 발랄한 복장 뿐만 아니라 단정한 차림새도 멋지게 소화해주었네요. 안경도 쓸 때와 벗을 때의 느낌이 다르죠.

p020~175에서 소개한 왕자님들의 이름을 가나다순으로 페이지 수와 함께 실었습니다.
원하는 왕자님을 찾는 데 도움이 될 거예요.

Chapter $3$

# SPECIAL
# CONTENTS

스페셜 콘텐츠

『꿈왕국』 세계를 더욱 깊이 즐길 수 있게 해주는 스페셜 페이지.
개발진의 좌담회와 세계관 설정 등
풍부하고 알찬 내용으로 가득합니다.

# 개발자 인터뷰

『꿈왕국과 잠자는 100명의 왕자님』을 탄생시킨 개발진과의 직격 인터뷰!
작품의 탄생 비화부터 제작 과정에 대한 뒷이야기까지 다양한 이야기를 들어봤습니다.

## 참가멤버

**메인 디자이너 m/g**
그래픽팀 소속.
캐릭터 중심 디자인 담당.

**아트 디렉터 M.O**
그래픽 총괄 및 스케줄 진행 관리 담당.

**프로듀서 M**
『꿈왕국과 잠자는 100명의 왕자님』
프로듀서.

**시나리오 K**
시나리오팀 소속. 캐릭터 설정 제작 및
시나리오, 대사 집필 담당.

**기획자 Y.M**
게임 전체의 설계 및 이벤트 개발 담당.

---

### 100인 100색의 매력을 지닌 개성적인 왕자님들

—우선 『꿈왕국과 잠자는 100명의 왕자님』(이하, 꿈왕국) 기획의 시작과 출시되기까지의 경위를 들려주세요.

**프로듀서 M (이하, M)** : 『꿈왕국』은 원래 회사 내부에서 진행되었던 게임 기획 콘테스트의 우승 작품입니다. 회사에 여성향 연애 게임을 좋아하는 사람이 많았고, 소셜 게임 운영 경험도 있었기 때문에 나온 기획이었죠. 그 후에는 기획을 실현시키기 위하여 '좋은 작품을 만들고 싶다'는 집착을 가지고 시행착오를 거듭한 결과, 만 1년이 걸린 끝에 출시하게 되었습니다. 작품명은 지금까지 있었던 게임과 차별화되는 인상을 주고 싶어서 '100'이라는 숫자를 넣었습니다.

**아트 디렉터 M.O (이하, M.O)** : 지금은 100명을 넘었지만요(웃음).

—100명도 넘는 왕자님들의 설정은 어떤 식으로 정해지는 건가요? 캐릭터가 만들어지는 과정을 알려주세요.

**시나리오 K (이하, K)** : 개발 초기에 회사 내의 여직원들에게 설정을 모집했더니 순식간에 80명 정도는 모였던 것 같습니다. 그 설정들에 자세한 내용을 덧붙인 후 그래픽팀에게 넘겨서 디자인을 받는 방식으로 진행되었습니다. 디자인이 완성되는 대로 회사 내에 러프를 게시했기 때문에 당시 회사 안에는 수많은 미남들의 그림이 붙어있었지요(웃음). 최근에는 새로운 왕자님을 기획할 때에 '눈의 나라 왕자님'이나 '여우 의인화' 등의 테마나 속성을 설정하기도 합니다. 그를 기반으로 시나리오팀이 만든 설정을 그래픽팀에게 넘겨서 비주얼이 정해지는 경우도 있고, 반대로 '이런 비주얼은 어떤가요?' 하고 그래픽팀에서 제안한 디자인을 바탕으로 시나리오팀에서 성격을 완성해가는 경우도 있습니다.

**메인 디자이너 m/g (이하, m/g)** : 서로 의견을 교환하며 설정을 만들고 있어요.

**K** : 시간이 빌 때 그래픽팀이 그려주는 러프 낙서들이 있는데요, 이게 정말 보물창고예요(웃음). 거기에서 '슬슬 이 왕자님을 냅시다!' 해서 탄생한 왕자님도 많습니다.

**M.O** : 눈의 나라 3형제 왕자님이나 영화의 나라 왕자님도 그 낙서에서 태어났습니다. 최근에는 기록의 나라 폴커 왕자님이 그랬고요.

**K** : 이상한 나라 왕자님들도 그래픽팀에서 먼저 러프를 그려줬습니다. 보는 순간 '이거 좋은데!!'라고 생각했어요(웃음).

**m/g** : 이 왕자님은 이런 대사를 말할 것 같다든가, 다른 왕자님과 이런 관계일 것 같다든가, 마음대로 이런저런 망상을 해서 러프에 덧붙인 적도 많아요.

**K** : 이상한 나라의 하츠는 '매드해터 선생님. 완전 멋져!'라고 처음부터 러프에 쓰여 있어서 그 대사를 그대로 채용했습니다(웃음). 이런 식으로 설정이 만들어지는 과정이 다 달라서 그야말로 100인 100색이에요. 각자의 개성도 다양하고요.

**m/g** : 개성을 구분해서 표현하는 일은 즐겁게 하고 있습니다. 미남을 그릴 때는 아무래도 힘이 들어가지만(웃음), 멋지기만 한 게 아닌 '무언가'를 유저분들이 느껴주었으면 해서 그 왕자님의 약점을 일부러 비주얼에 나타내기도 합니다.

**K** : 시나리오팀에서는 언뜻 보았을 때 다른 왕자와 비슷한 설정을 가진 왕자님이라도, 미묘한 느낌의 차이를 그래픽팀에게 전달해서 그 차이가 잘 표현되도록 합니다.

**m/g** : 설정이 비슷한 왕자님이면 외모를 확 다르게 해서 균형을 맞추기도 하지요.

**K** : 그 뒤로는 '세세한 매력 포인트'를 골라간다고나 할까요? 같은 '어린 소년 왕자님'이어도 건방진 타입이 좋다거나 솔직한 아이가 좋다거나, 사람에 따라 여러 의견이 있기 때문에 '매력 포인트'를 곱하고 늘려서 왕자님의 개성을 만들어가는 느낌입니다.

—성격이나 연령대도 다양하지요. '아저씨' 왕자님도 있고요.

**기획자 Y.M (이하, Y.M)** : 제이와 알프레드는 개발 초기부터 있었습니다. 처음부터 설정에 '30대 후반'이라고 적혀있었지요. '설정을 생각한 사람, 뭘 좀 아는데?'라고 생각했어요(웃음).

**m/g** : 기획 초기에 회사 내의 여직원들에게 어떤 왕자님이 있으면 좋을지 의견을 모집했거든요. 거기에 '아저씨'가 있었습니다.

**Y.M** : 이렇게 캐릭터 수가 많으면 높은 연령대의 왕자님을 등장시키기 쉽지요.

**K** : 그래요. 연애 대상 캐릭터가 10명 정도밖에 없는 게임이라면 빠졌을지도 모릅니다(웃음). 하지만 100명 있으면 아저씨가 있어도 괜찮겠죠.

**Y.M** : 다양한 왕자님을 내고 싶다는 마음은 기획 초기부터 있었어요.

**M.O** : 동물 귀 왕자님도 있고요(웃음).

**Y.M** : 보통 게임에서는 출시한 뒤에 인기 있는 캐릭터만 계속 등장하는 경향이 있으니까요. 재미있고 특이한 캐릭터는 초기에 내야만 한다는 마음이 있었습니다. 그 결과, 초기부터 각양각색의 왕자님을 내겠기 때문에 앞으로도 개성적인 왕자님을 낼 수 있다고 생각합니다.

**K** : 그런 왕자님들을 유저분들이 받아들여주셔서 다행입니다.

### '선택하는 즐거움'을 주는 각성 시스템

—본 게임에서는 '태양'과 '달'의 두 가지로 나뉘는 각성 시스템이 특징인데요, 이 시스템은 어떤 계기로 탄생하게 되었나요?

**m/g** : 많은 여성향 연애 게임이 있는 가운데 제가 하고 싶은 건 어떤 게임인지를 유저 시점에서 생각했습니다. 그때, 해피 엔딩만이 아니라 배드 엔딩까지 양쪽을 즐기고 싶다는 생각이 들었어요. 그래서 배드 엔딩을 좀 더 긍정적인 형태로 보여줄 수 없을지를 생각했고, 외견을 바꿔서 갭을 주

# 초기부터 각양각색의 왕자님을 내왔기 때문에 앞으로도 개성적인 왕자님을 낼 수 있다고 생각합니다.

며 그 캐릭터의 넓은 가능성을 전하고 싶다는 생각을 한 게 시작입니다.

K : 캐릭터를 육성해서 특정 모습으로 진화시키는 게임은 많이 있지만, 진화에 명확한 2개의 방향성이 있는 데다가 시나리오를 읽고 마음에 드는 쪽을 선택하는 게임은 별로 없지요.

M : 그래픽도, 시나리오도, 하나로 끝나지 않는다는 개성이 잘 드러났다고 생각합니다. 하길 잘 했어요.

K : 만드는 입장에서도 '태양'과 '달'로 구분한다면 각각 어떤 모습으로 할지, 어떤 이야기로 할지 등 설정을 더욱 폭넓게 생각하게 되었습니다.

m/g : 그래픽 면에서 '태양'은 정석적인 멋있는 모습을, '달'은 조금 장난스러운 요소가 들어간 즐거움 같은 걸 표현하는 경우가 많습니다. 동물 귀 캐릭터라면 각성 후에는 완전히 동물 모습이 되기도 ……. (◆1)

M : 동물로만 파티를 구성해서 퍼즐에 도전할 수도 있지요 (웃음).

K : 시나리오 면에서 '달'은 약간 어두운 이야기가 되기도 합니다. 하지만 본 게임의 콘셉트는 '여성에게 기운을 북돋아주고 싶다, 힐링해주고 싶다'이기 때문에 어두워도 마지막에는 반드시 구원이 있는 전개로 하고 있습니다. 유저분들이 읽길 잘 했다, 기운이 난다고 생각해주셨으면 해서 '태양'과 '달' 중 어느 쪽을 선택해도 만족하실 수 있도록 의식하며 시나리오를 쓰고 있습니다.

— '연관 스토리'나 '어느 날의 왕자님'에서는 왕자님들 사이의 관계성이 그려져 있는데요, 관계성을 나타낼 때 신경 쓰는 부분을 알려주세요.

K : 왕자님들 사이의 관계성만을 그리다 보면 아무래도 주인공의 존재감이 옅어지기 쉬워서 그렇게 되지 않도록 신경 쓰고 있어요. 왕자님들은 운동부 활동을 함께하는 에이스와 동료, 주인공은 매니저란 이미지입니다.

m/g : 알기 쉽네요 (웃음).

K : 주인공으로 인해 생기는 관계라는 점을 의식하고 있습니다. 그리고 왕자님들 사이의 관계성을 알면 양쪽 왕자님을 다 좋아하게 된다는 것을 한명의 플레이어로서 실감하고 있기에 되도록 왕자님들 사이의 교류를 그리려고 합니다. '왕자 스토리'에서는 왕자님이 주인공 앞에서 폼 잡고 있기도 하니까요. 왕자님들끼리 있으면 사실 허당같은 구석이 있다거나, 조금 덜렁거린다거나 한다는걸 보여줄 수 있거든요. 그런 의미에서 왕자님들에게 더욱 친근감을 느껴주셨으면 해서 왕자님끼리의 관계성을 그리고 있습니다.

M.O : 관계성을 그래픽으로 나타내기도 합니다. 예를 들면, 루그랑쥬의 가슴에 달린 브로치는 실은 비오에서 받은 것이에요. 그리고 매드해터 선생님을 존경하는 하츠는 '이상한 나라의 크리스마스' 이벤트에서 가방에 매드해터를 모티브로 한 스트랩을 달고 있습니다. (◆2)

K : 관계성을 알면 더 디자인하기 쉽다고 생각해서, 겉으로 공개되지 않은 설정도 미리 전달하고 있어요. 새로운 왕자님이 등장할 때마다 관계가 넓어지고 있다 보니 관계도는 각 스태프의 머릿속에 들어 있습니다 (웃음).

## 왕자님에 따라 반응도 천차만별!?

—스토리뿐만 아니라 퍼즐이나 홈 화면에서 캐릭터들의 다양한 대사를 들을 수 있는데요, 대사를 만들 때 주의하는 점이 있나요?

K : 배틀에서는 6명의 대사가 무작위로 나오기 때문에, 누가 말하고 있는지 바로 알 수 있도록 대사에서 왕자의 개성을 살립니다. 공격할 때도 '에잇' 같은 기합뿐만이 아니라 '여유~' 같은 말을 쓰거나, 적에게 공격을 받을 때도 '아파'가 아니라 '햐양'을 쓰기도 하죠 (웃음).

M.O : '얼굴은 안돼!'라는 대사도 있어요 (웃음). 각자의 반응 차이가 잘 드러나지요.

m/g : 퍼즐에서 체인을 연결했을 때 칭찬받으면 기분 좋아요.

K : 칭찬 방식도 각자 개성적이라 '사랑스럽다', '아름답다' 같이 모습을 칭찬해주는 왕자님도 있습니다. 멋있는 목소리로 대놓고 칭찬을 받는 일은 드무니까 이런 점이 정말 색다르다고 생각했습니다.

Y.M : 처음에는 칭찬 대사가 없었어요. 하지만 개발이 진행되는 중에 '역시 칭찬받고 싶어!'라는 생각이 들었습니다. 굉장히 근본적인 욕구지요 (웃음).

K : 멋있는 남성이 칭찬해준다는 점도 출시 후에 호평이었죠.

m/g : 『꿈왕국』의 '힐링'이라는 콘셉트와 맞는다고 생각합니다.

K : 홈 화면에서 나오는 대사에서 반드시 하나는 '주인공이 상대의 어깨를 두드리고, 그가 돌아보는' 상황을 상상하며 씁니다. 이 대사도 왕자님마다 반응이 제각각이라 부끄러워하는 왕자님이 있는가 하면, 전혀 달콤한 분위기를 내지 않는 왕자님도 있지요.

M.O : 조슈아나 마코토는 별로 만지지 말아줬으면 좋겠다고 말하죠 (웃음).

K : '내 욕망이 드러나 있어!'라는 생각이 들어서 확 제정신이 든 적이 있는데요 (웃음), 유저분들이 즐기실 수 있도록 자신감을 가지고 드러내려고 합니다. 저 자신도 회심의 역작이라고 생각하는 건 네펜데스예요. (◆3)

Y.M : 홈 화면에서는 '……이 식감, 신의 경지인가'라고 말하죠 (웃음).

K : 네펜데스의 설정 그림을 본 순간 그라면 이런 대사를 말하겠다 싶었어요 (웃음).

M.O : 네펜데스는 먼저 '벌레잡이통풀'을 모티브로 정하고 시작해 시나리오와 그래픽이 거의 동시에 진행되어 만들어진 캐릭터입니다. 그는 '꽃의 레퀴엠' 이벤트에서 등장했는데요, 예쁜 꽃들만 모티브가 되면 개성이 드러나지 않기 때문에 식충식물이 모티브인 왕자님을 내자고 생각해서 태어났습니다.

K : 타카하시 히로키 씨의 연기와 합쳐져 굉장히 개성적인 캐릭터가 되었죠 (웃음).

## 인상적이었던 이벤트와 향후의 전개

—스태프들 사이에서 인기였던 이벤트나 인상 깊었던 이벤트를 알려주세요.

M.O : '이상한 나라의 크리스마스'가 재밌었습니다. 오리지널 맵도 내고, 홈 화면도 크리스마스 분위기로 바꾸었고요.

K : '크리스마스에는 이상한 나라에 간다!'고 작년 여름부터 계속 프로듀서가 말했는데 그게 실현돼서 다행이에요 (웃음).

M : 제 안에서 크리스마스란 여성향 연애 게임의 거대 이벤트인데요, 이상한 나라의 왕자님들이 이 이벤트를 빛내는 데에 제격이라고 생각했습니다. 『꿈왕국』이기에 가능한 판타지 느낌을 지닌 매력적인 왕자님들뿐이고, 그들이 등장했을 때 유저 분들의 반향이 컸다는 점과 당시는 이상한 나라의 왕자님들이 가장 '팀' 느낌이 강했다는 점이 이유입니다.

K : '공포! 월의 수확제', '퍼레이드는 사랑 장치?'란 할로윈 이벤트도 즐거웠어요.

M.O : '가시덩굴의 마물'도 인상 깊었습니다. 가시덩굴에 사로잡힌 왕자님…… (웃음).

Y.M : 강력한 마물을 협력해서 쓰러뜨린다는 『꿈왕국』 최초의 레이드 이벤트로, 어떻게 해야 유저분들의 의욕을 높일 수 있을지 고민했습니다.

K : 그때 제가 Y.M 씨에게 '왕자님이 가시덩굴에

179

# 왕자님들에게 더욱 친근감을 느껴주셨으면 해서 왕자님끼리의 관계성을 그리고 있습니다.

묶이면 되지 않아?'라고 제안해서…….

Y.M : 바로 그거다! 싶었죠(웃음). 가시덩굴에 사로잡힌 왕자님을 구한다는 건 시각적으로도 알기 쉽고 매우 좋다고 생각했습니다.

m/g : 동화 느낌도 나고요.

M.O : 가시덩굴에 붙잡힌 왕자님의 UI와 시스템을 시스템팀의 남성들이 온 힘을 다해 만들었어요 (웃음).

Y.M : 왕자님의 가시덩굴을 하나씩 풀어달라고 부탁했죠.

K : 저희의 뜨거운 요청을 듣고 진지하게 개발해주셨습니다(웃음). 스토리 면에서는 '문단 사랑 이야기'가 재미있었습니다. 미야와 키스가 가진 의외의 일면을 보여드릴 수 있어서 즐거웠어요.

m/g : 새로운 왕자님과도 좋은 관계성을 형성해줬습니다.

K : 그 왕자님……, 후지메 씨도 러프 보물창고에 있던 왕자님이었어요. 'm/g 씨, 슬슬 그를 냅시다'라고 이야기해서 등장하게 되었습니다(웃음).

— 『꿈왕국』 1주년 기념 이벤트였던 '프린스 어워드'는 어떠했나요?

M : 총선거는 언젠가 해보고 싶었습니다. 유저분들께 많은 투표를 받아서 기뻤고 의미 있는 이벤트였다고 생각합니다. 한편으로는 유저분들께 여러 가지 의견을 받았습니다. 그중 하나인데, 앞으로 또 개최한다면 자신이 좋아하는 왕자님에게 두 표했을 때에 왕자님이 더 많은 반응을 보여주도록 하고 싶습니다.

K : 총투표수가 1억 2천만 표를 넘어서 유저분들의 사랑의 열기를 느낀 이벤트였어요.

— '게임' 에서 멈추지 않고 '상품', '소설', '만화', 드라마CD', 니코니코 생방송' 등, 콘텐츠가 다양하게 나오고 있는데요. 앞으로의 계획에 대해 알려주세요.

M : 왕자님의 수가 상당히 늘어나서 여러 미디어를 통해 그들의 매력을 최대한 전하고자 합니다. 앞으로도 여기에 힘을 기울일 예정입니다. '니코니코 생방송'에서는 유저분들의 생생한 반응을 볼 수 있어서 좋습니다. 앞으로 여러분이 『꿈왕국』의 세계를 더욱 즐기실 수 있도록 2016년 4월에 첫 단독 이벤트를 개최하게 되었는데, '로열 파티'라는 콘셉트로 왕자님이 공주님을 맞이한다는 분위기를 즐겨주시면 좋겠습니다.

—마지막으로 독자분께 드리는 메시지를 부탁드립니다.

m/g : 유저분들의 기대와 요청에 부응하기 위해 1년 동안 끊임없이 왕자님들을 디자인했습니다. 이 세상에는 사람들이 원하는 왕자님이 아직도 많이 있다고 생각합니다. 앞으로도 여러분께 사랑받는 왕자님을 만들어내고 싶습니다. 앞으로도 부디 즐겨주세요.

M.O : 1년간 이렇게나 『꿈왕국』을 사랑해주셔서 감사한 마음이 가득합니다. 유저분들의 애정과 사내 스태프의 『꿈왕국』 사랑을 합쳐서 앞으로 더욱더 좋게 만들어가고 싶습니다.

Y.M : 무척 피곤할 때에 『꿈왕국』을 켜서 '너무 늦게까지 열심히 하지 마'라는 왕자님의 말을 들으면 힘이 납니다. 그런 식으로 조금이라도 힘을 내는 데 도움이 됐다면 기쁠 겁니다. 앞으로도 잘 부탁드립니다.

K : 1년 동안 『꿈왕국』을 즐겨주셔서 감사합니다. 유저분들이 기뻐해주셨으면 좋겠다고 생각하며 대사를 쓰는데, 좋았다는 감상을 받을 때면 정말로 기쁩니다. 앞으로도 유저분들의 하트를 꿰뚫을 멋진 왕자님의 명대사를 쓸 수 있도록 힘내고 싶습니다.

M : 개발할 때에는 출시 후에 이렇게 큰 반향이 있을 거라고는 생각지 못했기에, 우선 1년을 이어가게 해주신 유저분들께 감사를 전하고 싶습니다. 이 세상에는 여성의 수만큼 다양한 취향이 있으니 앞으로도 새로운 왕자를 보여드릴 수 있을 거라고 생각합니다. 한편으로는 현재 있는 왕자님들에게 초점을 맞추는 것도 중요한 과제입니다. 여러분의 기대에 부응하기 위해 앞으로도 노력하겠습니다. 앞으로도 『꿈왕국』을 응원해주세요.

◆1 스토리 진행 중에 고르는 선택지에 따라 각 성 후에는 완전히 동물 모습이 되는 왕자님도 있다. 어느 쪽을 선택할지는 당신에게 달렸다.

◆2 '이상한 나라의 크리스마스' 이벤트에서 하츠의 가방을 잘 보면 매드해터를 모티브로 한 키홀더가! 왕자님의 의상 곳곳에 스태프의 집착과 장난기가 느껴진다.

◆3 시나리오 K 씨가 설정 그림을 본 순간에 대사가 떠올랐다는 네펜데스. 개성적인 왕자님이 잔뜩 등장한다는 점도 『꿈왕국』의 매력.

# 꿈세계 가이드

어느 날 갑자기 주인공이 눈을 뜬 신비한 세계인 「꿈세계」. 이 페이지에서는 꿈세계의 설정과 그곳에 사는 종족에 대해 설명합니다. 세계관을 이해하는 데 도움이 될 거예요.

## ⚜ 꿈세계

꿈의 힘으로 사람들이 살아가는 세계. 꿈의 힘이란 강한 마음, 그리고 미래를 향한 의지 같은 것으로, 이 세계의 사람들은 꿈의 힘이 없으면 살아갈 수 없다. 그 꿈의 힘을 사람들에게 나누어주는 것이 '꿈왕족'이라고 불리는 일족이다. 꿈왕족은 기도를 통해 하늘에서 나누어주는 꿈의 힘을 받아서 이 세계의 사람들에게 전해준다. 사람들은 그 꿈의 힘을 정신 에너지로 삼아 살아간다.

그러나 정체를 알 수 없는 괴물이 나타나 사람들을 덮치기 시작한다. 그 괴물은 사람들의 꿈을 먹어버리기 때문에 '드림이터'라고 불리며, 꿈의 힘을 먹힌 사람들은 전부 영원한 잠에 빠져 언젠가는 죽어 버린다. 드림이터의 수는 계속 늘어나고 있으며 지금도 많은 사람이 공격당하고 있다.

**꿈왕의 반지**

꿈왕국 '트로이메아' 꿈왕의 반지. 왕족을 지키고, 왕족에게 꿈의 힘을 나누어주는 것이 가능하다. 선선대 꿈왕이 죽었을 때 어딘가로 사라져버렸다고 전해져 왔지만, 사실 주인공이 어릴 때부터 항상 지니고 다니던 반지가 바로 꿈왕의 반지였다.

**왕자의 반지**

꿈왕의 기도가 담겨 있는, 꿈세계의 왕족이 지니고 있는 반지. 이 반지의 가호로 왕족들은 백성을 지키며 꿈의 힘을 나누어줄 수 있다. 꿈을 빼앗기지 않도록 왕족의 반지는 왕자들을 잠드게 해서 지키기도 한다. 드림이터에게 공격당한 왕자가 잠드는 원인이 바로 이것이다. 드림이터를 쓰러뜨릴 수 있는 것은 꿈왕의 가호가 담긴 반지를 가진 각국의 왕족뿐이며 꿈왕의 반지는 그 힘을 증폭시킨다.

## ⚜ 꿈세계의 나라들

꿈세계에는 수많은 나라가 부유하고 있다. 달빛이 물방울처럼 쏟아져 내려 땅에 길을 만드는 '문 로드'를 통해 다른 나라로 오갈 수 있다. 지역에 따라서는 '홍차의 나라'처럼 나라가 나란히 이웃해 있는 곳도 있다. 문화 수준은 나라마다 제각각이다.

### 트로이메아로 향하는 길

꿈왕국 '트로이메아'는 수수께끼에 감싸인 곳으로, 문 로드의 끝에 있다는 사실만 알려져 있다. 올바른 순서대로 문 로드를 따라가면 도착할 수 있다고 하지만⋯⋯

**초콜릿의 나라**

### 다양한 나라들

**눈의 나라**

**죄과의 나라**

**기록의 나라**

**이상한 나라**

## ⚜ 꿈세계에 사는 종족

꿈세계에는 요정이나 동물처럼 왕족들과 관계가 깊은 종족을 포함해 수많은 종족이 살고 있다.

### 요정

좀처럼 사람 앞에서는 모습을 드러내지 않는다. 왕족이 힘을 사용했을 때 에너지를 흡수한다. 나라에 몰래 숨어 살면서 힘을 사용하는 것을 돕는 요정도 있는가 하면, 깊은 숲속에 혼자 숨어 사는 요정도 있다. 그들의 가호를 얻으면 새로운 힘이 각성한다고 한다.

### 골드족

수수께끼에 싸여 있는 종족. 사람에게 행복을 가져다주는 것이 골드족의 행복이다.

### 동물

언어를 사용하지 않는 이른바 평범한 '동물' 외에, 사람의 언어를 이해하는 높은 지능을 가진 동물이 존재한다. 그들은 오래전부터 왕족의 좋은 파트너로 공존했으며 '교육 담당'으로 왕자들을 돕는 일족도 있다.

### 드림이터

갑자기 나타난 정체를 알 수 없는 괴물. 드림이터에게 꿈을 먹히면 영원한 잠에 빠지며, 목숨을 잃기도 한다. 드림이터를 쓰러뜨릴 수 있는 것은 왕족뿐이며, 빛에 약하다. 그 외에는 아직 알려진 것이 없다. 먹어버린 꿈의 영향인지, 다양한 형상의 드림이터가 존재한다.

# 이벤트 의상 소개

개성이 가득한 기간 한정 이벤트 왕자님들의 의상!
이 의상들을 메인 디자이너의 코멘트와 함께 소개합니다.

바쿠요

히나타

슈니

## 스위츠 패닉

세계적인 디저트 축제 '월드 스위츠 페스티벌'의 개최국인 쇼콜루테를 방문한 주인공 일행. 그런데 그곳에 드리미터가 나타나는데…?

### Designer's Comment

처음으로 왕자님들의 새로운 의상이 공개되는 이벤트였기 때문에, 어떻게 디자인해야 왕자님들의 캐릭터성이 살아나는 의상이 될지 많이 고심했어요. 과자의 먹음직스러운 이미지를 담아내서 어떤 내용의 이벤트인지 한눈에 알 수 있도록 신경 썼습니다.

포르마

사키아

아피스

## 비를 부르는 노래

주인공은 독약의 나라 왕자들에게 초대를 받아 아피스의 별장을 방문한다. 이상한 비가 계속 내리는 가운데, 그들과 함께 밖으로 나간 주인공은…?

### Designer's Comment

'외출 데이트'가 테마여서 쌩소와 나른 캐주얼한 느낌과 함께 조금 멋 부린 느낌이 나도록 디자인했어요. 비가 내리는 상황이라 왕자님들이 우산을 들거나 장화를 신었습니다.

# 이노센트 브라이덜

물거품의 나라 아프로스의 신들이 남녀의 사랑에 축복을 내린다는 '혼인식'. 그 의식에 초대받은 주인공은, 나라의 대표로서 방문한 예복 모습의 왕자들과 마주친다.

## Designer's Comment

'결혼'을 테마로 한 이벤트입니다. 여러 나라의 왕자님들이 결혼 의상을 입고 모이는 이벤트라서 각 나라의 결혼 의상이 어떤 느낌일지를 생각하면서 디자인했습니다. 예를 들어 아비는 기사의 나라의 예복이란 이미지입니다.

클라운

플루

아비

# 별에게 소원을

시구레의 초대를 받아 동서로 분단된 별의 나라 갤러시아에 온 주인공. 한 해에 한 번 있는 별 축제가 열리는 이날은 갤러시아의 왕자들이 교류할 수 있는 유일한 날이기도 하다.

## Designer's Comment

'칠석 밤의 데이트'임을 의식해서 의상을 별로 장식했습니다. 카스토르는 갤러시아와 교류가 깊은 나라에서 왔기에 시구레보다 갤러시아 느낌이 강한 의상입니다. 어떤 상황에서 왕자님들이 그 나라에 가게 되었는지도 언제나 의상에 반영합니다.

카스토르

시구레

# 미열에 녹는 아이스

드라이의 권유로 빙과의 나라 아마레나 제도로 피서를 온 주인공. 그곳은 다양한 아이스크림을 먹을 수 있어 빙과를 좋아하는 사람은 견딜 재간이 없다는 곳이었다.

## Designer's Comment

다양한 사정으로 왕자님들이 빙과의 나라에 모이는 이벤트입니다. 리드는 외교를 위해 방문했기 때문에 정장이지만 여름답게 반소매예요. 드라이는 사적으로 방문했기 때문에 캐주얼한 차림입니다. 아이스크림 이벤트라 의상에 아이스크림 모티브를 집어넣었어요.

리드

드라이

# 마린사이드 스토리

히카게를 따라 리조트 아일랜드에 온 주인공. 주인공은 다양한 왕자들과 만나 아름다운 바다 위에서 그들과 즐거운 한때를 보낸다.

## Designer's Comment

'여름의 리조트'가 테마였기 때문에 평소보다 판타지 느낌을 조금 자제하고, 캐주얼한 느낌을 전면에 내세우는 의상으로 디자인했습니다. 마르탱은 한눈에 봐도 리조트란 걸 알 수 있는 복장을 하고 있어요(웃음). 히카게는 '여름의 사나이!'라는 이미지로 의상을 디자인했습니다.

마르탱

히카게

## 나비 연회로의 초대

칼라일이 만든 '나비 왕관'이 공개되는 파티에 초대받은 주인공. 화려한 드레스를 입은 주인공이 파티장에서 본 것은…?

### Designer's Comment

칼라일이 주최하는 파티에 토르마리와 귀도가 초대받는 내용이기 때문에 둘 다 파티복을 입고 있습니다. '밤의 연회'인 점을 고려해 고풍스러우면서 섹시함이 배어 나오는 느낌이 들게 했어요. 또한 칼라일의 모티브인 '나비'를 의상에 집어넣었습니다.

토르마리

귀도

## 검과 방패의 마음

거대한 동식물이 번영한 신기한 대륙, 몬스티드. 그 대륙에 있는 무기의 나라 아발론에서 열리는 무투대회에 초대받은 주인공은 왕자님들과 함께 아발론으로 향한다.

### Designer's Comment

왕자님들이 검과 방패가 모티브인 나라를 향해 나아가는 스토리였기 때문에 각자 무기를 들고 있습니다. 무기도 그 왕자님의 특성과 출신국에 따라 다르게 만들어서 개성이 드러나게 했어요. 카를로의 경우는 기타가 무기입니다(웃음).

지크

카를로

할딘

# 문단 사랑 이야기

문단의 나라 미스테리엄에서 가장 권위 있는 문학상인 '샬롯문학상'의 시상식에 초대된 주인공은, 어떤 작가의 팬인 왕자들과 만난다.

## Designer's Comment

미야는 그레이엄, 키스는 후지메의 팬이라 옷의 무늬 등에 각자가 좋아하는 작가의 모티브를 넣었습니다. 그리고 문호가 콘셉트인 이벤트라서 의상은 갈색 바탕에 차분한 느낌을 냈습니다.

미야

키스

# 메인 스토리

조건
특성 베인 스토리 클리어 후 해방

루크는 메인 스토리 7장 클리어 후에, 메디는 메인 스토리 8장 클리어 후에 해방할 수 있는 새로운 버전.

## Designer's Comment

의상 콘셉트는 루크의 음유시인 느낌과 메디의 예술가 느낌을 보다 강하게 표현하는 것이었습니다. 이 둘의 레어도 상승을 손꼽아 기다리시던 유저분들께 더욱 사랑받기를 바라며 디자인했어요. '화려해졌다'고 느껴주시면 감사하겠습니다!

루크

메디

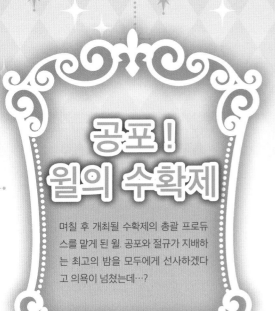

# 공포!
# 윌의 수확제

며칠 후 개최될 수확제의 총괄 프로듀스를 맡게 된 윌. 공포와 절규가 지배하는 최고의 밤을 모두에게 선사하겠다고 의욕이 넘쳤는데…?

## Designer's Comment

『꿈왕국』의 첫 할로윈 이벤트입니다. 윌이 기획한 수확제에 초대받은 왕자님들은 각자 수확제에 어울리는 차림을 합니다. 할로윈의 즐거움을 유저분들께 전할 수 있도록 의상을 디자인했습니다.

윌

네펜데스

알프레드

프로키온

빔

롤프

# 퍼레이드는 사랑 장치?

수확제 당일, 왕자님들이 분장하고 밤의 퍼레이드를 준비하던 중에 드림이터가 나타난다. 과연 일행은 무사히 퍼레이드를 시작할 수 있을 것인가!?

## Designer's Comment

할로윈 이벤트 제2탄입니다. 이쪽은 '퍼레이드'가 테마라서 분장한 왕자님들이 나란히 모여 있는 걸 보고 즐거운 기분이 드는 디자인이 되도록 신경 썼습니다. 티가는 마왕, 데네브는 타락 천사, 알타이르는 인조인간, 하쿠는 사신 분장을 했습니다.

알타이르

하쿠

데네브

티가

# 가시덩굴의 마물

수확제의 프로듀서였던 윌의 부탁을 받아 수확제에 결석했던 웨디와 그라드를 만나러 간 주인공. 그런데 그곳에서 디온과 시리우스를 만나게 되는데…

## Designer's Comment

마지막 할로윈 이벤트로, 무대는 죄과의 나라. '늦게 찾아온 할로윈'이 테마입니다. 디온은 죄과의 나라에 외교를 위해 찾아왔기 때문에 정장을 갖춰 입었지만, 시리우스는 윌에게 속아서 수확제에 초대받았다고 생각했기에 악마 차림입니다(웃음).

디온

시리우스

# 스쿨 메모리

전 세계의 왕족과 귀족 자녀들이 모이는 '메모와르 학원'. 학원의 교장으로부터 학생들의 모범이 되어주었으면 좋겠다는 부탁을 받은 주인공은 잠시 학원 생활을 하게 된다.

## Designer's Comment

『꿈왕국』에서도 학교를 배경으로 하는 이벤트를 해보고 싶어서 탄생한 이벤트입니다(웃음). 교복 입는 방식을 각 왕자님별로 차별화시키면 재미있을 것 같았어요. 교복을 제대로 갖춰 입은 왕자도 있고, 캐주얼하게 입고 있는 왕자도 있습니다.

길버트

이리아

사이

루펜

# 이상한 나라의 크리스마스

크리스마스가 없는 원더메어에서 크리스마스 행사를 하기로 한 왕자님들. 주인공과 함께 자신들 나름의 크리스마스를 지내보려 하지만…?

## Designer's Comment

이상한 나라에서 개최된 크리스마스 이벤트입니다. 왕자님들은 크리스마스를 모르기 때문에 처음에는 어떤 식으로 의상에서 크리스마스를 표현할지 고민했습니다. 이상한 나라다운 시끌벅적한 즐거움이 느껴지면서도, 크리스마스를 준비한다는 것을 알 수 있는 의상 디자인이 되도록 신경 썼습니다.

크로노

체셔 고양이

하츠

캐피타

마치아

매드해터

하루

# 새해
# 첫놀이

한 해가 시작되는 날, 달력의 나라 구요에 온 주인공. 때마침 이 나라를 방문한 왕자님들과 만난 주인공은 모두와 함께 즐겁게 새해를 보낸다.

## Designer's Comment

왕자님들이 달력의 나라에 외교차 방문했을 때의 의상을 생각해서 디자인했습니다. 각 나라의 분위기에 약간 일본풍을 섞었어요. 달력의 나라를 모티브로 한 방울도 모두에게 달았습니다. 평소 얇게 입고 있는 왕자님이 겨울옷을 입은 신선한 모습을 보여드릴 수 있었어요.

프로스트

아인스

에드몬트

토니

리트

# 초콜릿
# 데이트

'사랑의 날'을 앞두고 초콜릿의 나라에서는 시식회가 개최 중이다. 사랑의 날을 더욱더 흥겹고 즐겁게 만들기 위해 왕자님들과 주인공의 데이트 이벤트가 열린다.

## Designer's Comment

초콜릿 시식회 이벤트에 초대받은 왕자님들은 외교차 방문한 게 아니기 때문에 가벼운 차림입니다. '평소에는 캐주얼하지 않은 왕자님의 캐주얼'이 포인트인 의상이에요(웃음). 카에데와 반리도 평소와는 다른, 데이트에 가는 듯한 양복을 입었습니다.

리카

토토

반리

카에데

안타레스

# 당신의 초코는 누구의 것?

초콜릿 시식회의 마지막 날. 주인공은 신세 진 사람들에게 초콜릿을 선물하려 한다. 주인공에게 초콜릿을 받을 수 있다는 걸 알게 된 왕자님들은 모두 들떠 하는데…

## Designer's Comment

발렌타인 이벤트 제2탄입니다. '초콜릿 데이트' 이벤트와 마찬가지로 의상은 가벼운 느낌으로 평소와 다른 캐주얼한 느낌이 나도록 신경 썼습니다. 테마색은 알기 쉽게 초콜릿색입니다(웃음). 소품에도 초콜릿 느낌을 넣었습니다.

사이가

크레토

조슈아

마코토

# 프린스
# 어워드

가장 많은 표를 받은 왕자에게 '그해 가장 사랑받은 왕자'라는 영예가 주어지는 프린스 어워드. 이 행사에 초대받은 주인공은 보석의 나라의 왕자님들과 시찰을 나간다.

## Designer's Comment

『꿈왕국』 1주년 기념 이벤트인 만큼 '왕자님'이라는 원점으로 돌아가서 왕자다운 정장을 디자인했습니다. 같은 보석의 나라 왕자님들이기 때문에 스타일을 맞췄어요. 경의의 표시로 개최국인 기록의 나라 왕자님들과 같은 보석을 달고 있습니다.

리드

사이

지크

티가

키스

# 『꿈왕국』4컷 극장

『꿈왕국』공식 트위터에 게재되었던, 그래픽 디자이너 바비폰즈 씨의 4컷 만화입니다.
귀여운 왕자님들의 떠들썩한 모습을 만끽해주세요♪

일본 『꿈왕국』에서 진행

이벤트
「정령의 수호자들」

## 윌 감독의 차기작

바비폰즈

이벤트
「리틀스타 영화제」

※시리우스는 이번 이벤트에 출연하지 않습니다

이벤트
「꽃의 레퀴엠」

이벤트
「별에게 소원을」

이벤트
「무지개 너머~오즈의 왕자님들」

이벤트
「나비 연회로의 초대」

이벤트
「공포! 윌의 수확제」

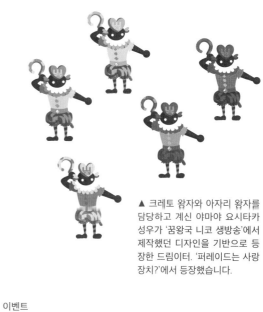

▲ 크레토 왕자와 아자리 왕자를 담당하고 계신 야마야 요시타카 성우가 '꿈왕국 니코 생방송'에서 제작했던 디자인을 기반으로 등장한 드림이터. '퍼레이드는 사랑 장치?'에서 등장했습니다.

이벤트
「당신에게 내리는 빛」

이벤트
「이상한 나라의 크리스마스」

이벤트
「죄과의 나라~죄과의 파수꾼들」

이벤트
「초콜릿 데이트~왕자님과 보내는 사랑의 날~」,
「당신의 초코는 누구의 것」

이벤트
「가시덩굴의 마물」

『꿈왕국와 잠자는 100명의 왕자님』 드라마CD
「스노우필리아의 여름휴가」 발매 기념

웹상에 공개된 일러스트나 『꿈왕국』과 스마트폰 어플 「포켓 랜드」의
콜라보에서 등장한 「나빗」의 일러스트 등 다양한 일러스트를 소개합니다!

일본 『꿈왕국』에서 진행

**이벤트 공지**

## 시즌
## 일러스트

## 기타
## 일러스트

『꿈왕국』에 등장한
스마트폰 어플
「포켓 랜드」의
마스코트 캐릭터

## 나빗

각성 전

각성후·태양

각성후·달

# 스페셜 일러스트

다양한 일러스트레이터가 그린 『꿈왕국』 왕자님의 일러스트를 소개합니다!

일러스트레이터 **사카시마**

일러스트레이터 **타니오**

일러스트레이터 **무라시게**

일러스트레이터 **타카츠키 료**

# 왕자님 러프 스케치

『꿈왕국』일러스트를 그리는 그래픽 디자이너들의 왕자님 러프 스케치나 낙서 특별 공개!
그 캐릭터의 의외의 일면을 볼 수 있을지도……?

일러스트 : m/g

일러스트 : m/g

일러스트 : M.O

일러스트 : 바비폰즈

일러스트 : 아라키 유우

일러스트 : 멘고로

일러스트 : 아코

일러스트 : 돈

うさぎだフォ!!

일러스트 : 바비폰즈

일러스트 : M.H

# 한국 팬아트

『꿈왕국』 3주년과 공식 설정집 한국 발간을 기념한 공주님들의 팬아트를 소개합니다.
다양한 왕자님의 개성 넘치는 모습을 즐겨주세요♪

일러스트 : 네로오시

일러스트 : 마링구

일러스트 : 누누

꿈왕국과 잠자는
100명의 왕자님

일러스트 : 뮤나

BEGIN 3rd ANNIVERSARY

일러스트 : 시오리

일러스트 : 멘무르륵

일러스트 : 낑낑쓰

일러스트 : 넋부랑자

일러스트 : 엔느

일러스트 : 쭝아

일러스트 : 푸른청

일러스트 : 블로섬

일러스트 : 스르드

일러스트 : 싯

# 프린스 어워드 결과 발표(일본)

『꿈왕국』의 1주년을 기념해 실시된 투표 「프린스 어워드」.
여기에서 1~3위로 뽑힌 왕자님과 트위터에서 개최되었던 「프린스 어워드 번외편」의 결과를 발표합니다.

**프린스 어워드**

**1위 리카** 득표수 7,855,343 표
왕자님의 수상 코멘트
"내가 1등이야? 1등은 좋지…. 너는 내가 1등이 돼서 기뻐? 네가 기쁘다면 나도 더 기쁘겠는데."

**2위 사이가** 득표수 6,970,105 표
왕자님의 수상 코멘트
"천 년을 살아왔지만 이렇게 마음이 떨리는 일은 처음이구나. 네가 나를 좋아한다… 그 사실이 기쁠 뿐이란다."

**3위 율리우스** 득표수 5,933,123 표
왕자님의 수상 코멘트
"내가 좋아? 하하… 정말 이상한 녀석이야. 곁에 있어줘서 고마워. 왜 이렇게 안심이 되는 걸까."

## 프린스 어워드 번외편

2016년 2월 22일에서 3월 8일까지 트위터에서 매일 프린스 어워드의 번외편을 실시했습니다. 다양한 테마에 따라 5~6명의 왕자님들이 참가했고, 유저들의 리트윗 수로 1위 왕자님을 결정했습니다.

무인도에서도 살 수 있을 것 같은 왕자님은?

**1위 란다**
내가 1등이!? 기쁘다!
하지만, 나, 너랑 섬에 간다! 혼자보다는 둘, 즐겁다!

---

운도 실력? 경품 추첨에서 1등에 당첨될 것 같은 왕자님은?
**1위 데네브**

파티 담당 왕자님은?
**1위 마치아**

어릴 적 모습을 보고 싶은 왕자님은?
**1위 매드해터**

양호 선생님이었으면 하는 왕자님은?
**1위 오우카**

장미꽃이 가장 어울리는 왕자님은?
**1위 제럴드**

수면 시간이 적어도 괜찮을 것 같은 왕자님은?
**1위 사키아**

손재주가 없을 것 같은 왕자님은?
**1위 칼리번**

농담이 통하지 않을 것 같은 왕자님은?
**1위 풀커**

수학 경시대회! 계산을 잘할 것 같은 왕자님은?
**1위 드라이**

상사로 삼고 싶은 왕자님은?
**1위 더글라스**

---

아이돌도 할 수 있을 것 같은 왕자님은?
**1위 밀리온**

여장이 어울리는 왕자님은?
**1위 코라이유**

쓰담쓰담하고 싶은 왕자님은?
**1위 사이가**

체육 대회에서 팀의 대장으로 삼고 싶은 왕자님은?
**1위 히카게**

가장 남을 잘 챙겨줄 것 같은 왕자님은?
**1위 조슈아**

화나면 가장 무서울 것 같은 왕자님은?
**1위 스피카**

놀라도 표정이 변하지 않을 것 같은 왕자님은?
**1위 하루**

의외로 눈물샘이 약할 것 같은 왕자님은?
**1위 리야**

고지식하고 성실한 왕자님은?
**1위 제크**

릴레이 주자를 부탁하고 싶은 왕자님은?
**1위 리드**

---

순수하고 마이웨이인 왕자님은?
**1위 카노토**

팔씨름 대회! 우승할 것 같은 왕자님은?
**1위 헤라클레스**

동생 삼고 싶은 왕자님은?
**1위 크레토**

안경이 어울릴 것 같은 왕자님은?
**1위 그레이시아**

가장 독설가인 왕자님은?
**1위 마코토**

당당하고 제멋대로인 왕자님은?
**1위 아폴로**

10년 후가 기대되는 왕자님은?
**1위 고슈**

술 잘 마시는 왕자님 대회!!!!
**1위 뱌쿠요**

월 선정! 무서워하는 얼굴을 찍고 싶은 왕자
**1위 드루아트**

# 프린스 어워드 번외편 투표 결과(한국)

공식 설정집 한국 발간을 기념해 프로필이 수록된 왕자 대상으로만 진행된
「프린스 어워드 번외편」의 1~3위 결과를 발표합니다.

재미있는 이야기를 많이 알 것 같은 왕자님은?
1위 할딘
 2위 매드해터
 3위 클라운

화나면 제일 무서울 것 같은 왕자님은?
1위 이라
 2위 마코토
 3위 프로스트

팔씨름을 하면 우승할 것 같은 왕자님은?
1위 헤라클레스
 2위 더글라스
 3위 란다

보고 있으면 기운이 나는 왕자님은?
1위 프로키온
 2위 헤라클레스
 3위 아비

왕자님이 양호 선생님이 된다면 누구?
1위 오우카
 2위 수하
 3위 세피르

10년 후가 기대되는 왕자님은?
1위 슈니
 2위 롤프
 3위 프로키온

산수를 잘할 것 같은 왕자님은?
1위 제로
 2위 츠바이
 3위 롤프

안경이 잘 어울릴 것 같은 왕자님은?
1위 리카
 2위 프로스트
 3위 포르마

농담을 진담으로 받을 것 같은 왕자님은?
1위 아키토
 2위 하쿠
 3위 로이에

남을 잘 도와줄 것 같은 왕자님은?
1위 슈텔
 2위 아비
 3위 섬여랑

동생으로 삼고 싶은 왕자님은?
1위 프로키온
2위 페코
3위 슈니

어린 시절 모습을 보고 싶은 왕자님은?
1위 사이가
2위 프로스트
3위 히노토

질투심 많을 것 같은 왕자님은?
1위 웨디
 2위 마코토
 3위 바스티

아이돌이 되면 센터를 맡을 것 같은 왕자님은?
1위 프로스트
 2위 밀리온
 3위 리카

사실은 눈물이 많을 것 같은 왕자님은?
1위 아키토
 2위 그레이시아
 3위 루시안

겉보기와는 정반대?! 의외의 성격을 지닌 왕자님을 찾아라!
1위 마코토
 2위 세피르
 3위 밀리온

**초판 1쇄 인쇄** 2020년 8월 20일
**초판 1쇄 발행** 2020년 9월 4일

**지은이** B's-LOG 편집부
**옮긴이** 장미래 장시내
**도움 주신 분** 세시소프트
**펴낸이** 연준혁

**편집 1본부 본부장** 배민수
**뉴북 팀장** 조한나
**편집** 김해지
**디자인** 손봄코믹스

**펴낸곳** ㈜위즈덤하우스 **출판등록** 2000년 5월 23일 제13-1071호
**주소** (10402) 경기도 고양시 일산동구 정발산로 43-20 센트럴프라자 6층
**전화** (031) 936-4000 **팩스** (031) 903-3893 **홈페이지** www.wisdomhouse.co.kr

값 32,000원
ISBN 979-11-90908-23-8 03830

• 인쇄·제작 및 유통상의 파본 도서는 구입하신 서점에서 바꿔드립니다.
• 이 도서의 국립중앙도서관 출판예정도서목록(CIP)은 서지정보유통지원시스템 홈페이지
  (http://seoji.nl.go.kr)와 국가자료공동목록시스템(http://www.nl.go.kr/kolisnet)에서
  이용하실 수 있습니다.(CIP제어번호: CIP 2020028953)